dtv

W0002318

Mit der Trennung von Judith kommt Julian nicht klar, obwohl er sie gewollt hat. Er hätte nicht gedacht, dass eine Trennung so viel in Unordnung bringt. Also übernimmt er für die Ferien in Professor Behams Garten die Pflege eines Zwergflusspferds, das rasch den Rhythmus dieses Sommers bestimmt: es isst, gähnt, taucht und stinkt. Julian spürt, das Zwergflusspferd will ihm etwas sagen. Doch er ist abgelenkt von Aiko, der Tochter des Professors, in die er sich ernsthaft verliebt, während sein Freund Tibor ihm zu mehr Leichtigkeit rät. Tibors Leichtigkeit ist anziehend. Doch als beängstigend empfindet Julian die kaputtgehende Welt – er merkt, dass auch die Angst vor der Zukunft, vor dem Tod zum Leben eines 22-jährigen gehört. Was, wenn dieser schöne Sommer vorbei ist? Wenn das Flusspferd einen Platz für den Winter gefunden hat? Wenn Aiko zurückgeht nach Paris?

Arno Geiger erzählt vom Jungsein, von der Suche nach dem, was wichtig ist, von der Suche nach einem Platz in der Welt – für Flusspferde und Menschen.

Arno Geiger, 1968 in Bregenz geboren, lebt in Wien und Wolfurt. Er studierte Deutsche Philologie, Alte Geschichte und Vergleichende Literaturwissenschaft in Innsbruck und Wien. 1997 erschien sein erster Roman: ›Kleine Schule des Karussellfahrens‹. Er veröffentlichte weiterhin: ›Irrlichterloh‹, ›Schöne Freunde‹, ›Es geht uns gut‹, ›Anna nicht vergessen‹, ›Alles über Sally‹, ›Der alte König in seinem Exil‹ und ›Grenzgehen. Drei Reden‹. Für seine Bücher erhielt er den Deutschen Buchpreis, den Hölderlin-Preis, den Hebel-Preis und den Literaturpreis der Adenauer-Stiftung.

Arno Geiger

Selbstporträt
mit Flusspferd

Roman

dtv

Von Arno Geiger sind bei dtv außerdem erschienen:
Schöne Freunde (13504)
Kleine Schule des Karussellfahrens (13505)
Es geht uns gut (13562)
Irrlichterloh (13697)
Anna nicht vergessen (13785)
Alles über Sally (14018)
Der alte König in seinem Exil (14145, 25350)
Koffer mit Inhalt (25370)

**Ausführliche Informationen über
unsere Autoren und Bücher
www.dtv.de**

2016 dtv Verlagsgesellschaft mbH & Co. KG, München
Lizenzausgabe mit Genehmigung des Carl Hanser Verlags München
© Carl Hanser Verlag München, 2015
Umschlaggestaltung: dtv nach einem Entwurf von
Peter-Andreas Hassiepen unter
Verwendung eines Bildes von
bpk/Staatsbibliothek zu Berlin/Dietmar Katz
Gesamtherstellung: Druckerei C.H.Beck, Nördlingen
(Satz nach einer Vorlage des Carl Hanser Verlags)
Gedruckt auf säurefreiem, chlorfrei gebleichtem Papier
Printed in Germany · ISBN 978-3-423-14526-8

Eins

Vor einigen Tagen brachte Judith einen Uhu in die Notfallambulanz. Es war unser erstes Zusammentreffen seit fast zehn Jahren, und ich erkannte sie nicht, obwohl ich sie hätte erkennen müssen. Es lag nur zum Teil an den kurzen Haaren, ich war abgelenkt durch den Uhu, weil ich vom ersten Blick an dachte, dass ich ihm nicht helfen kann. Und plötzlich sagte die Frau:

»Wir kennen uns. Ich bin's!«

Da schaute ich sie an und erkannte sie. Meine Hände zitterten, während ich den Uhu untersuchte, um sicherzugehen, dass mich mein erster Eindruck nicht getäuscht hatte. Der fällt in eine finstere Grube, den fängt niemand auf. Und zu Judith sagte ich:

»Du, Judith, da ist nichts zu machen.«

»Ich habe es fast befürchtet«, sagte sie. Und als stünde ein stiller Vorwurf zwischen uns, fügte sie mit einem kleinen Kopfschütteln hinzu: »Er gehört nicht mir, ich habe ihn vor dem Haus gefunden.«

Sie senkte den Blick, eine unbehagliche Situation. Die orangegelben Augen des Uhus mit den schwarzen Pupillen waren riesig und glotzten mit einem schrecklichen Ausdruck ins Leere.

Während ich das Tier zur Tötung vorbereitete, wussten wir beide nicht, was reden. Früher hatte ich Judith nie verlegen erlebt, sie war immer strahlend gewesen, prall in Bewegung, der Prototyp der unkomplizierten Frau, die in Kontaktanzeigen gesuchte Frau zum Pferdestehlen. Sie schaute abwechselnd zu Boden oder zur Seite. Ich dachte, es stimmt nicht, dass wir uns kennen, wir haben uns gekannt, jetzt nicht mehr, jetzt sind wir einander fremd bis zum Rätsel.

Dieses Fremdsein war überraschend schnell gekommen, parallel zum Verschwinden der Offenheit. Am Tag nach der Trennung hatte ich so gut wie nichts mehr von der gewohnten Vertrautheit gespürt, und es blieb so bei jedem Wiedersehen. Wir wussten nicht einmal mehr, wie wir einander begrüßen sollten. Kuss auf den Mund? Das wäre mir normal vorgekommen, weil vertraut. Oder Kuss links, rechts? Und wer entscheidet das? Was, wenn ich versuche, sie auf den Mund zu küssen, und sie hält mir die Wange hin? Sollen wir uns die Hand geben? Wir werden uns doch wohl nicht die Hand geben! Dann besser gar nichts. – Also sagten wir: Hallo, wie geht's? Und du? Was soll ich sagen? Du glaubst mir eh nicht.

Ich spritzte dem Uhu das Sedativum in die Brustmuskulatur, anschließend eine erhöhte Dosis des Narkotikums in die Flügelvene, dazu breitete ich den rechten Flügel aus, die Vene war an der Innenseite leicht zu finden. Judith blieb bei dem Tier, bis es gestorben war. Vor dem Weggehen kam sie aus dem anderen Raum noch einmal zu mir her und bedankte sich. Es tat mir leid, dass ich dem Uhu nicht hatte helfen können. Ich hätte gerne alles in Ordnung gebracht. Einen Moment lang überlegte ich, ob ich mich entschuldigen sollte, ich hatte dieses überwältigende Bedürfnis, um Verzeihung zu bitten. Aber schließlich, es war nicht meine Schuld.

Judith sagte:

»Ich hoffe, du hast gefunden, wonach du gesucht hast.«

Ich hob fragend die Achseln und nickte halbherzig:

»Im Großen und Ganzen …«

Sie sagte:

»Es war richtig, dass wir uns getrennt haben.«

»Das sehe ich auch so«, erwiderte ich.

»Ja, es war richtig.«

»Vom heutigen Standpunkt aus, soweit's mich betrifft, ja.«

»Ich habe gehört, du warst in Frankreich.«

»In Paris, zwei Jahre.«

»Ich …«

Judith wollte etwas sagen, ich hatte den Eindruck, etwas Persönliches. Vielleicht brach sie deshalb sofort ab, als eine Schwester mich am Ärmel zupfte und zum Röntgentisch deutete, auf dem ein großer Hund lag.

»Ja, dann …«, sagte Judith: »Nochmals danke.«

Sie ging zur Tür, und bevor sie die Tür hinter sich zuzog, winkte sie in meine Richtung. Das war's. Wir sehen uns nicht wieder, ich werde nicht wissen, wie ihre Kinder heißen, so sie Kinder hat, und was auf ihrem Grabstein steht und wo er steht, so sie vor mir stirbt. Und dass es ihr Gesicht einmal gegeben hat und dass es rund und glücklich war in Liebe zu mir: Macht nichts.

Die Trennung von Judith hatte ich herbeigesehnt in dem diffusen Gefühl, was wir da hatten, sei nicht das Wahre. Seltsamer Ausdruck: *Das Wahre.* Es kann aber sein, dass die erste Liebe etwas Wahres verliert, wenn sie nicht mehr nur die erste, sondern auch die einzige sein will, erste, einzige und letzte. Was, wenn ich bei Judith hängenbleibe? – Diese Vorstellung versetzte mich in Unruhe, damals. Ich hatte Angst … wovor eigentlich? Dass ich etwas versäume … in erster Linie. Kann das alles gewesen sein? Weil: Wenn ich an die Zukunft mit Judith dachte, kam mir alles absolut vorhersehbar vor, unser Leben eine glückliche Einöde, flach und weit. Und obwohl am Ende Judith die Trennung vollzog, war ich es gewesen, der sie betrieben hatte, bockig, trotzig und wild entschlossen, mich in Gefahr zu begeben.

Zu diesem Zeitpunkt bin ich zweiundzwanzig. Der Umstand, erwachsen zu sein, gefällt mir außerordentlich. Aber ich weiß in Wahrheit überhaupt nicht, was ich will, einmal in diese Richtung, dann in die andere, einmal alles, einmal nichts. Und immer fühlt es sich absolut richtig an. Und so vieles ist neu. Und so vieles ist … massiv. Manchmal erwischt mich das Neue auf dem falschen Fuß. Und manchmal haut mich die Massivität von etwas um. Meine Unerfahrenheit und meine Neigung, mir Hoffnungen zu machen, bringen zwei unterschiedliche Grün zusammen, eine Mischung, eine ziemlich produktive Mischung: der Treibstoff der Jugend.

So ein Haus im Bregenzerwald wäre natürlich toll. Wobei, eigentlich möchte ich weg, den Segelschein machen und etwas von der Welt sehen, zwischendurch arbeiten, am Strand auf dem Bügelbrett streunende Hunde kastrieren. Manchmal eine Liebschaft mit einer Frau, die Freude am Leben hat. Kinder? Eigentlich möchte ich keine Kinder. Wobei, eine Familie mit sechs Kindern, das wäre natürlich auch cool.

Als Judith sagte, es sei vorbei, fuhr mir der Schreck in die Glieder. Ich hatte erwartet, die Trennung werde mich in einen augenblicklichen Freiheitsrausch versetzen. Ich hatte erwartet, dass es sich anfühlt, als werde ich freigesprochen. Statt dessen flüsterte es nächtelang mit beunruhigendem Nachhall: Ich liebe dich nicht mehr, niemand liebt dich, niemand wird dich je wieder lieben. Unser Leben ist dir zu vorhersehbar? Du willst in die große Welt hinaus? Du willst es mit Himmel und Hölle aufnehmen? Nur zu! Ich hätte dich für klüger gehalten.

Ich war ziemlich fertig deshalb. Mir wurde unheimlich bei dem Gedanken, dass alles, was jetzt noch kommt, abfällt gegen das, was ich gerade weggeworfen hatte. Und als habe es mir gereicht, die Trennung fünf Minuten auszuprobieren, fragte ich Judith, was sie davon halte, dass wir nach einem kurzen, wilden Intermezzo von einigen Monaten oder einem Jahr … also später … dass wir dann einen neuen Anlauf nehmen, gemeinsam zu Ende studieren und eine Familie gründen. Sie hörte mir kaum zu. Wie gesagt, immer strahlend, prall, in Bewegung, der Prototyp der unkomplizierten Frau.

»Es gibt wirklich nichts, was da noch zu bereden wäre«, sagte sie erstaunt. »Vorbei ist vorbei und Entscheidung ist Entscheidung. Jetzt, wo es aus ist, ziehe ich es vor, nicht mehr darüber nachzudenken.«

Obwohl ich ihr mit meinen Stimmungsschwankungen wochenlang das Leben versalzen hatte, war ich von Judiths Antwort wie vor den Kopf gestoßen. Es empörte mich, dass Judith es schaffte, ihre Gefühle zu mir einfach in die Ecke zu stellen. Es empörte mich so sehr, dass ich ihr Gefühllosigkeit unterstellte.

»Wir haben uns entschieden. Warum jammern?«, fragte sie.

Da drehte ich mich um und ging. Tage später sagte sie, sie habe mir, als ich wegging, angesehen, dass ich mir sicher gewesen sei, sie werde mich zurückhalten. Sie habe es mir von hinten angesehen, dass ich dachte, gleich läuft sie hinter mir her und hält mich zurück.

Das war zum Ende des Sommersemesters gewesen, nachdem ich gerade eine große Prüfung bestanden hatte. Wir hatten stillschweigend vereinbart, uns nicht vor einer Prüfung zu trennen. Während des Studienjahres stand so gut wie immer eine Prüfung an, also lief es auf den Sommer hinaus, auf die Ferien. Ferien bieten die Chance, sich vom gewohnten Alltag zu distanzieren. Ferien sind ein überzeugendes Imitat der Erlösung, hell, offen, glückversprechend, leicht. Mit halboffenen Augen in der Sonne liegen und die Blätter hören, die Tage sind lang wie Kaugummi, man liegt auf einer Decke, und es tut sich nicht viel.

Jetzt beugten sich die finsteren Engel der Trennung über mich, und mit plötzlicher Wucht erkannte ich die Spannweite von dem allen.

In den Tagen unmittelbar nach der Trennung schlief ich bei Tibor, einem Studienkollegen. Trotz der Ratschläge, die er mir gab, lieferte ich einige Kurzschlussaktionen. Auf Judith muss ich absolut unberechenbar gewirkt haben, mich selber störten die Widersprüche in meinem Verhalten nicht. Ich fing Judith auf der Straße ab, hielt sie am Arm fest und redete von einer gemeinsamen Zukunft. Statt in die Zukunft blickte Judith auf meine Hand. Daraufhin machte ich ihrer Schwester einen etwas zwielichtigen Besuch, das hätte ich besser unterlassen. Ich schrieb Judith seitenlange Briefe, die eine wechselnde Mischung aus Liebesschwüren und Vorwürfen enthielten. Meine Handschrift aus dieser Zeit bildet das emotionale

Durcheinander ab: schwankend, abgehackt, patzig, ständig überm Rand.

Judiths Schwester machte zu Hause bekannt, dass ich in den vergangenen zwei Jahren nicht im Studentenheim gewohnt hatte, sondern bei Judith. Judiths Vater hatte die Miete für die Wohnung bezahlt, jetzt forderte er von mir einen Anteil. Er sagte, er komme sich vor wie eine Sau mit hundert Zitzen. Und dass ich zwei Jahre für den Haushalt seiner Tochter aufgekommen war? Interessierte niemanden. Ich hätte nicht gedacht, dass eine Trennung so viel aus dem Gleichgewicht bringt.

An einem sonnigen Nachmittag ging ich nochmals zu Judiths Garçonnière, um einige Sachen zu holen. Sommerlich alles, ein heißer Wind wehte durch die Straßen, der Himmel wirkte etwas eingetrübt von den Abgasen der Stadt. Es gab hohe Häuser neben niedrigen, es gab Straßen, in denen drängten sich viele Menschen, und Straßen, da ging niemand, nein, nicht niemand, da ging ein junger Mann.

Vorbei an dem leerstehenden Lokal, in dem bis vor einem halben Jahr ein Fleischer-Ehepaar gewirkt hatte. Vorbei an der Polizeistation, vorbei am Blumenladen, der unlängst noch ein Schuhladen gewesen war, rechts in eine Verbindungsstraße und zu dem Wohnhaus, in dem ich mit Judith gelebt hatte. Vor kurzem war das noch der Weg nach Hause gewesen, jetzt der Weg dorthin, wo früher zu Hause gewesen war und wo mich die Nachbarn noch grüßten wie einen der Ihren. Ich klingelte. Der automatische Türöffner summte. Ich drückte das Haustor auf und erklomm die Treppe mit schweren Schritten. Oben trat ich durch die offen stehende Tür. In der

Diele, gleich hinter der Tür, waren Dinge, die mir gehörten, in einem Winkel zusammengestellt, zusammengedrängt wie Rehe im Winter. Der Anblick verschaffte mir ein tief aus dem Bauch kommendes Unbehagen.

»Aha …«, sagte ich.

»So ersparst du dir das Zusammensuchen.«

Ziemlich weit unten in einem der Stapel sah ich ein Buch, das ich Judith zu ihrem letzten Geburtstag geschenkt hatte. Mit einem leichten Stechen der Wut warf ich die beiden mitgebrachten Tragtaschen aus Plastikgeflecht auf den Haufen.

»Die Erzählungen von Tschechow … hör mal!«

»Die liegen eher auf deiner Wellenlänge«, sagte sie rasch. »Ich habe noch einmal hineingelesen, ich schwör's, es ist alles so trostlos, wie die Bauern da in ihren Hütten sitzen.«

Sie ging mir voraus in die Küche. Ich war froh, als ich dort auf *meinem* Stuhl saß. Das gab mir ein Stück Selbstvertrauen zurück. An der Wand links die kleine, elfenbeinfarben lackierte Küchenkredenz mit Einsätzen aus geripptem Glas: die gehörte mir. Judith hatte gesagt, ich dürfe sie stehenlassen, kein Problem, hol sie, wenn du sie brauchst.

»Ja, also … es sitzt sich gut hier«, sagte ich. »Aber d-das soll keine Ankündigung sein, dass ich nicht mehr aufstehen werde.«

»Das beruhigt mich … Ja … Ich denke, du brauchst erst einmal einen Kaffee.«

So saßen wir, Kaffee trinkend, und fragten uns gegenseitig, wie es so ging und was wir so trieben.

»Ich schlage mich durch«, sagte ich. »Und du?«

»Ich auch.«

»Was immer das heißen mag,« sagte ich mürrisch.

»Ja, also … ich sauf nicht, ich heul nicht, ich flirte nicht. Ich bemitleide mich nicht einmal.«

»Ich mich schon.«

Ein junger Mann mit Schmerzen sein, ist eine Ganztagsbeschäftigung.

»Fühlst du dich wohl in der neuen Wohnung?«, fragte Judith. »Ist es nicht zu laut?«

»Es ist hauptsächlich Fließverkehr. Und an die U-Bahn werde ich mich gewöhnen. Aber der Feinstaub macht mir natürlich Sorgen.«

Um meiner Beklemmung Herr zu werden, stand ich auf. Judiths Wohnung befand sich in einem Altbau. Die Fensternischen waren zweieinhalb Meter hoch. Die bodenlange Kunststoffgardine vor dem Küchenfenster glänzte im Sonnenlicht. Ich schob sie ein Stück beiseite und spähte hinaus. Im Hinterhof des Nachbarhauses, wo gerade eine Cateringfirma eine frühere Tischlerwerkstatt bezog, flämmte ein Mann die Pflanzen weg, die aus den Ritzen zwischen den Bodenplatten wuchsen. Ich fand das kleinlich.

Nachher gingen wir in das große Zimmer, in dem auch das Bett stand. Alles picobello aufgeräumt, mein Schreibtisch war demontiert, dort breitete jetzt ein Gummibaum seine Äste aus. Mittendrin die mir wunderschön vorkommende Judith, ich meine, sie hatte eine wunderschöne Haltung, einen wunderschönen Ausdruck. Man sah ihr an, dass sie nicht nur gut aussah mit ihrem breiten Mund und den blauen Augen, man sah auch, dass sie in Mindestzeit studieren würde und dass sie seit der Volksschule auf der Überholspur war, ganz ohne Verbissenheit und Anstrengung. Selbst im Bett: ganz ohne Verbissenheit und Anstrengung, ganz zu Hause in ih-

rem Körper, pragmatisch, das bin ICH und fertig, das ist doch
sonnenklar. Wir hatten von Anfang an ohne jeden Schnick-
schnack miteinander geschlafen, ohne Tränen, ohne inten-
sivste Leidenschaft. Wir hatten uns besser verstanden, als ich's
wahrhaben wollte, denn auch Judiths Schnörkellosigkeit im
Bett war mir am Ende unheimlich gewesen, diese komplette
Abwesenheit von Dämonen.

Ich fragte Judith, ob sie noch einmal mit mir schlafen wolle. Sie lächelte sanft, ein ruhiger Gesichtsausdruck, dem das
Nein anzusehen war. Ich tat so, als hätte ich's gewusst, dass sie
mit diesem Lächeln reagieren werde. In Wahrheit hatte ich
gehofft, sie werde sich aus alter Anhänglichkeit darauf einlas-
sen. Schade. Weil: Wenn schon Trennung, dann irgendwie
filmreif oder großzügig, mit dem Anspruch, etwas zum Erzählen zu haben. Damals wären mir solche Gesten der Großartigkeit wichtig gewesen … dass Judith sagt: Jetzt schlafe ich
ein letztes Mal mit dir, und anschließend nehme ich aus unserem gemeinsamen Besitz alles, was mich freut, und du be-
kommst den Rest. Aber an den letzten Sex mit mir wirst du
noch auf dem Sterbebett denken.

So hätte es sein können. Statt dessen stand jeder mit ver-
schränkten Armen in einer Zimmerecke und versuchte, die
Gedanken des anderen zu erraten. Judith war mir in diesem
Spiel bestimmt ein gutes Stück voraus.

Ich bat um die Stehlampe, die wir aus dem Haushaltsgeld
gekauft hatten, ich sagte:

»Sie bedeutet mir mehr als dir, das weißt du.«

Sie schüttelte den Kopf, ganz leicht, noch immer mit verschränkten Armen.

Als wir die DVDs aufteilten, die wir gemeinsam gesammelt hatten – abwechselnd durfte jeder eine DVD nehmen, und das Los, wer beginnt, fiel auf Judith –, da nahm sie als erstes meinen Lieblingsfilm.

»Du kannst doch nicht einfach meinen Lieblingsfilm nehmen!«, beschwerte ich mich.

Sie zuckte die Schultern, ohne mir ihre Wahl zu erläutern.

»Doch, kann ich«, sagte sie, nachdem ich meinen Vorwurf wiederholt hatte.

»Und warum?«

»Was fragst du immer *warum*?«

»Weil es eine verdammte Sauerei ist, dass du als erstes meinen Lieblingsfilm nimmst!«

»Warum nicht?«

»Du hast einen eigenen Lieblingsfilm.«

»Nimm ihn!«

»Bin ich im Kindergarten?«

Sie sagte:

»Vielleicht ist es tatsächlich eine Probe, ob wir jetzt erwachsen sind.«

»Dann schlaf noch einmal mit mir!«

Das brachte sie kurz aus dem Konzept. Es entstand eine Nachdenkpause von drei oder vier Sekunden, schließlich hatte Judith sich zu ihren Vorsätzen zurückgekämpft.

»Nein-nein. Und außerdem … was soll denn das!«

»Amen.«

Judith schüttelte den Kopf, es fiel ihr nicht schwer, mir in die Augen zu schauen.

Da kam mir die plötzliche Erinnerung, warum ich Judith am Anfang auf den Mond gefolgt wäre. Ich so jung und unfertig, und sie schon so selbstsicher. Den ganzen Tag war ich an

ihrem Rockzipfel gehangen, von der Früh bis in die Nacht, so
sehr hatte ich sie bewundert. Und ohne dass ich's mir bei der
Trennung zugegeben hätte, wusste ich insgeheim, dass Judith
sich auch während unserer gemeinsamen Jahre rascher entwickelt hatte als ich, sie machte mit schwindelerregender
Schnelligkeit Boden gut. Nur hatte ich die Geradlinigkeit ihres Denkens und den entspannten Ernst ihrer Lebensführung
zunehmend als vorhersehbar empfunden, stur, spießig, alt-
backen, nüchtern, ein Charakter: wie mit dem Lineal gezogen, so kam es mir damals vor.

Wenn Judith über die Zukunft redete, redete sie nicht
über Träume, sondern über Pläne. Sie war jemand, der nicht
träumte, sondern plante. Bestimmt hatte sie schon einen neu-
en Plan. Die Trennung zog sie mit derselben Zielstrebigkeit
durch, mit der sie sich für mich entschieden hatte.

Das war auf einer Party gewesen zum Ende der Schulzeit.
Ich betrunken, müde. Ich hatte mich in einen Schrank gelegt
und war auf einem Kleiderhaufen eingeschlafen. Judith, die
beobachtet hatte, dass ich mich in den Schrank verdrückt hatte, kam ebenfalls hereingekrochen, sie fragte, ob noch Platz
sei. Wir redeten ein bisschen und schmusten miteinander.
Dann waren wir ein Paar.

In dem Kleiderschrank glaubte ich, dass wir anders seien
als alle andern. Aber je länger die Beziehung dauerte, desto
stärker hatte ich den Verdacht, dass wir womöglich nur ge-
ringfügig anders waren als alle andern. Kann das sein? Und
wenn ja: Wie kann einem etwas so Schreckliches passieren?

Ich erinnerte Judith an den Kleiderschrank. Die Geister
der Glücksmomente schwebten im Raum. Judith lehnte sich
für einen Moment an mich, Schulter an Schulter, eine kleine

Beschwichtigung. Dann sagte sie mit beunruhigender Sanftheit:

»Aus dem Schrank sind wir jetzt heraus.«

»Du vielleicht. Ich? Nein-nein. Ich befürchte, es dauert noch lange, bis ich da rauskomme.«

»Na … wollen abwarten, was du in sechs Monaten sagst. Du hast die Trennung herbeigebettelt. Ich nehme dir nur die Drecksarbeit ab.«

Ich erschrak über diese Worte. Dann sagte ich kleinlaut: »Es tut mir leid.«

Und meine Stimme in dem Raum klang anders als zu der Zeit, als ich hier zu Hause gewesen war.

Nach einem Moment des Schweigens setzten wir die Aufteilung der DVDs fort. Ich nahm *Fight Club*, kein überragender Film, aber *unser* Film, der Film meiner Generation. Ich hatte eine Zeitlang versucht so zu reden wie Tyler Durden, und die Mädchen hatten versucht so zu tanzen, dass es nach *Fight Club* aussah. Judith schnappte sich daraufhin *Apocalypse Now*, das ärgerte mich schon wieder, wo sie doch Kriegsfilme nicht mochte. Bleib cool, sagte ich mir, du musst dich konzentrieren, du musst dich vernünftig verhalten. Was ist los mit dir? Bleib cool, Julian. – Ich kontrollierte bewusst meinen Atem, ich versuchte, durch vorgetäuschtes Schwanken zwischen zwei DVDs Judiths Aufmerksamkeit auf Filme zu lenken, an denen ich kein besonderes Interesse hatte. Aber sie ließ sich nicht in die Irre führen und schnappte mir *Der Smaragdwald* weg. Am Ende hatte ich trotz der simplen Spielregeln den Eindruck, schlecht abgeschnitten zu haben. Sah ich nur den Stapel zwischen Judiths gekreuzten Beinen? Zwischen ihren nackten, muskulösen, immer ein wenig zitternden Beinen? Ich war bestimmt im Nachteil, weil Judith die Aufteilung als Denksportaufgabe betrieb, während ich mit Widerwillen an die Sache heranging. Es verunsicherte mich, ständig feststellen zu müssen, dass mir die andern in jedem Spiel voraus waren.

Beim Packen war Judith keine Hilfe. Besser so. Schließlich hatte ich alles beieinander und ging. Auf der Treppe fühlte ich mich erschöpft wie nach einer großen körperlichen Anstrengung. Ich schwitzte und zitterte. Ich weiß, vom Zurückschauen bekommt man Heimweh.

Zwei

Von Judiths Garçonnière war ich in eine Wohnung an der Linken Wienzeile gezogen. Ich hatte nicht gefragt, ob ich das dürfe, sondern Elli, meine ältere Schwester, vor vollendete Tatsachen gestellt. Der war das eh recht. Sie hatte dort seit drei Jahren ein Zimmer, wohnte aber seit einigen Monaten bei ihrem Freund. Das Haus an der Wienzeile sah außen herrschaftlich aus, die Wohnung selber war desolat. Es gab drei kleine Kohleöfen zum Luftverpesten, im Gang stapelten sich die Kohlensäcke, alles voller Kohlenstaub, auch im Sommer, weil niemand die Säcke in den Keller tragen wollte. Vermutlich hatte ich nie mehr so schmutzige Haare wie damals. Beim Haarewaschen war das Wasser braun.

In dieser Wohnung führte ich ein unvertrautes Leben. Es gab eine Mitbewohnerin, Schulfreundin von Elli, die hieß Nicki, war ein Jahr älter als ich und studierte Psychologie. Sie war faul, auch nicht besonders begabt, das behauptete zumindest Elli. Auf die Uni ging Nicki selten. Mit Ende des Studienjahres hatte sie die Stadt verlassen, einen Teil des Sommers verbrachte sie bei ihren Eltern in Vorarlberg.

Die Wohnung lag im dritten Stock, plus Hochparterre und Mezzanin, also ziemlich weit oben. Eines der Nachbarhäuser, hinten hinaus, war ein gutes Stück niedriger, weshalb man von der Küche und der Diele auf ein von roten und grauen Ziegeln geschupptes Dach sah.

Mein Zimmer ging vorne hinaus auf die Wienzeile und

hatte Morgensonne bis weit in den Vormittag hinein. Elli behauptete, hier schlafe man quasi auf der Straße. Tatsächlich zog unten unablässig der Verkehr vorbei, das Haus zitterte, wenn ein Bus der Verkehrsbetriebe um die Ecke bog, ich konnte nur hoffen, dass das Mauerwerk hielt, bis ich wieder ausgezogen war. Zwischen den beiden zweispurigen, stellenweise dreispurigen Fahrbahnen floss der in ein Bett aus Steinen und Betonplatten gezwängte Wienfluss. Daneben ratterte die U-Bahn, die hier im Freien geführt wurde. In der Nacht glitten die U-Bahnzüge als hell erleuchtete silberne Schlangen vorbei und warfen nervöses Licht auf das armselige, immer schmutzige, fischlose Wasser. Ich konnte die Fahrgäste in den Waggons sitzen sehen, all die Träumer und Nasenbohrer. Dazu das Quietschen der Räder und Bremsen beim Einfahren in die Station, stadtauswärts, kurze harte Schläge. Wenn es mir erst gelungen war, alle Geräusche einem konkreten Vorgang zuzuordnen, würde ich besser schlafen, davon war ich überzeugt. Doch zunächst lag ich stundenlang wach, schlaflos in einem Ausmaß, dass ich glaubte, alles sei nur für mich, für mich und meine Schlaflosigkeit: die Stadt, die Straße, der Fluss, die U-Bahn, die Angst. Und meine Kiefer mahlten die Erinnerung an Judith.

Die meisten Tage schlug ich mir schauderhaft um die Ohren. Ich vertat eine Unmenge Zeit damit, dass ich im Kopf endlose Tiraden knüpfte, meine bessere und meine schlechtere Seite lösten einander beim Reden ab, so dass beide ausreichend zum Verschnaufen kamen. Erklärungen für Judith, Beschimpfungen für ihren Vater. Nach besonders schlechten Tagen überkam mich die Nutzlosigkeit meines Tuns, und ich erwachte zu kurzfristiger Aktivität. Dann kaufte ich Holz für ein Bücherregal und stahl auf dem Dachboden des Hauses ein altes Türblatt, das ich zur Tischplatte umfunktionierte. Zwei Holzböcke als Tischbeine hatte ich ebenfalls gekauft. Ich flickte meinen Karatekittel, die rechte Ärmelnaht war gerissen. Das Training spritzte ich trotzdem, obwohl ich dem Trainingslokal durch den Wohnungswechsel deutlich näher gekommen war. Von Zeit zu Zeit blätterte ich die Zeitungen durch auf der Suche nach einer Möglichkeit, an Geld zu kommen. Auch auf der Veterinärmedizinischen Fakultät, wo ich ein Zeugnis abholte, studierte ich die Anschlagbretter. Doch keiner der in Aussicht gestellten Jobs ließ mich vergessen, dass das Geld, das ich verdienen würde, in die Taschen von Judiths Vater wandern sollte. Schuldig wollte ich das Geld aber auch nicht bleiben. Was tun? Ich verplemperte zwei weitere Tage. Es stimmt, ein junger Mann mit Schmerzen sein, nimmt einen ganz in Anspruch.

Einsam und verwundert lag ich da inmitten dieser betriebsamen Welt. Wie ein Getriebe, das den Dynamo am Laufen hält, surrte draußen der Straßenverkehr.

Wenn ich in der Nacht kurz aufstand und wieder ins Bett zurückfiel, merkte ich manchmal, dass die Laken getränkt waren von Schweiß. Ich war nicht krank. Das Schwitzen kam von der schieren Unruhe, die mein ängstlicher, leicht einzuschüchternder Geist meinem Körper zumutete. Am Morgen stand ich auf, bleich und taumelnd, ich fragte mich, wie lange ein Organismus das durchhält. Vermutlich nicht sehr lange.

Also sah ich mich wieder nach Gesellschaft um. Vielleicht würden Freunde helfen, meine Niedergeschlagenheit zu übertünchen. Weil Ferien waren und die meisten Studenten die Stadt verlassen hatten, blieben die Wiener. Ich schrieb eine SMS an Tibor, bei dem ich nach der Trennung drei Tage gewohnt hatte. Wir verabredeten uns in einem Lokal am Ende der Porzellangasse, wo die Porzellangasse das letzte Stück bis zum Donaukanal etwas unmotiviert der Berggasse überlässt, offenbar hat sie keine Lust, das Wasser zu sehen. Im unteren Bereich dieser wasserscheuen Straße hatten Schülerinnen einer Modeschule ein Lokal eingerichtet. Es verkehrten dort fast nur junge Leute. Tibor war dort über Jahre mehrmals jede Woche. Er kannte immer jemanden. Ihm gefiel das Lokal, obwohl er betonte, dass er kein Interesse mehr daran habe, mit Models zu schlafen. Er hatte da wohl einschlägige Erfahrungen.

»Die riechen immer so komisch«, sagte er.

Seine Freunde begrüßte er mit dem Händedruck der Freiheitskämpfer. Hintergrund der Geste? Beschäftigte ihn nicht. Hauptsache lässig. Mir war das zu kindisch. Also rammte er mir zur Begrüßung einen Finger zwischen die Rippen.

»Warum so verdrückt?«, fragte er. »Wer mit Leichen schläft, hat schlechte Träume.«

Dann lachte er schallend, und ich spürte, wie schon oft, seine Andersartigkeit, die mich irritierte und anzog wie ein Kratzen und Keuchen hinter der Wand. Tibor hatte etwas Robustes, er machte einen sehr bestimmten Eindruck. Außer ihm kannte ich niemanden, den die Unsicherheit nicht wenigstens ein bisschen quälte. Ich glaube, er besaß ein angeborenes Vertrauen in die Welt, das gefiel mir. Und mir gefiel auch, dass bei ihm immer etwas los war, bei jeder Gelegenheit vorneweg. Als auf der Veterinärmedizinischen Fakultät ein Zwergflusspferd gestrandet war und der ehemalige Rektor es mit nach Hause genommen hatte, bis sich ein geeigneter Platz dafür fand, bot sich Tibor als Tierpfleger an. Begründung: Zwergflusspferde sind anspruchslos. – So verdiente er sein eigenes Geld.

Von den vier Leuten, die er mitbrachte, kannte ich zwei, Claudi, seine gegenwärtige Freundin, und einen weiteren Studenten der Veterinärmedizin, Karl. Karl wohnte im Studentenheim. Über seiner Zimmertür hatte er ein Schild mit dem ersten Satz aus Dantes Inferno angebracht: *Lasst alle Hoffnung fahren, all die, die ihr hier eintretet.* Das machte ihn interessant, obwohl er ein total langweiliger Mensch war. Veterinärmedizin studierte er nur, weil er am liebsten ein Leben lang mit neugeborenen Kälbern zu tun haben wollte. Diesen Verdacht hatte ich.

Karls Freundin stellte sich als Sabine vor, dabei lachte sie nervös, mir kam vor, ihr Name verursachte ihr eine insgeheime Panik. Sie küsste mich rechts und links. Ich fand es völlig absurd, jemanden zu küssen, den man zum ersten Mal trifft, aber bitte.

»Julian«, gab ich zurück.

Mein Name schien ihre Ängste zu zerstreuen, denn sie verkündete begeistert:

»Julian kenne ich drei.«

Sabine trug ein kleines Fähnchen aus dünnem Stoff, mit ganz kurzen Ärmeln und einem winzigen verschrumpelten, weil nicht gebügelten Kragen, vorne durchgeknüpft. Judith hatte auch so ein Kleid gehabt, von H&M. Aber das Modell in

Türkis. Sabine trug das Modell mit den hellblauen Streifen. Diese Kleider reichten bis zum Knie. Sabine sagte, es gebe noch eine dritte Ausführung, in Rot. Ich schaute mich im Lokal um, konnte das rote Modell auf Anhieb aber nicht entdecken.

Selber trug ich eine blaue thailändische Fischerhose mit weiten Hosenröhren, dazu ein Jahre altes Zirkus-T-Shirt, weiß mit vorne einem Clownsgesicht. Wenn man die Wohnung wechselt, kommt das Unterste zuoberst. Ich hatte das T-Shirt trotz fortgeschrittener Fadenscheinigkeit wieder in Gebrauch genommen, weil alte Kleidung einem manchmal ein Gefühl der Sicherheit gibt. Außerdem mochte ich es, dass das T-Shirt eng war und meine Brustmuskulatur betonte.

Die Kellnerin brachte neue Getränke. Tibor erhob sein Glas und sagte in die Runde:

»Eine erfolgreiche Trennung beglückt die Menschen im neuen Jahrtausend.«

»Ja, eh«, brummte ich. Mir missfiel der Spott, mit dem er den Trinkspruch ausgebracht hatte. Wollte er sich über mich lustig machen? Wobei: Es war wohl nicht böse gemeint. Tibor machte Schluss, so wie man etwas ausspuckt. Wenn ich ihm erzählte, dass ich mit Judith telefonierte, sagte er, ich sei ein unverbesserlicher Esel. Er konnte nicht begreifen, dass jemand für eine Trennung mehr als drei Tage aufwendete. Er vertrat den Standpunkt, abwicklungstechnisch sei eine rückstandslose Trennung in einem Gespräch von fünf Minuten möglich. Falls das für mich schal klinge, sei's ihm wurscht, er habe den Beweis schon mehrfach erbracht, er könne mir Namen nennen. Oder ich könne mich beim nächsten Mal im Schrank verstecken und zuhören, ja, im Schrank.

Claudi, die für das nächste Exempel hätte herhalten müssen, murrte, aber ihr Murren ging unter, weil die andern mich fragten, wie und was. Es fühlte sich an, als sei ich in einen Ascheregen geraten. Die Asche schlug sich auf allem nieder, drang in alle Poren und legte sich auf meine Stimmbänder, so dass ich kaum etwas herausbrachte.

»Wie lange wart ihr zusammen?«

»Hat sie einen anderen?«

»Bist du schon wieder auf der Suche?«

Zu unserer Runde gehörte ein großgewachsener Typ mit römischer Nase, offenbar ein Cousin von Karl. Er wirkte nett, lebte aber, wie mir schien, in seiner eigenen Welt.

»*Tosca* ist ein ganz überwältigendes Werk …« Undsoweiter.

Jetzt beugte er sich zu mir herüber und legte los, seine Schwester habe nach einer Trennung versucht, sich die Pulsadern aufzuschneiden. Im Zusammenhang mit dieser Geschichte erzählte er, dass seine Freundin ihn Anfang des Jahres verlassen habe und jetzt mit Achtzehnjährigen herumrenne.

»Das ist doch nicht normal«, empörte er sich.

Alle bis auf mich lachten, gleichzeitig pflichteten sie ihm bei. Tibor behauptete, die Abnormale, die auf Milchbärte stehe, habe eine gewisse optische Ähnlichkeit mit Judith. Der soll gefälligst seine Beobachtungen für sich behalten, speziell diejenigen, die er macht, wenn es um Judith geht.

Während die anderen weiterredeten und Trennungsgeschichten zum Besten gaben und Bestellungen riefen, war ich sehr bange, aber ich versuchte, es nicht zu zeigen. Niemand sieht gerne einen ständig hängenden Kopf. Ich erschrak vor dem Gedanken, dass in der Zukunft etwas unaussprechlich Grauenhaftes auf mich wartete … dass mir dort alle Türen vor der Nase zugeschlagen wurden, eine nach der andern. Meine Nerven waren aufs äußerste angespannt.

»Warum jetzt eigentlich?«, hakte Karl nach.

Der Trottel soll mich gefälligst in Ruhe lassen. Ich hatte keine bessere Erklärung als die, dass es so gekommen war. Diese Erklärung hätte eigentlich ausreichen müssen, klang aber auch in meinen Ohren wie eine Ausflucht. Deshalb ärgerte ich mich.

»Ich versteh's selber nicht«, sagte ich böse: »Und jetzt geh mir nicht länger auf die Nerven.«

Es wurden einige Wegwerfsätze über Trennungen im Allgemeinen und Speziellen gewechselt. Claudi sei einmal mit einem Typen zusammengewesen, der immer ihre leeren Zahnpastatuben und Shampooflaschen aus dem Müll geholt habe, um sie noch besser auszudrücken. Irgendwann habe sie ihn angeschrien, er solle gefälligst aufhören, in ihrem Müll zu wühlen. Kurz darauf hätten sie sich getrennt, sie weine dem Kerl keine Träne nach.

»Zum Wohl!«

Tibor sagte:

»Trennungen stärken den Charakter.«

Er zwinkerte, als sei ihm da zu seiner eigenen Verblüffung etwas ganz Einleuchtendes aus dem Ärmel gefallen.

Der Cousin von Karl schlug vor, jeder von uns solle ein solches Ein-Satz-Statement abgeben. Er überlegte und sagte in Kunsthistoriker-Manier:

»Trennungen erinnern an den Tod.«

Tibor lachte schallend. Er sagte offen, was er davon hielt,

er habe sein Lebtag noch keinen solchen Quatsch gehört. Der Cousin machte ein beleidigtes Gesicht.

Die Kellnerin brachte uns für einige Momente in Kontakt mit einer anderen Wirklichkeit: sie nahm weitere Bestellungen auf. Die Frau gefiel mir, eine speckige, selbstbewusste, fröhliche Polin, die sich Goscha nennen ließ. Sie trug solide Wanderschuhe und hatte eine Schürze umgebunden. Wenn sie lachte, bekam sie an den Seiten der Nase Falten wie ein Hase, der schnuppert. Einen Augenblick lang war ich glücklich. Und der volle berstende Alltag rollte durchs Lokal. Alle Welt schien zu strahlen. Ich dachte meine Gedanken inmitten lächerlich vieler strahlender Menschen. Alle redeten. Und Sabine sagte:

»Jeder sollte sich mindestens einmal im Leben trennen.«

Als niemand darauf reagierte, sagte sie etwas lauter:

»Das war mein Satz.«

»Welcher?«

»Jeder sollte sich mindestens einmal im Leben trennen.«

»Brutal!«, sagte Claudi aus heiterem Himmel, denn offenbar enthielt der Satz eine geheime Botschaft.

Karl fragte:

»War das jetzt wirklich nötig?«

Da gab Sabine ihm eine Ohrfeige, dass ihm die Brille von der Nase flog, zack.

Wenn etwas die Macht zu haben scheint, die Zeit langsamer laufen zu lassen, ist es ein plötzlicher Ausbruch von Gewalt. Mit einem Mal dringt alles wie in Zeitlupe zu einem her, und man kann auf sehr vieles gleichzeitig achten, auf zehn Gesichtsausdrücke, auf zehn kleine Geräusche, auf was immer man will.

Karl, der wie auf Knopfdruck so rot geworden war, dass Striemen nie und nimmer erkennbar gewesen wären, schrie herum, so unangenehm laut, dass er die Ohrfeige tatsächlich irgendwie wegschrie. Sabine, unglücklich, bleich, schrie ebenfalls, nämlich, er solle das Maul halten. Wir anderen hielten uns, jeder auf seine Art, heraus, tun konnte man ohnehin nichts, fand ich, das mussten sie unter sich ausmachen. Wenn sie müde genug geworden waren, würden sie wieder Ruhe geben.

Als sie sich ausgeschrien hatten, umringt von drei Kellnerinnen, die vorsichtig zu beschwichtigen versuchten, fragte Tibor, der bis dahin sein Grinsen im Bierglas versteckt hatte:

»Was sollen wir tun? Sollen wir euch allein lassen?«

»Nein, wir gehen«, sagte Karl, und der Satz war wie entstellt von Partikeln, die daran festklebten, Ablagerungen aus Frustration, Zorn, Scham und der Anstrengung, sich zu beherrschen.

Sabine stammelte etwas, zögerte. Tibor machte mit dem Daumen eine Bewegung Richtung Tür und brummte:

»Hau bloß ab. Was sollen wir jetzt mit dir? Komm morgen wieder, dann kannst du erzählen, wie es ausgegangen ist.«

Als die beiden weg waren, sagte Claudi mit eingezogenem Kopf:

»Leck mich am Arsch.«

Ich war empört und sagte:

»N-nein, also … das geht gar nicht.«

Karls Cousin hingegen winkte ab, er meinte:

»Schade für Sabine, sie mag solche Dramageschichten. Das Ganze wäre für sie ein Ereignis, aber … dass wir es gesehen haben … das ist natürlich peinlich für sie.«

Er nahm einen Schluck. Gleich darauf sagte er noch:

»Karl soll wegen einer Watsche nicht so ein Gesicht machen.«

»No na, nicht?«, fragte ich und trank mein Glas leer. »Ich an seiner Stelle …«

»Beruhig dich«, fiel mir Tibor ins Wort.

Wir bestellten noch zwei Runden. Irgendwann versandete das Gespräch und kam nicht mehr in Gang. Claudi drückte an ihrem Handy herum. Der Cousin verabschiedete sich. Ich selber fühlte mich wie ausgesetzt unter Fremden. Trotzdem und obwohl ich hundemüde war von den bösen Flaschengeistern und dem Nonsens, dem man sich Tag für Tag stellen muss, folgte ich Tibor und Claudi in die Wasagasse, wo Tibors Familie in einer riesigen Mietwohnung wohnte.

»Schlafen gehen wir erst, wenn der Kuckuck Kuckuck ruft«, sagte Tibor.

Dass wohlhabende Familien in Mietwohnungen wohnen, kannte ich von zu Hause nicht, ich stamme von Bauern und Wirtsleuten ab, solange man's zurückverfolgen kann. Neu war mir auch, wie selbstverständlich diese Menschen über ihre Wohnungen redeten, als wären sie ihr Eigentum. Für Tibors Eltern und auch für Tibor war es ganz natürlich, dass ihnen sowohl die Wohnung in der Wasagasse als auch die Wohnung der Großmutter *gehört*. Die Wohnung in der Wasagasse war für mich eine richtige Städterwohnung: Sicherheitstür mit einem Balken, drinnen alles dunkel und eher muffig. Im Wohnzimmer Biedermeiermöbel und ein Ölschinken an der Wand. Auch einen verglasten Bücherschrank mit alten Lederbüchern gab's, wobei klar war, dass die Bücher nur Ausstellungsstücke waren, weil hier mit Sicherheit niemand las. Tibors Vater machte Geschäfte, ich bin ihm, glaube ich, nie begegnet. Seine Mutter war unscheinbar, sie machte immer nur die Tür auf. Mehr als einen Satz haben wir nie gewechselt.

Im Wohnzimmer redeten wir über *das Ereignis*, kamen aber bald wieder davon ab, weil es nichts mehr zu lachen gab, je länger wir darauf herumritten. Im Anschluss an ein längeres Schweigen fragte Claudi, wann ich in den Urlaub fahre. Urlaub? Auch dies ein Gesprächsstoff, der besser aus dem Spiel geblieben wäre. Zerknirscht gestand ich, dass ich in Geldschwierigkeiten steckte, weil Judiths Vater unerwartete Ansprüche stellte.

Den Besuch bei Judiths Schwester ließ ich weg, den Rest berichtete ich wahrheitsgemäß. Mitten in der Erzählung verlor ich den Faden. Die Unordnung in meinem Leben fühlte sich tief und bedrückend an. Claudi und Tibor redeten auf mich ein. Aber ich horchte erst wieder auf, als Tibor sagte, er an meiner Stelle würde zugreifen. Jetzt realisierte ich, dass er mir gerade den Vorschlag gemacht hatte, ihn bei Professor Beham zu vertreten, er selber habe sich übernommen und wolle für zwei Wochen aufs Land.

»Ich werd wohl müssen …?«, sagte ich mit einem dummfragenden Gesichtsausdruck.

»Geh Montag früh hin und sag, Tibor schickt dich.«

»Was muss ich tun?«

»Sie werden es dir sagen.«

»Ist okay.«

»Denk an das Geld.«

»Ja-ja, ununterbrochen. Und sonst?«

»Nähere dich vorsichtig.«

»Wem?«

»Dem Zwergflusspferd … Und wenn du gefragt wirst, ob du Französisch sprichst, sag nein.«

Er ließ einige Erklärungen folgen, nicht zu der Sprachproblematik, aber zu Fressgewohnheiten, Tagesabläufen und Diensteinteilungen. Wenn sonst nichts zu tun sei, dürfe man während der Arbeitszeit lernen. Dann eine Wegbeschreibung:

»Dort kommst du zu einem Haus, bei dem das Dach so weit über die Garage heruntergezogen ist, dass du in die Dachrinne kotzen kannst.«

Während er so redete, schlief ich ein. Ich träumte von Frankenstein, der die Gesichtszüge von Judiths Vater hatte, und von Professor Beham, der ein Zwergflusspferd an der Leine durch einen Dschungel aus Plastik führte. Professor Beham dozierte, dass der nach vorn abfallende Körperbau des Zwergflusspferdes *Buschbrecher* genannt werde. Im Hintergrund hörte ich Trommeln, die langsam lauter wurden, geheimnisvoll wie aus einer Welt, in der Kriege erklärt werden. Da erwachte ich vor Schreck und stellte fest, dass Claudi und Tibor Sex hatten. Die Geräusche kamen aus dem Nebenzimmer. Zwischendurch hörte ich die beiden reden.

»Ich glaube, ich mache das ganze Bett blutig«, sagte Claudi. Dann etwas lauter: »Einmal habe ich mit einem Studienkollegen gebumst, während der Regel. Der war ganz verstört, dass es da so viel Blut gibt, das habe er nicht gewusst, das sei ihm neu.«

Die beiden lachten. Claudi fröhlich, fast glockenhell. Bei Tibor hörte es sich an, als liege Claudi auf ihm oder als sei seine Stimme belegt. Es folgten wieder die rhythmischen

Schläge, die sich in meinem Traum in das Geräusch von Trommeln verwandelt hatten. Das alles ging mich nichts an, fand ich. Also schlich ich auf Zehenspitzen aus der Wohnung, hinaus in die Nacht, ins Geflecht der Straßen, ins Konglomerat der Häuser, auf der blauen, schmutzigen Erde, in der großen weiten Welt. Und die Trommeln waren mit mir.

Drei

Der Samstag verwandelte sich in einen Sonntag, der letzte
freie Tag. Beim Wachwerden herrschte fast kein Verkehr, so
dass ich einen Moment lang dachte, ich wäre woanders. Die
Sonne hatte das Bücherregal erreicht, die Plastikhüllen der
CDs und DVDs glitzerten an den Rändern. Ich drehte mich
einige Male im Bett herum, schaffte es aber nicht, wieder ein-
zuschlafen, das sehnliche Wünschen hatte genau den gegen-
teiligen Effekt, auch hier. Also stand ich auf und putzte mir
die Zähne. Oft, wenn ich mit Judith Zähne geputzt hatte, hatte sie über mein Spiegelbild gelacht, denn nur im Spiegelbild
war ihr aufgefallen, wie schief meine Nase ist. Daran musste
ich denken.

Im Alltag fehlte mir Judith am meisten. Was tun mit all
den Ritualen, die man als Paar hatte? Samstag früh gemeinsam einkaufen gehen, dem Kolporteur eine Zeitung abkau-
fen, dann, wieder zu Hause, Kaffee trinkend, Füße auf dem
Tisch, die Zeitung lesen. Wer bekommt zuerst welchen Teil?
Vorne oder hinten? Soll man diese Rituale allein weiterpfle-
gen? Das geht nicht.

Sonntagnachmittag rief Tibor an, er wollte sicherstellen,
dass ich keinen Rückzieher machte, er sagte, er sei schon unterwegs aufs Land, um dort den Lebensstil der Fleißigen und
Sparsamen zu studieren. Tatsächlich war die Verbindung
schlecht, Tibors Stimme brutzelte wie ein Ei in der Pfanne.

Für mich brachte das Gespräch vor allem die eine neue

Erkenntnis, dass ich mir die Arbeit bei Professor Beham als Praktikum anrechnen lassen konnte. Ich wusste trotzdem nicht, ob ich mich freuen sollte. Bei der Vorstellung, dass jetzt ich derjenige war, der die ganzen Ferien in der Stadt bleiben und Staub schlucken musste, beschlich mich ein tristes Gefühl. Manchmal glaubte ich vor Hitze und Dreck keine Luft zu bekommen, es tat mir unendlich leid um diesen Sommer, er kam mir schon jetzt vor wie ein Teil der Vergangenheit, ans Kreuz der Trennung geschlagen.

Das Gegenteil von Liebe sei nicht Hass, sondern Trennung, heißt es. Und das Gegenteil von Schönheit nicht Hässlichkeit, sondern Schaden. Ganz allein stand ich da und fühlte mich schadhaft.

Am Abend schaute ich Nachrichten. In Tel Aviv hatte sich ein Selbstmordattentäter an einer Bushaltestelle in die Luft gesprengt. All diese Terroranschläge … ich fand sie schockierend und abstoßend. Die ständig um den Erdball flutenden Druckwellen fuhren mir regelrecht ins Mark. Rasch noch der Wetterbericht, damit ich für den folgenden Tag passende Arbeitskleidung aus dem Schrank suchen konnte. Dann schaltete ich den Fernseher aus, lag auf der Couch und hörte Musik. Unter anderem spielten sie *Hedonism* von Skunk Anansie: *I wonder what you're doin' now … I wonder if you think of me at all …* Zum Ende der Schulzeit hatte ich dieses Lied manchmal nonstop auf meinem CD-Player gespielt, das lohnte sich allein wegen des Riffs am Anfang. Jetzt deprimierte es mich nur. Es hat eh alles keinen Sinn, sagte ich mir, alles ist sinnlos. Was soll es überhaupt, dass ich lebe? Es ist eine dreckige, verhunzte und mitleidlose Welt, und ich selber bin ein Stümper. Bestimmt fehlt mir das Talent zum Glücklichsein, so ist es und bleibt es für alle Zukunft. – Dieser Gedanke versetzte mich zuerst in Panik, dann machte er mich todunglücklich. Auch heute noch, wenn ich daran zurückdenke, habe ich Beklemmungen. Es war schrecklich.

Von der Couch wechselte ich ins Bett. Hoffentlich konnte ich schlafen. Das Zittern des Hauses machte mir Angst, ich hielt es für möglich, dass der Boden im nächsten Augenblick unter mir wegbrach. Die Autos auf der Straße versuchten weiterhin, ihr geheimnisvolles Soll zu erbringen. Die U-Bahnen erzeugten weiterhin ihr rauschiges Rattern, an das ich mich langsam gewöhnte. *Mach dir nichts draus … mach dir nichts draus … mach dir nichts draus,* sagte das Rattern, aber … ich machte mir sehr wohl etwas draus. Und manchmal erhellte ein weißes Blitzen die Zimmerdecke, weil schräg gegenüber der Tankstelle die Radarbox scharf gemacht worden war. Die Nacht schien dadurch größer zu werden, größer und weiter.

Um sieben in der Früh saß ich in der U-Bahn Richtung Donaustadt, vorbei an der UNO-City, wo bestimmt die Köpfe heißliefen wegen einer mörderischen Kriegshandlung irgendwo. Von der Endstation der U1 nahm ich den Bus. Das Haus von Professor Beham stand in der Nähe einer Haltestelle, ein Stück Weg war zu gehen, ich fühlte mich sicher in meinen Wanderschuhen, die bald Arbeitsschuhe sein würden. Zügigen Schritts folgte ich der Straße nach Süden, so dass ich die Sonne auf der linken Seite hatte. Neben den Zäunen den Gehsteig entlanggehend, sah ich mir die Hausnummern an. An fast allen Gartentoren wurde auf die Wachsamkeit tierischer Mitbewohner hingewiesen, manchmal mit in Keramik gebrannten Namen, deren harte Zweisilbigkeit abschrecken sollte, manchmal mit aufgemalten Hundeporträts, deren Fangzähne an Vampire erinnerten. Dabei drückten sich nur lauwarme Windstöße in den Gärten herum, sonst nichts. Ich sah eine weitgehend stabile Welt aus Gewohnheit und Sauberkeit, von Geld und Gartenzäunen zusammengehalten, ein belangloses Amalgam aus rosiger Gegenwart und nichts Neuem. Die Häuser hatten einen Blaustich von den Wolken, die Bäume blitzten grünschwarz, gerade und langweilig.

Als ich das Ende der Straße erreicht hatte, hoffte ich, es sei mehr als nur das Ende der Straße. Ich blieb stehen, schaute, welcher Anblick sich mir bot: nicht sehr freundlich, irgendwie trist, eine verschnittene Hecke, dahinter ein Haus aus den sechziger Jahren des vorigen Jahrhunderts mit Dachausbau. Das Gebäude stand wenige Meter abgerückt von der Straße, links die Garage unter dem von Tibor erwähnten, weit heruntergezogenen Dach. Der Garten mit einigen Laubbäumen befand sich hinter dem Haus. Auch jetzt, zur Hauptverkehrszeit, lag die Straße so gut wie verlassen da.

Ich drückte auf die unbeschriftete Klingeltaste, wartete, drückte erneut, nichts passierte. Beim dritten Mal hatte ich das Gefühl, dass die Klingeltaste tot war, ich fand, das gab mir das Recht, das Gartentor zu öffnen und über den gekiesten Weg zur Haustür zu gehen, die im Schatten lag. Ich läutete auch dort dreimal, ohne dass jemand kam. Ich sah zum nächstliegenden Fenster hinein, das zu einer Art Arbeitszimmer gehörte. An den Wänden hingen anatomische Tafeln, auf denen die Tiere keine Haut hatten. Hausbewohner entdeckte ich keine. Ich klingelte erneut. Jetzt ertönte der Summer. Ich gab der Tür einen Stoß, sie öffnete sich auf eine zu groß geratene, sinnlos den Platz verbrauchende Eingangshalle. Der Fußboden war mit großen, verschiedenfarbigen Platten ausgelegt, Steinplatten, asymmetrisch geschnitten, verlegt, verfugt. Eine breite Treppe führte in die oberen Regionen des Hauses. Vom Halbstock blickte eine hölzerne, mit Nägeln gespickte Fetischfigur zu mir herunter, die allen bösen Geistern Einhalt gebieten sollte. Ich streckte ihr die Zunge raus. Dann stand ich einige Minuten blöd herum und überlegte schon, wohin ich mich versuchsweise wenden sollte. Da fragte vom oberen Stockwerk aus eine Frauenstimme:

»Wer sind Sie?«

Ich blickte hoch. Mit den Unterarmen auf das schwarzgoldene Geländer gestützt, schaute eine etwa dreißigjährige, dunkel gelockte Frau zu mir herunter. Die spontane Wirkung auf mich war derart, dass ich verdutzt zurückfuhr: Bestimmt hatte mich die Frau schon die ganze Zeit beobachtet.

»Ähm ... ich heiße Julian. Ich bin der Ersatz für Tibor.«

»Tibor? Kenne ich den?«

»Tibor Stainer. Er kümmert sich um das Zwergflusspferd.«

»Ist er krank?«

»Er fährt für ein paar Tage aufs Land.«

»Aufs Land, aha. Das Flusspferd ist ihm wohl nicht dreckig genug.«

Die Frau sprach mit ziemlich flacher, klarer Stimme, irgendwie seltsam. Erst später ging mir auf, dass sie einen leichten Akzent hatte. Jetzt schaute sie wortlos von oben in den Eingangsbereich und musterte mich mit sachlicher Neugier.

Da ich nichts zu sagen wusste, wartete ich ... das ging eine Zeitlang, ich war bald nahe daran, einen steifen Nacken zu bekommen. Endlich stieg die Frau die Treppe herab. Sie war kleiner, als es zunächst ausgesehen hatte, gute Figur, aber etwas steif, kam mir vor. Zu meiner Überraschung trug sie Cowboystiefel, zugegeben, sie hatte den geeigneten Knochenbau für diese Art von Schuhen. Aber bestimmt schwitzte sie fürchterlich darin.

Sie trat zu mir her, und da war sie plötzlich fast so groß wie ich.

»Sprechen Sie Französisch?«, fragte sie.

»Kein Wort«, sagte ich.

»Auch gut.« Und in demselben farblosen Ton: »Haben Sie das Gras mitgebracht?«

Ich wusste, dass Tibor den Professor mit Marihuana versorgte. Gleichzeitig zog ich in Betracht, dass vom Futter für das Zwergflusspferd die Rede war, deshalb ließ ich mir von meiner Nervosität möglichst wenig anmerken.

»Nein, bedaure«, sagte ich.

»In der Garage finden Sie die Sense und eine große Tragtasche. Sie müssen zur Wiese gehen.« Die letzten Worte begleitete die Frau mit einer Geste Richtung Süden, über das Ende der Straße hinaus.

Ich sagte auf gut Glück:

»Ich finde mich zurecht.«

Die Frau nahm mich mit auf eine Runde durch das Erdgeschoss. Von der Halle führte ein Gang hinter der Treppe an Klo und Bad vorbei zu einer Tür. Dahinter war die Küche, ganz von Morgensonne durchschienen, ein Küchenblock, eher steril, gegenüber ein kleiner Tisch mit Bank in der Ecke, ich wusste sofort, hier würde ich lernen. Wenn ich neben der Arbeit lernte, würde die Zeit nicht gänzlich verloren sein. Die Frau zeigte auf den Kühlschrank, aus dem ich mich versorgen durfte. Sie wandte sich nach rechts und bedeutete mir, mitzukommen. Wir bogen ins Wohnzimmer, das ebenfalls Richtung Garten lag mit einer bis zum Boden reichenden Glaswand nach Osten und großen Fenstern nach Süden. Eine Schiebetür stand offen, die Gardine wehte nach draußen, es war mir nicht klar, woher der Luftzug kam. Dort draußen sah ich eine Terrasse und hinter der Terrasse einen Maschendrahtzaun, der den Teich und einen Teil des Gartens vom Haus trennte. Die Frau trat hinaus, sie drehte sich um, sich vergewissernd, dass ich hinter ihr war. Ich fühlte einen leichten Schwindel, als ich vom Dunklen wieder ins Helle trat. Das still glänzende Schlammgewässer vor meinen Augen lichtete sich in dem Maß, in dem mein Blick wieder klarer wurde. Lediglich das nördliche Viertel des Teiches war mit Binsen bewachsen.

Die Frau blieb eine Zeitlang auf der Terrasse stehen und runzelte die Stirn. In einiger Entfernung ragten mehrere Wohnblocks in den Horizont, deutlich rechts davon sah man die Spitze des Donauturms.

»Irgendwo wird das verdammte Vieh schon sein«, sagte die Frau mit Blick auf einen aus Paletten gebauten Verschlag im hintersten Teil des Gartens, jenseits des Teiches.

Trotz der Durchblicke, die das Holz der Paletten ermöglichte, war von der Terrasse aus nicht zu erkennen, ob dort ein Zwergflusspferd lag. Das Grundstück der Nachbarn unmittelbar dahinter war mit einer gut mannshohen Hecke befestigt, so dass der Verschlag im Schatten lag. Ringsum war der Rasen komplett niedergetrampelt oder weggefressen. Auch die anderen Rasenbereiche innerhalb des eingezäunten Areals waren kahl, teilweise mit Rindenmulch bedeckt, größtenteils erdig, nur da und dort einige Flecken kärglichen Grüns.

Die Frau beantwortete meine Fragen freundlich, aber so knapp wie möglich. Nach der dritten Frage schien sie nicht mehr gewillt, noch mehr Zeit mit mir zu vertun, und so sagte sie:

»Jetzt kennen Sie sich aus.«

Das war eine völlig aus der Luft gegriffene Behauptung, die Frau war sich dessen natürlich bewusst, und so fügte sie zur Ablenkung hinzu:

»Wenn Ihnen langweilig ist, jagen Sie Frösche. Im Frühling haben sich die Nachbarn beklagt, das Quaken sei zu laut.«

Gesagt, wandte sie sich zum Gehen. Ich war verlegen, aber es fiel mir noch etwas ein, wonach ich fragen wollte. Ich bat um eine halbe Minute.

»Tibor hat mich nur brockenweise über die Verhältnisse hier informiert, drum weiß ich nicht, wie ich Sie ansprechen soll.«

Worauf sie selbstbewusst antwortete:

»Sagen Sie einfach Prinzessin zu mir.«

In Wahrheit hieß sie Aiko und war die Tochter von Professor Beham. Einige Wochen zuvor war sie aus Frankreich zurückgekehrt, niemand wusste, wie lange sie bleiben würde, ja, da gibt es diese Tochter, sagte Tibor am Telefon, sie heißt Aiko, keine Ahnung, was mit der ist, das Flusspferd ist nicht ihres, das ist Sache des Professors. – Und darüber, warum sie von dem französischen Nachrichtenmagazin weggegangen war, für das sie Reportagen gemacht hatte, wusste auch niemand etwas. Man wusste nur: Jetzt war sie wieder da. Wird schon eine Liebesgeschichte gewesen sein … aber es wird nie jemand etwas darüber erfahren, sagte Professor Beham, allerdings zu einem späteren Zeitpunkt.

Auf Professor Beham traf ich erstmals, als ich vom Grasschneiden zurückkam. Da stand auf der Terrasse ein sportlicher Rollstuhl, und in dem Rollstuhl saß ein älterer Mann, der rauchte, als sei dieser Rauch die Quelle des Lebens. Dem Vernehmen nach war Professor Beham nicht gesund, genaugenommen ein Sterbender, schon weit fortgeschritten, schon beinahe geübt in dieser Übung: das schüchterte mich ein. Er musterte mich kritisch aus blutunterlaufenen Augen. Offenbar gehörte das kritische Mustern in diesem Haus zum alltäglichen Besteck. Doch auch Professor Behams Neugier erlahmte sofort, als ich ihm mitteilte, dass ich gekommen sei, um Tibor zu vertreten.

»Ach so, aufs Land. Es ist das Geheimnis der Wiener, dass sie alle entwurzelte Bauern sind.«

Das sagte der Professor mit angenehmer, von Alter und Genussmitteln gegerbter Stimme, aber mit etwas Hartem im Gesicht, das mich erschauern ließ. Er war ein pferdegesichtiger Mann mit dichtem, in die Höhe gekämmtem, graumeliertem Haar und stahlblauen Augen, die zwischendurch zur Seite gingen. Beim dritten Mal folgte ich der Richtung des Blicks. Da wurde ich des Zwergflusspferdes gewahr, das ohne das geringste Geräusch zu uns herangetreten war. Reglos verharrte es an dem Platz, der uns am nächsten war, nur durch den Zaun von uns getrennt. Und so groß! Ich hatte mir das Tier zwergenhafter vorgestellt, die Haut weniger dunkel,

weniger finster. Ich musste lachen, so erregte mich der Anblick.

»Mensch, ist das groß!«, flüsterte ich.

In diesem Moment hatte ich die Schönheit dieses rundli-
chen, schwarzgrünen Geisterwesens natürlich längst erkannt,
schön wie ein Segelschiff in finsterer Nacht, schön wie ein
Priester im dunstigen Wald. Der Himmel spiegelte sich auf
dem blanken, feuchten Rücken des Zwergflusspferdes. Es öffnete langsam und bedächtig das Maul, klappte das Maul auf,
so weit es ging, ließ das Maul offen stehen wie zum Lüften des
Rachens. Die Hauer waren riesig, die klobigen Backenzähne
an den Rändern schwarz, nur die Oberseiten vom Kauen po-
liert. Ein sumpfiger Geruch drang zu mir her, es überkam
mich ein heftiges Gefühl des Unwirklichen, das aus dem
Schlund des Zwergflusspferdes heraufzusteigen schien. Das
Tier klappte sein Maul wieder zu, das Gesicht schloss sich zur
Maske, die großen Knopfaugen schauten mich leer an.

»Sie hat Hunger«, sagte Professor Beham.

»Ach so, ja …«

Ich schüttete das frischgeschnittene Gras in eine alte Mol-
kereikiste aus Hartplastik, ging nach rechts zum Gatter und
spürte die Atmosphäre eines großen Abenteuers. Ich öffnete
das Gatter, trat ins Innere, kippte das Gras auf die Steinplatten
am Rand des Biotops, wo noch vom Vortag etwas Heu lag.
Das wusste ich von Tibor, am Wochenende bekam das Zwergflusspferd Heu. Auch dass ich die Kiste immer zwischen Körper und Flusspferd halten solle für den Fall, dass es zum An-
griff überging, wusste ich von Tibor. Mit einer qualvollen,
geradezu schrecklichen Langsamkeit kam das Tier herange-
trottet, und obwohl ich ihm gerne entgegengegangen wäre in

dem Drang, mit ihm Freundschaft zu schließen, zog ich mich vorsichtig zurück.

Mit pochendem Herzen fragte ich den Professor, wie lange er sich schon mit Zwergflusspferden beschäftige.

»Annähernd dreißig Jahre«, sagte er.

»Wow! Sie müssen seine Gedanken lesen können!«

»Gedanken lesen?«, fragte er geringschätzig und schüttelte seinen struppigen Kopf: »Ich weiß einen verdammten Dreck über diese Tiere.«

Bald gewöhnte ich mich daran, regelmäßig zum Haus von Professor Beham zu fahren. Ich ging früh von der Wienzeile weg und kam erst am Abend wieder nach Hause. Der Arbeitsalltag mit dem Zwergflusspferd verlief unspektakulär, obwohl mich die Realitätsferne dieses Tieres jeden Morgen aufs Neue erstaunte. Wenn es regnete, stapfte ich in Gummistiefeln und Pelerine ums Haus, sonst blieb sich alles weitgehend gleich.

Die Zwergin, wie ich das Zwergflusspferd, ein Weibchen, bei mir zu nennen begann, war ein schönes Wesen, ruhig und anspruchslos. Ich sah ihr gerne beim Schlafen zu. Beim Hinschauen berührte mich ihre gelassene Üppigkeit. Auch mochte ich ihren schlammig riechenden Atem. Manchmal, wenn sie Schleim in der Nase hatte, machte sie im Schlaf Geräusche wie ein Geist in einem Horrorfilm.

Wie ich mir die Arbeit einteilte, war meiner eigenen Verfügung überlassen und folgte den Gewohnheiten des Tieres. In der Früh schnitt ich Gras und legte es als Futter aus. Später, sowie das Zwergflusspferd sich wieder ausruhte oder am Grund des Teiches herumwanderte, säuberte ich möglichst geräuschlos das Gehege, um das Zwergflusspferd nicht zu erschrecken. Mit Laubrechen, Schaufel und Eimer räumte ich die Flusspferdkötel und das über die Anlage verschleppte Stroh weg. Alle zwei oder drei Tage warf ich frisches Stroh in die aus Paletten gebaute Schlafstelle.

Mittags und nachmittags gaben die Abläufe nicht viel her. Ich schlüpfte aus meinen Wanderschuhen, die jetzt Arbeitsschuhe waren, setzte mich am Küchentisch an den Platz, von dem aus ich den Garten am besten überblickte, und las oder lernte. Nur selten schaltete ich den kleinen Fernseher ein, der auf dem Kühlschrank stand. Gelegentlich hielt ich auf der Eckbank ein Schläfchen. Am späten Nachmittag schnitt ich vier Kilo Gemüse in grobe Stücke, vor allem Fenchel, Karotten und Rote Bete, das Abendessen für die Zwergin. Von Zeit zu Zeit bürstete ich der Zwergin mit einem weichen, nassen Besen den Buckel ab, dazu stellte ich mich außerhalb des Geheges auf einen Stuhl und wartete, bis das Tier an den Zaun herangekommen war. Zuletzt säuberte ich das Werkzeug unter dem Wasser des Gartenbrunnens und setzte mich nochmals für eine Weile barfuß auf die Terrasse oder in die Küche, bevor ich nach Hause fuhr, irgendwann, nach eigenem Ermessen.

War es die Trägheit des Tieres und die Stille im Haus, die anfingen zu wirken? Jedenfalls dachte ich oft stundenlang nicht an Judith. Und wenn doch, dann mit wachsender Resignation. Auch unter diesem Gesichtspunkt hatten die langen Arbeitstage etwas Gutes.

Während der ersten Zeit lief das häusliche Leben der Behams weitgehend an mir vorbei. Der Professor schlief lange. Seit er nicht mehr gehfähig war, stand sein Bett im Arbeitszimmer, an dessen Wänden ich die anatomischen Tafeln gesehen hatte. Zwei- oder dreimal in der Woche ließ er sich von einem Krankentaxi zum Arzt oder in ein Krankenhaus fahren. Und täglich holte ich ihm eine Flasche Beaujolais aus dem Keller. Manchmal haute er mit der flachen Hand auf eine Portiersklingel, dann rannte ich hin und war froh, dass ich nur die Fernbedienung für den Fernseher aufheben musste oder etwas Ähnliches. Aufgrund eines an der Wirbelsäule wuchernden Tumors konnte sich der Professor nicht gut bücken.

Aiko ging zweimal am Tag laufen oder schwimmen. Wenn wir im Haus oder im Garten aufeinandertrafen, machte ich ihr Platz, und sie ging geübt vorbei, meist ohne meinen Gruß zurückzugeben. Sie begegnete mir mit einem Ausdruck wachsamen Argwohns, und wenn ich es wagte, ihr eine Frage zu stellen, sagte sie bei erster Gelegenheit, sie habe keine Zeit für sinnloses Gerede. Trotz ihrer sonstigen Großspurigkeit bewegte sie sich wie auf der Suche nach einer Art von Kreis, in dem sie unantastbar blieb.

Ich war ziemlich verdutzt, als ich das erste Mal ein Gespräch zwischen dem Professor und seiner Tochter mitbekam. Eine gewisse frostige Spannung in der Luft war mir schon während der ersten Tage aufgefallen. Aber die Gesprächsführung der beiden überraschte mich dann trotzdem. Aiko trat an den Rollstuhl ihres Vaters heran und redete Französisch. Der Professor sagte zwischendurch »bon« und »très bien«, und als Aiko wieder gegangen war, sagte er zu mir:

»Der Trampel weiß ganz genau, dass ich kein Französisch verstehe.«

Ob das stimmte, war nicht ganz klar, denn Aikos im Vorjahr verstorbene Mutter war Französin gewesen. Befremdend so oder so.

Aus einem solchen Gespräch erfuhr ich Aikos Alter. Ich arbeitete im Gehege, währenddessen gab es auf der Terrasse eine kleine Auseinandersetzung, nur dass sich Professor Beham diesmal nicht mit *bon* und *très bien* begnügte. Nachdem ein Schwall Französisch über ihn hinweggegangen war, sagte er scharf, Aiko solle ihm nichts erzählen, er kenne sie seit siebenundzwanzig seltsamen – sehr seltsamen! – Jahren, er wisse Bescheid.

»T'en sais rien, toi«, gab sie zurück.

Nach gut einer Woche setzte sich Aiko erstmals in der Küche zu mir an den Tisch und trank dort ihren Kaffee. Ich fragte, ob ich an ihrem Platz sitze, nein, sie habe keinen festen Platz. Nach einiger Zeit schaute sie in mein Lehrbuch hinein, und zum ersten Mal redeten wir miteinander, einfach so.

Sie sagte belustigt:

»Du solltest nicht so viel lernen.«

»Was soll ich statt dessen tun?«, fragte ich.

Das sagte sie mir nicht. Sie nahm einen nachdenklichen Schluck.

»Warum studierst du das?«

»Weil … weil es ein Umweltberuf ist.«

»Du willst Mastvieh betreuen und mit dem Rülpsen der Kühe den Klimawandel vorantreiben?«

Ich schaute sie böse an.

»Also eher der Afrika-Typ. Künstliche Besamung von Panzernashörnern.«

»Die sind in Indien«, sagte ich.

»Bist wohl ein Einzelkind, dass du solche Dinge weißt.«

»Ich habe drei Geschwister. Und du?«

Sie lachte:

»Hat auch Vorteile, wenn man ein Einzelkind ist. Irgendwann steht man allein da. Gibt eh zu viele Menschen.« Und nachdem sie einige Sekunden gegrübelt hatte: »Die Klimaerwärmung verfolgt mich. Ich wache nachts auf und spüre sie.«

Ich schaute sie an. Zuerst war ich mir nicht sicher, ob sie mich auf den Arm nehmen wollte. Aber sie schien in Gedanken bei ihrem nächtlichen Aufwachen zu sein.

»Das ist nur der Anfang«, sagte ich, »es kommt noch schlimmer.«

»Beschäftigt dich das?«

»Ja, sehr.«

Sie betrachtete mich, und ich betrachtete sie. Ihrem Gesicht war anzumerken, dass etwas in ihr arbeitete. Für einige Sekunden wandte sie den Blick ab und schaute zum Fenster. Dann deutete sie auf meine Tasche, die am Boden lag, am Ende der kleinen Bank, auf der ich saß. Der Reißverschluss der Tasche stand offen, weil ich das Lehrbuch herausgeholt hatte, man sah das eingerollte Handtuch.

Sie fragte:

»Betreibst du Sport?«

»Karate«, sagte ich.

»Ach, Karate … Wie das?«

»Also … es gefällt mir.«

»Warum gefällt es dir?«

Und zum ersten Mal sah ich in ihren Augen die Journalistin.

»Mhm«, murmelte ich betreten, »es gefällt mir halt.«

Aber so billig kam ich nicht davon. Während sie zum Geschirrspüler ging und ihre Kaffeetasse mit der Öffnung nach unten hineinstellte, sagte sie:

»Die Sache interessiert mich. Vielleicht kommst du später noch einmal drauf zurück … *Bon voyage.*«

Vier

Das Karate hatte ich immer für mich. Ich machte Karate seit der Volksschule. Ich mache es bis heute. In meinem Freundeskreis war ich immer der einzige. Ich redete nicht viel darüber, dachte aber viel darüber nach. Ich mag das Training, das Konzentrierte, die Präzision der Bewegungen. Es macht mich glücklich, wenn ich meinen Körper spüre und meine Kraft. Ich bin so unglaublich gerne barfuß. Der Bodenkontakt und dass ich die Füße spüre als etwas, das aus vielen Einzelheiten besteht, aus Zehen, Mittelfußknochen, Fersen, Muskeln und Haut. Das Spreizen der Zehen … das ist extrem lässig! Das Atmen, die verschiedenen Arten des Atmens im Ablauf der anderthalb Stunden, die ein Training dauert … das ist ebenfalls sehr lässig! Das flache und volle Atmen und die Bewegungen im Atemrhythmus … da wird der Kopf frei. Nie kann ich besser abschalten als im Training. Die Trainingspartner sind anwesend, aber sie gehören zum Karate und nicht zum Alltag. Zu meinen Trainingspartnern habe ich außerhalb des Trainings so gut wie keinen Kontakt. Aber während des Trainings nehme ich sie mit dem ganzen Körper wahr.

Auch Judith hatte mich einmal gefragt, warum ich Karate mache, warum genau. Nach einigem Hin und Her war ich zu der Antwort gekommen, dass ich ganz am Anfang eine Phantasievorstellung von mir als kontrolliertem Menschen verwirklichen wollte. Ich wollte möglichst schnell erwachsen werden und ging davon aus, dass mir das Karatetraining behilflich sein werde. Und Weisheit natürlich … ich wollte Weisheit erlangen. Die einen besteigen Berge, ich mache Karate. Nur wollte ich diesen Punkt Aiko gegenüber nicht zugeben, wie ich auch die Sache mit dem Erwachsenwerden nicht zugeben wollte. Als Aiko mich über mein Studium ausfragte, hatte ich den Eindruck gehabt, sie tue es auch deshalb, weil sie mir den Abstand zwischen uns verdeutlichen wollte. Am Ende wäre ich wie ein halbes Kind dagestanden. Ein Milchbart. Ich meine, es klingt tatsächlich blöd, wenn einer sagt: Ich will erwachsen werden. Oder: Ich glaube, jetzt bin ich erwachsen.

Dieses Gefasel von der tollen Kindheit kotzte mich schon als Kind an, die Großeltern, die Eltern, die Kindergartentanten, später im Deutschunterricht, im Englischunterricht, die Lehrerinnen und Lehrer: die waren ganz ergriffen, wenn einer in einem Buch eine rosa Masche um die Kindheit band und von der Unschuld der Kinder faselte, von der Neugier der Kinder, ihrer Begeisterungsfähigkeit und Natürlichkeit.

Mein damaliges Empfinden und meine heutigen Beobachtungen können diese Einschätzungen nur teilweise stützen. Ich sage das als Besitzer einer Kindheit unter Kindern. Und natürlich sind Kinder toll, und ich finde, dass man immer für die Seite der Kinder Partei ergreifen muss. Und dass sie sich noch kein Tempo angewöhnt haben, sondern plötzlich rennen und dann wieder saumselig dahintrotten und voller Umwege sind, das gefällt mir. Aber dass sie so wahnsinnig neugierig sind, das ist ein Vorurteil. Die meisten Kinder haben die Augen offen, aber voller Argwohn, dass sich die Dinge verändern. Besser, alles bleibt, wie es ist. Ihre Aufmerksamkeit ist ständig gegenwärtig, und dann brüllen sie, warum steht der Christbaum diesmal rechts in der Ecke mit gelben Kerzen und nicht links mit roten Kerzen wie im Vorjahr. Das Neue macht ihnen Angst. Und es ist nicht so, dass Erwachsene weniger Fragen haben als Kinder, und dass sich Erwachsene einbilden, alles zu wissen. Solche gibt's, wie den Vater von Judith, aber es sind gar nicht so viele. Meine Meinung ist, man lernt die Welt immer besser kennen, trotzdem wird das Staunen größer, nicht kleiner. Und auch die Ungewissheit wird größer, nicht kleiner. Je mehr Ungewissheit, desto älter fühle ich mich. Kinder können mit Ungewissheit nichts anfangen, sie sind herrisch und rechthaberisch. Ich glaube, wenn Erwachsene darüber reden, dass sie sich das Kindliche bewahren wollen, den Kinderblick, dann deshalb, weil sie gerne herrisch und rechthaberisch sind, gegen alle Ungewissheit. Die Großartigkeit des Kinderblicks ...? Pff! Das Kind entdeckt eine Schwachstelle und sagt: *Du fettes Schwein!* Dann ist es zufrieden.

Schwache Stellen sind unter Kindern besonders gefragt, sie haben feine Antennen für schwache Stellen und feine Antennen für die Schmerzempfindlichkeit der schwachen Stellen, aber keine feinen Antennen für die Schmerzhaftigkeit des Schmerzes. – Schwache Stellen, das klingt so. Wenn man mich fragt: Dort wo die Menschen ganz sie selbst sind, dort sind ihre schwachen Stellen.

Als ein Onkel starb, war Lauri, mein kleiner Bruder, vier. Tot? Das interessierte ihn brennend. Er wollte unbedingt den Sarg sehen, und der Sarg gefiel ihm ausgezeichnet. Und das Grab wollte er auch sehen: ganz ausgezeichnet. Und wenn er in der

Küche am Fußboden saß und mit seinen Legosteinen spielte, sang er die ganze Zeit vergnügt:

»Der Anton, der ist tot! Der Anton, der ist tot! Der Anton, der ist tot!«

Das ging so … tagelang. Mama war ziemlich bedrückt, und Lauri wurde nicht müde, vergnügt zu singen:

»Der Anton, der ist tot! Der Anton, der ist tot!«

Das rätselhafte Leben würde nochmals rätselhafter, wenn der Höhepunkt ausgerechnet am Anfang gewesen sein soll. Für mich eine Horrorvorstellung. Ganz so absurd scheint das Leben aber nicht eingerichtet zu sein. Und deshalb wollte ich rasch erwachsen werden. Deshalb machte ich Karate.

Jetzt führe deinen Angriffsstoß aus, da schießen schon wieder abgerissene Fetzen durchs Bewusstsein. Und wieder … was soll das …? Judith? Und jetzt …? Du musst … mit einer sauberen Bewegung … Der Vater von Judith? Den hat es nie gegeben … *Oss!*

Die Leere, das ist der Weg, und der Weg, das ist die Leere. Es gibt Weisheit, Verstand und den Weg, und es gibt die Leere.

Ich war schon fünfzehn oder sechzehn, da erklärte mir mein damaliger Trainer, der Sensei, dass das Ziel von Karate nicht Selbstkontrolle sei, sondern Verlieren des Geistes. Verlieren des Geistes als Befreiung des Geistes. Der Geist soll sich frei bewegen, also so, dass man ihn nicht *anwendet*. Genaugenommen ist das die Rückkehr zu einem Klischee von Kindheit: zur vollständigen Natürlichkeit. Das ist mir nie ganz gelungen.

So müsste man auch schreiben können, einfach und unpoliert. Ich kenne niemanden, der das professionell beherrscht.

Heute im Training wieder so ein Übermotivierter, mittelgroß, vermutlich Spanier, mit einem Haarknoten auf dem Kopf (eher indischer Stil). Bei jeder sich bietenden Gelegenheit betrachtete er sich ganz begeistert im Spiegel, und immer beim Einnehmen der Positionen warf er schwungvoll sein rechtes Bein nach vorn. Er schrie betont entspannt zum Abschluss jeden Angriffs, was den Schrei zu lang ausfallen ließ. Diese Angeberei erinnerte mich an Judiths Vater, und wenn ich an Judiths Vater dachte, überkamen mich negative Gefühle bis hin zu Gänsehaut im Nacken. Das war schlecht für die Leere im Kopf.

Vor dem Vater von Judith grauste es mir, ich weiß, das ist nicht nett. Er drängte sich immer in den Vordergrund und hatte immer etwas zwischen den Zähnen, bohrte ständig mit irgendetwas im Mund herum. Und er hatte immer einen Nagelknipser dabei, den er dann in versammelter Runde verwendete. Und es ging mir auf die Nerven, dauernd seine Eier sehen zu müssen. Er trug oft weite Shorts, und wenn er vor dem Fernseher lag … wobei, das war bestimmt keine Absicht, also … egal. Der Vater von Judith war schlicht ein Arschloch, halt in der Verkleidung des harmlosen Familienvaters. Ich meine: Was ist das für ein Mensch, der seinen SUV eine Viertelstunde mit laufendem Motor in der Einfahrt stehen lässt und mit provokanten Gesten reagiert, wenn man ihn darauf anspricht?

Für mich ist Karate auch eine Übung in Sparsamkeit.

Ich übe meistens in zweiter Reihe und beobachte, wenn ich nicht grad kämpfe, die Körper vor mir. Ich schaue allen, die ich im Blick habe, auf den Hintern. Ich glaube, dass man am Hintern erkennen kann, wie jemand ist. Bei jungen Menschen funktioniert das nicht so gut, Menschen unter fünfundzwanzig haben oft einfach einen tollen Hintern, alle ziemlich ähnlich. Aber später ist der Hintern oft typisch, und ich versuche daraus Rückschlüsse auf die Persönlichkeit zu ziehen. Einerseits die Übermotivierten, die Streber – die haben die Hose meistens ein bisschen zu weit hochgezogen und spannen permanent die Hinterbacken an. Sie sind ehrgeizig und von den Bewegungen her eher steif und ruckartig, wenig fließend, also nicht so, wie es beim Karate sein soll. Dann gibt es die total entspannten Hintern, irgendwie sympathisch, und auch der Rest der Person wirkt entspannt. Besonders mühsam sind die Überentspannten, die komplett ins Karate Versunkenen. Das sind nicht ungern die, die zum Abschluss einer Übung laut aufstöhnen. Sie stöhnen dann während des ganzen Trainings laut herum, was sehr störend ist, denn beim Karate soll nicht gestöhnt, sondern geschrien werden: kurz und stoßartig. Man nennt das: *Kiai*.

Viele sind tätowiert, häufig nicht nur mit etwas Kleinem, sondern groß, große Tätowierungen am Rücken, am Bauch, an den Unterschenkeln: Ranken, Muster, Bilder und Buchstaben, teilweise farbig.

Wie oft muss man so eine Tätowierung eigentlich neu stechen oder neu einfärben lassen? Teilweise sind die Tätowierungen schon sehr unscharf und ausgebleicht. Aber die können – wenn ich mir das Alter der Trainingspartner ansehe –

höchstens zehn Jahre alt sein. Wie werden diese Tätowierungen in dreißig Jahren aussehen?

Ich selber habe weder eine Tätowierung noch ein Piercing. Beides wirkt auf mich wie ein Sich-Vergewissern, dass der Körper aus Fleisch besteht. Aber ich weiß, dass mein Körper aus Fleisch besteht, mein Gott, vom Fleisch geht alles aus.

Das Erlernen des Karate erfolgt schrittweise, nicht kontinuierlich. Lange geht etwas nicht beziehungsweise es geht immer gleich schlecht: und auf einmal – ohne irgendeine Vorankündigung – geht es.

Fünf

Es war Ende Juli geworden. Durch die Explosion einer Autobombe in Bakuba im Irak wurden siebzig Menschen getötet und mehr als vierzig verletzt. Der Anschlag lieferte den Stoff für eine fünfzehnsekündige Meldung. Ich empfand den ganzen Horror und die Sinnlosigkeit dieses Mordens, schüttelte mich, aber ohne Erfolg. Die Nachrichten waren eine immer wiederkehrende Nervenprobe – als erhielte man ständig Wut-Infusionen.

Die nächste Meldung berichtete, dass es auf den Kanarischen Inseln zu einer Massenstrandung von Walen aufgrund eines NATO-Manövers gekommen sei. Zwanzig Kriegsschiffe hätten an dem Manöver teilgenommen, daraufhin sei an der Küste von Fuerteventura ein knappes Dutzend Walkadaver angespült worden. Umweltschützer machten den Einsatz von schallintensiven Sonarsystemen verantwortlich. Eine Meeresbiologin erläuterte, Sonarwellen würden in den Schädeln der Tiere zu Blutgerinnseln führen, es gebe Anzeichen dafür, dass die Wale von ihren Tauchgängen zu rasch aufgetaucht und an der Taucherkrankheit gestorben seien. Es bildeten sich Gasblasen im Blut, die Arterien würden verstopft. Das war's.

Das Fernsehen zeigte einen gestrandeten Schnabelwal, es machte mich wütend, dass man die Tiere nicht in Ruhe ließ. Zu Nicki, die neben mir auf der Couch saß, sagte ich, Wale seien die engsten Verwandten der Flusspferde. Tatsächlich. Sie nahm es wortlos zur Kenntnis. Hinter dem toten Schnabel-

56

wal stand am Horizont ein Schiff, das wie ein Frachter aussah. Dann folgten Bilder von einem Kriegsschiff. Ein Geschütz krachte, eine Flamme schoss aus dem Mündungsrohr, ein blindes Geschoss fuhr über das Meer. Und wieder Mündungsfeuer, ein weiteres Geschoss fuhr über das Meer. Das Unterfangen verriet eine gröbere Spur von Irrsinn und keinerlei Komik.

»Arschlöcher«, knurrte ich.

Nicki schielte mich aus den Augenwinkeln an. Als nochmals der schon in Verwesung befindliche Wal gezeigt wurde, sagte sie:

»So fühlt es sich an, wenn ich den halben Tag auf der Couch liege.«

Seit einer Woche war Nicki aus Vorarlberg zurück. Zuerst hatte sie sich ausgeschlafen, aber auch danach die Wohnung nur sporadisch verlassen. Sie schlief viel, telefonierte viel, mir würden die Ohren weh tun, wenn ich so viel telefonieren müsste. Abends lag sie stundenlang vor dem Fernseher, entweder allein oder mit ihrem Freund.

»Im Gegensatz zu dem Wal kannst du frei wählen«, sagte ich.

Nicki dementierte heftig. Ihre ganze Lebensgeschichte und die Lebensgeschichten ihrer Eltern könnten als Beweis dafür herhalten, dass eine Freiheit des Geistes nicht existiere.

»Niemand führt freiwillig so ein Leben, ganz bestimmt nicht! Niemand rennt freiwillig in all diese Scheißgassen.«

Sie versicherte mir, dass ihre Eltern nicht dumm seien, aber unglücklich. Sie seien pausenlos damit beschäftigt, aus dem Unglück herauszukommen, auf recht glücklose Weise. Es habe den Anschein, dass ihre Eltern trotz ihrer hochentwickelten Gehirne Macht über gar nichts besäßen. Deshalb lasse sie selber die Dinge auf sich zukommen.

»Aber das ist doch kein Grund, reihenweise die Tage totzuschlagen.«

»Ja, das hab ich meinem Freund auch schon gesagt, aber er versteht es immer irgendwie falsch. Bei Aktivität denkt er immer an das gleiche.«

»Ach, so …?« Pause. »Er wird doch wohl für ein paar Stunden seinen Trieb beherrschen können. Oder sag halt zur Abwechslung nein.«

Sie zuckte die Achseln:

»Neinsagen funktioniert nicht. Auch wenn ich nein sage, kriegt er mich rum. Da siehst du's!«

»He, Nicki, hast du in deiner Beziehung eigentlich auch etwas mitzureden? Oder kuschst du nur?«

Sie musterte mich mitleidig, ihrem Gesichtsausdruck war anzusehen, dass sie an Judith dachte.

»Ich führe eine hervorragende, gleichberechtigte Beziehung«, sagte sie und schaute ganz indiskret auf die Uhr.

Wir begegneten einander auf Teilgebieten unseres Lebens. Wir mochten einander auf Teilgebieten unseres Lebens. Aber nur in der ersten Zeit redeten Nicki und ich sehr viel miteinander. Oft über Judith. Nicki sagte, ich müsse den Realitäts-Check bestehen, andernfalls hätte ich den endgültigen Beweis, dass meine Belesenheit zu nichts nütze sei.

Ausgehend von Judith steuerten wir meistens Nickis Lieblingsthema an: Das Leben. Ich hatte den Eindruck, Nicki verbinde mit diesen Gesprächen die Hoffnung, dass sie herausfinden könne, wie man seine Angelegenheiten in Ordnung hält. Ziemlich seltsam … dass ausgerechnet ich ihr Nachhilfe in Sachen guter Lebensführung geben sollte. Wobei: Vielleicht gab ich mir die Nachhilfe selber. Bei mir kam ein bisschen etwas an, glaube ich, während Nicki zwar eifrig zuhörte, das Gesagte aber nicht anwenden konnte. Sie war kein sonderlich lernfähiger Mensch, muss ich zugeben. Rückblickend stimmte von ihrem Standpunkt aus, dass die Freiheit des Geistes nicht weit reicht.

Alle zwei Tage kam Nicki zu mir ins Zimmer und brachte mir eine halbvolle Schachtel Zigaretten oder eine angerissene Schachtel Kekse. Beides sollte ich für sie verwahren, damit sie keinen Zugriff hatte. Sie sagte missmutig:

»Du hast mehr Willenskraft als ich.«

Die Zigaretten forderte sie meist noch am selben Tag zurück, warf sie in den Müll oder rauchte sie schnell weg. Die Kekse hingegen vergaß sie, bis ich sie daran erinnerte. Ach, die gibt es noch … Dann aßen wir sie gemeinsam auf.

Ein bisschen ein Problem war, dass ich sie mehrmals mit dem falschen Namen ansprach. Ständig lag mir Judiths Name auf der Zunge, und manchmal rutschte er heraus. Nicki beklagte sich verständlicherweise:

»Jetzt kannst du wieder aufhören.«

»Als ob's mir Spaß macht …«

Ich schämte mich, jedes Mal. Es kam mir wie eine Form von intermittierendem Wahnsinn vor oder wie ein Anflug des Tourette-Syndroms oder wie ein böser Fluch. Der Name erklang, ohne dass ich ihn gedacht hatte, nichts zu machen. Es war beängstigend, dass sich Judiths Name so tief in mich eingebrannt hatte, dass sogar meine Mutter, der ich vom Zwergflusspferd erzählte, zur Adressatin wurde. Verrückt! Ich wurde rot, was am Telefon nicht zu sehen war. Und meine Mutter wurde bestimmt ebenfalls rot. Sie überging es rasch.

Festplatten von Computern muss man zehnmal überschreiben, damit die Daten, die man löschen will, auch wirklich gelöscht sind. Daran erinnerte mich mein Problem.

Die Frage war nur, was *überschreiben* in meinem konkreten Fall hieß. Wie? Und womit?

An einem dieser Tage traf ich auch die amtliche Trägerin des Namens. Es war ein besonders heißer Tag, stickige Luft stand in der Wohnung, deshalb ging ich hinunter auf die Straße, hügelan in die Barnabitengasse, die voller Menschen war und wo ich im Freien eine Pizza aß. Judith kam vorbei mit zurückgebundenem Haar, sie sah total gut und erholt aus, wie immer, ihr Gesicht war vielleicht ein bisschen voller geworden.

Von meinem erhöhten Platz aus winkte ich ihr zu.

»He, hallo! Judith!«

Sie erschrak, wirkte im ersten Moment verunsichert, freute sich dann aber.

»Schau an!«

»Wohin des Weges?«

»Ich war im Kino«, sagte sie.

Sie setzte sich zu mir, bestellte ein Mineralwasser und aß ein Stück von meiner Pizza. Sie erzählte von dem Film, den sie gesehen hatte, *Lost in Translation*. Sie meinte, es würde sie interessieren, was ich dazu sagte. Das Japan-Bashing lasse auf einen eher mittelmäßigen Geist hinter dem Film schließen, aber insgesamt sei der Film gut. Sie habe sich zuletzt ebenfalls einsam gefühlt, und diese Einsamkeit sei mit der Trennung verflogen, jetzt fühle sie sich nur allein.

»Also schau dir den Film an.«

Das klang wie ein Vorwurf. Dabei hatte ich selber das Gefühl, allein auf einem verregneten Acker zu stehen.

»Ich schau ihn mir an, sowie ich die Forderungen deines Vaters erfüllt habe.«

Mit einem bitteren Unterton beklagte ich die Feindseligkeit des Geldes, meine Tage seien komplett eingeteilt, ich sei schon zweimal Plasmaspenden gewesen undsoweiter. Es ärgerte mich, dass ich so schamlos log, aber es schien Judith kein schlechtes Gewissen zu machen. Sie hörte mir geduldig zu und riss zwischendurch ein Stück von meiner Pizza ab.

»Geht's dir gut?«, fragte sie, als ich zu einem Punkt gekommen war.

»Für mich ist halt alles ganz neu. Ich glaube, ich brauch ein bisschen Zeit, bis das alles in meinen Kopf hineingeht. Aber es wird. Es geht schon besser. Zeit wird es langsam … Und bei dir?«

»Mal so und mal so.«

Auch Judith scheute vor Einzelheiten zurück. Aber immerhin sagte sie:

»Manchmal kann ich es nicht fassen, dass du so weit weg bist von mir.«

Ich notierte es mit Befriedigung. Eigenartig. Unverständlich irgendwie. Warum tat es mir so leid, dass Judith mich nicht mehr liebte, obwohl in Wahrheit auch ich sie nicht mehr liebte?

»Na, hättest mich anrufen können«, sagte ich.

»Um dir zu erzählen, dass sich bei mir nichts tut? Ich bräuchte jemanden, dem ich erzählen kann, dass sich bei mir nichts tut. Weißt du, jemanden, der es sich gerne anhört.«

Und dann etwas leiser, mit niedergeschlagenen Augen: »Dafür bist du jetzt nicht mehr der richtige.«

»Du wirst nicht lange allein sein«, sagte ich.

»Du auch nicht.«

»Mich muss zuerst eine wollen. Niemand mag dich, wenn du zweiundzwanzig bist.«

»Dich wird bald eine wollen, das ist wohl sonnenklar.«

»Vielleicht in fünf Jahren.«

»In fünf Wochen.«

»Hoffentlich kriege ich's dann besser hin.«

Plötzlich redete Judith sehr sachlich über das, was ihr an mir gefalle, ich glaube, sie tat es, um mich zu entlassen, um mir nochmals zu sagen: Du bist frei! – Wie ich mich bewege, das habe sie von Anfang an anziehend gefunden, dass ich keine Masche hätte, ich bewegte mich ganz selbstverständlich jugendlich, fast bubenhaft, da sei nichts Gemächliches, nichts Gestandenes und auch nichts Künstliches. Außerdem sei ich vertrauensselig, das gefalle Frauen.

Ich lächelte verlegen:

»So, so …? Bin ich das?«

»Ja, sicher.«

»Kannst du mich morgen bitte anrufen und es mir noch einmal sagen? Wenn ich's jeden Tag höre, glaube ich's vielleicht irgendwann.«

Und eins noch, darauf lege sie großen Wert, es sei schön, mir beim Essen zuzusehen. Ich äße so schön. Tibor käme allein deshalb als Partner für sie nicht in Frage, weil die Art, wie er alles achtlos hinunterschlinge … aus dem, wie jemand isst, schließe sie, wie sinnlich jemand veranlagt sei. So drückte sie sich aus. Wenn Essen für jemanden ein sinnliches Erlebnis ist, habe das etwas Ansteckendes. Es könne ruhig sein, dass jemand auch mal richtig hungrig sei und zulange, trotzdem bleibe bei jemandem wie mir das Sinnliche im Vordergrund.

So Zeug. Lauter so Zeug. Alles zu meiner Entlassung. Alles, um jegliche Verantwortung endgültig abzutreten. Um mich loszuwerden. Und nebenher hatte ich Bilder vor Augen aus dem Leben, das vor vier Wochen zu Ende gegangen war. Die ungewohnte Farbigkeit ganz am Anfang und dass ich überzeugt gewesen war, mit Judith den Jackpot geknackt zu haben. Dann der erste Winter in Wien, wir sparten beim Heizen. Judith war immer warm, sie war unschlagbar im Bettaufwärmen, da war sie wie Lauri, mein kleiner Bruder, der von der ganzen Familie zum Bettanwärmen missbraucht worden war, er wurde einfach von einem Bett ins andere getragen. Daran dachte ich. Aber es war doch klar, dass die Liebe zwischen Judith und mir vorbei war. Wir bedauerten es beide ein bisschen und logen beide ein bisschen und fühlten, dass wir nicht mehr zusammengehörten. Der Traum von der einen und einzigen Liebe war verflogen. Bald würde die Verbindung abreißen.

Schließlich stand Judith auf und verabschiedete sich. Im Weggehen strich sie mit der rechten Hand über meinen Oberarm, halb bedauernd, halb als müsse sie mich besänftigen. Es war verwirrend, irgendwie unklar, Beziehung, Liebe, Freundschaft, offenbar hatte man Begriffe für alles mögliche gefunden, aber es blieb unverständlich, mir schwindelte der Kopf.

Sechs

Nachdem ich das Werkzeug gesäubert und verräumt hatte, packte ich meinen Kram zusammen, um Feierabend zu machen. Da kam Aiko und bat mich, ihr die Haare zu schneiden, das sei keine große Herausforderung, einfach zehn Zentimeter kürzen.

»Auf dein Risiko«, sagte ich.

Es ging gut, ohne Stufe. Früher hatte ich manchmal meinen jüngeren Geschwistern die Haare geschnitten. Davon erzählte ich.

»Aber Locken gibt's in meiner Familie nicht, schon gar keine schwarzen.«

Ich hob Aikos Haare aus dem Nacken, damit ich besser schneiden konnte. Sie hielt still. Ihr Nacken war warm, ich mochte das Knirschen, wenn sich die Schere durch ein Büschel Haare fraß, und das klickende Schnappen zum Schluss.

Als ich es so gut wie geschafft hatte, fiel mir ein, dass ich Aiko eine Antwort schuldig war. Ich sagte, der Grund, nach dem sie mich gefragt habe, sei der, dass ich gerne von besonnenem Charakter wäre.

»Deshalb.«

»Deshalb was?«

»Deshalb mache ich Karate.«

Aiko öffnete eine Flasche Wein. Ich sagte, dass es beim Karate auf Natürlichkeit ankomme, also Leichtigkeit. Ein Pfeil, der Windgeräusche erzeugt, liege schlecht in der Luft. Ich erwähnte einige Bücher, die ich gelesen hatte. Aiko stellte Fragen. Wir redeten über das Barfußsein, über sparsame Bewegungen, sparsames Leben und über meine Kindheit, in die ich mich nicht zurücksehnte. Aiko sagte, vielleicht werde die Kindheit oft verklärt, weil sie am weitesten entfernt sei vom Tod.

Der Garten lag im Halbdämmer. Ich entspannte mich, das Reden fiel leichter. Einen wesentlichen Beitrag leisteten die vier Gläser Riesling, die ich mir genehmigte oder nicht genehmigte, aber trank.

Vorhin das Haareschneiden habe sie an ihre Mutter erinnert, sagte Aiko. Drei Tage vor ihrem Tod habe ihre Mutter einen Haarschnitt verlangt. Der Lebensgefährte ihrer Mutter habe ihr den Wunsch nicht erfüllen wollen, er habe sich geschämt, die Friseurin ins Haus kommen zu lassen, weil Aikos Mutter schon so hinfällig gewesen sei.

»Wofür braucht sie eine Friseurin? Für was? Kann mir das jemand erklären? Wohin geht sie? Ich meine, wohin geht sie? Wohin? In den Himmel! Für was braucht sie dort, wohin sie geht, geschnittene Haare?«

»He, Mann, was macht es dir aus? Sie will schön sein, also erfülle ihr den Wunsch«, habe Aiko gesagt.

Sie überzeugte sich mit flüchtigem Aufblicken, dass ich zuhörte. Sie trank sehr schnell. Ihre Mutter habe den Haarschnitt bekommen. Ihre Mutter habe bis zuletzt sehr viele dunkle Haare gehabt, starke, dunkle Haare. Ihre Mutter habe ein bisschen ausgesehen wie Anna Magnani. Womöglich stimme es, dass es in der Familie ihrer Mutter algerisches Blut gebe. Denkbar. Aikos Haar, ihr kantiges Gesicht, die kräftige Nase mit dem schmalen Steg.

Später schlief ich am Terrassentisch ein, mitten im Gespräch. Ich hatte die Augen geschlossen, um mir etwas vorzustellen. Aiko weckte mich durch lautes Nennen meines Namens.

»Julian …! He! Julian!«

Die Situation war mir unangenehm, ich verabschiedete mich und fuhr nach Hause.

Am nächsten Morgen, als ich mir Aikos Haare ansehen wollte, ließ sie mich nicht, sie meinte, eine Inspektion der Arbeit sei nicht nötig. Ich ging zum Zwergflusspferd, das gerade den Teichgrund abmarschierte, und starrte aufs Wasser. Das Wasser war so trübe und das Zwergflusspferd mit seiner dunklen Haut so gut getarnt, dass man es nicht sah, wenn zehn Zentimeter Wasser seinen Rücken bedeckten. Man wusste nie, an welcher Stelle des Teiches das Tier wieder hochkam. Wie gesagt, ein geheimnisvolles Tier, grundsonderbar von Natur. Es erschrak immer sehr, wenn der Nachbar sein Motorrad startete, dann durchfuhr es ein Zittern der Furcht, und es galoppierte ziellos vom Wasser an Land oder vom Land ins Wasser, so dass ich bei meinen Aufenthalten im Gehege stets auf der Hut sein musste. Jetzt säuberte ich die Anlage und dachte über Aiko nach und darüber, dass das Haareschneiden am Vortag eine Dienstleistung gewesen war, für die ich von ihrem Vater bezahlt wurde. Der Zufall hatte es bestimmt, dass ich der Welt von Professor Beham zugeordnet war, und so behandelte mich Aiko: wie einen Laufburschen.

Das Zwergflusspferd tauchte auf, unmittelbar neben dem Bereich, wo einige zerzauste Binsen standen. Es öffnete die Nasenlöcher, schnaubte, kurz und flach, etwas Gischt flog übers Wasser. Die wirklich sehr kleinen, lachhaft kleinen Ohren flatterten kurz mit einem Geräusch wie von Spielkarten, die sacht über den Daumen laufen. Das Zwergflusspferd schnaubte nochmals, lag dann im Wasser, nur den Kopf im Freien. Nach einigen Minuten tauchte es wieder ab und stieß nach einer Abwesenheit von zwei Minuten erneut durch die Oberfläche, mit einem beinah fröhlichen Gesichtsausdruck, der zu sagen schien, alles ist möglich.

Was war ich für Aiko? Eine wankende Gestalt, die sich durch Haus und Garten ihres Vaters bewegte und mithelfen sollte, die Schulden abzutragen, die Professor Beham bei seiner Tochter angehäuft hatte? Was konnte ich dafür, dass sich die beiden nicht vertrugen? Ich hätte gewünscht, das Zwergflusspferd würde es mir sagen.

Auf Aiko war ich auch am Nachmittag noch böse, und sie auf mich. Zweimal rauschte sie an mir vorbei, und ich tat so, als wäre mir alles ganz gleichgültig, und das merkte sie. Ich hatte mir vorgenommen, für den Rest des Tages so zu bleiben. Doch als ich am Abend für den Professor Reißnägel aus dem Keller holte, stand Aiko in der Eingangshalle und stellte sich mir in den Weg, in Cowboystiefeln, hellgrünen Jeans und gelbem Leibchen. Ich wollte an ihr vorbei. Sie fragte mich, was ich in der Hand hätte, und machte mir die Hand auf, in der die Reißnägel lagen. Wir gingen auf die Terrasse hinaus. Jetzt waren wir wieder versöhnt. Ich freute mich, dass es von ihr ausgegangen war, denn ich hätte den ersten Schritt nicht gemacht. Sie sagte, ich sei plötzlich so strahlend.

Vor dem Nachhausegehen setzte ich mich mit Professor Behams Zeitung nochmals in die Küche. Der Professor sagte, solange sein Name nicht in der Zeitung stehe, wisse er, dass er noch lebe. Das sei das einzige, was ihn an der Zeitung noch interessiere, sie verschaffe ihm jeden Morgen einen Moment der Genugtuung.

Aiko kam in die Küche, sie sagte, es sei nicht nötig, dass ich noch blieb, was natürlich nicht heißen solle, dass sie mich hinauswerfe, sie möge es, wenn jemand von den Studenten im Haus sei. Wie schon am Vortag holte sie eine Flasche Wein, und wir setzten uns auf den südlichen Teil der Terrasse. Die Wolken zogen flott an der sinkenden Sonne vorbei, und der Wind rauschte in den Bäumen. Eine Zeitlang war es schön, den Insekten zuzusehen, die kleine, sich weitende Kreise auf der Oberfläche des Teiches hinterließen. Dann war die Sonne weg, und ich spürte, wie etwas Ruhiges sich um uns sammelte. Aiko sah gut aus mit kürzeren Haaren. Sie zog einen Stuhl heran, damit sie ihre Füße drauflegen konnte, behaglich und ein wenig spreizbeinig. Gleichzeitig sprach sie mich darauf an, dass ich am Vortag am Tisch eingeschlafen war. Sie wollte wissen, ob mir das frühe Aufstehen zu schaffen mache.

»Oder hast du ein geheimes Nachtleben?«

Sie lächelte zu mir herüber, dann blickte sie über das flimmernde Wasser. Das Zwergflusspferd kam für diesen Tag ein letztes Mal zum Zaun, um unseren Stimmen zuzuhören. Das späte Licht beleuchtete seine breite Stirn und gab den offenen Augen einen blauen Glanz. Reglos stand das Tier da, das Gesicht wie eine schwarze Maske. Für einen Moment stand die Welt still.

Ich müsse mich in der neuen Wohnung erst einleben, sagte ich. Ich erwähnte den miefigen Wienfluss, die U-Bahn und den im Grünstreifen auf der anderen Seite des Wienflusses manchmal bis spät in die Nacht hinein seine Trommel schlagenden Mann. Bei der Düsternis der Häuser und dem dumpfen Glitzern des schmutzigen Wassers hielt ich mich länger auf als bei Judith, über Judith sagte ich nicht viel, ich befürchtete, dass die Dinge, die ich hätte sagen können, mehr über mich verrieten als über Judith. Ich wollte nicht, dass Aiko anfing, mich mit den Augen zu sehen, mit denen Judith mich zuletzt gesehen hatte. Aber natürlich erwähnte ich die Trennung, ich sagte, wir hätten es beide so gewollt, und das stimmte sogar, ich musste nur die zeitlichen Abstimmungsprobleme unter den Tisch fallen lassen.

»Das ist auch schon wieder mehr als vier Wochen her«, sagte ich.

»Uhhh!«

»Eher fünf.«

»Hast du sie wiedergesehen?«, fragte Aiko.

»Mhm, nein«, log ich.

»Vermisst du sie?«

»Also nicht, dass du dir übertriebene Vorstellungen machst.«

Die Verlegenheit, die im nächsten Moment zwischen uns war, nutzte ich, um auf ein leichteres Thema hinzulenken, ich erzählte von Lauri, meinem Bruder, der neun war und in der Nachbarschaft herumerzählte, ich sei ein Nilpferdwärter. Ich redete über das Dorf, aus dem ich stammte, dort würden sich zwei Straßen kreuzen, und wenn an der Ampel die Farben wechselten, liefen die Leute auf die Straße. Aiko schenkte großzügig nach.

Schließlich waren wir angetrunken, und der letzte Bus war weg, die letzte U-Bahn auch. Ich hatte über die ungefähre

69

Uhrzeit immer Bescheid gewusst und mir irgendwann gedacht, ich bin neugierig, was passiert.

Aiko gähnte. Ich sagte:

»Mir kommt vor, ich habe den letzten Bus versäumt.«

»Ach so …?«, sagte sie. Sie schien nachzudenken. Und
dann schien sie zu einem Entschluss gekommen zu sein.

»Wie sieht es aus?«, fragte sie.

»Gut sieht es aus«, sagte ich, und der Horror meiner zweiundzwanzig Jahre verflog, als Aikos Gesicht sich dem meinen
näherte. Es gab keinerlei zaghaften Kuss im Angesicht des un-
endlichen Sternenhimmels, es war vom ersten Moment an so,
dass sehr viel Speichel ausgetauscht wurde und dass unsere
Hände die anziehendsten Stellen suchten und fanden. Ich
war ganz zittrig vor Erregung, mein Puls raste, zum Glück
dauerte es keine zwei Minuten, bis wir den Garten räumten in
Richtung eines Ortes, an dem wir weniger gut beobachtet
werden konnten. Wir stiegen in den Dachboden hinauf, leise,
im Gleichschritt wegen des Professors, denn ich wusste, dass
er einen leichten Schlaf hatte. Oben angekommen, zogen wir
einander aus. Als Aiko nackt war, sagte sie, sie sei froh, dass ihr
die Sache mit BHs erspart geblieben sei, sie möge ihren Busen, natürlich sei er klein, aber hübsch.

»Sehr hübsch«, sagte ich.

Mit merkwürdiger Unbefangenheit fuhr sie fort:

»Männer kommentieren meinen Busen immer mit *hübsch*
oder *nett*. Es hat noch nie einer *schön* oder *geil* oder *sexy* gesagt. Früher hat mich das gestört, inzwischen sehe ich die Vorteile.«

Mir gefiel die Art, wie sie das sagte, mir gefiel jetzt ohnehin alles. Es hätte mir auch gefallen, wenn ein Holzbein zum

70

Vorschein gekommen wäre, es ist seltsam, der Moment, bevor zwei Menschen übereinander herfallen, bringt eine eigentümliche Schönheit an den Dingen hervor. Ich schob Aiko zum Bett und wir schliefen miteinander, ich in Erwartung, jemandem begegnet zu sein, der profunde Kenntnisse besitzt. Und sie? Keine Ahnung. Ich nehme an, für uns beide war es etwas außerhalb des gewöhnlichen Laufs der Dinge.

Es brannten diverse Lampen und beleuchteten wenig, ein flaches Bett mit zwei nackten Menschen darauf, ringsum wenige andere Möbel, zwei kleine Bücherregale, ein Schreibtisch mit Stuhl, ein Laptop darauf, zwei afrikanische Skulpturen auf der rechten Seite bei einem der Regale: Holz mit Nägeln und Stoff. Keinerlei Kleidungsstücke, die nicht eine Stunde zuvor noch getragen worden waren, keinerlei Wäschestücke. Eine zerknüllte Schokoladeverpackung neben dem Papierkorb.

Ich habe die beige Leinenbettwäsche vor Augen, eine große Decke für beide Matratzen, zwei verschieden große Kissen, die Aiko, wie sie sagte, je nach Laune verwendete. Ein sehr großes Rundbogenfenster in der Giebelwand, der untere Teil des Fensters war nach innen klappbar. Aiko sagte, sie möge diesen Raum, viel zum Schauen oder einfach gut zum Schlafen.

Mein linker Arm war unter Aikos Nacken geschoben, ich lag ruhig neben ihr. Sie fragte mich, ob ich viel an Sex denke, sie meine, ganz allgemein. Ich sagte, ja.

»Vor allem wenn ich auf der Straße Frauen sehe, die mir gefallen, dann denke ich, dass ich mit ihnen schlafen möchte.«

»Warum fragst du die Frauen nicht, ob sie ebenfalls Lust haben?«

»Mein Mut ist begrenzt. Und … ich will nicht unhöflich sein.«

»Frag doch einfach.«

Ich lachte und schüttelte bedauernd den Kopf:

»Du hast es leicht, mich anzustacheln, es bin ja ich, der böse Blicke erntet, nicht du. Oder sprichst du auf der Straße fremde Männer an?«

Sie lachte schallend und konnte gar nicht mehr aufhören, und in das Lachen hinein stammelte sie:

»Ich … ich bin der größte … Feigling! der größte überhaupt … ich traue mich … überhaupt! nichts!«

»Wer's glaubt. Du hättest das kleinere Risiko.«

Sie lachte sich aus, und wir schwiegen eine Weile. Ich atmete tief durch.

»Schlaf jetzt«, sagte sie: »Wir haben morgen genug Zeit zum Weiterreden.«

In der Früh ging Aiko duschen. Ehe sie das Zimmer verließ, sagte sie, nackt über mir stehend, ich könne noch fünfzehn Minuten liegen bleiben. So blieb ich die erlaubten fünfzehn Minuten liegen, mit im Nacken verschränkten Händen, von einem leidenschaftlichen Glücksgefühl durchflutet, ganz euphorisch, dass meine neue Lebensphase eine erste Blüte entfaltete. Nach dem Duschen kam Aiko herein in ihrem Laufdress, mit nassen Haaren. Ich sagte, dass ich jetzt ebenfalls aufstehe.

»Irgendwo habe ich deine Unterhose gesehen«, sagte sie.

Sie holte die Unterhose vom Fußende des Bettes und reichte sie mir. Ich fand, das war eine sympathische Geste.

»Das ist sehr freundlich«, sagte ich eingeschüchtert und zog die Unterhose an, schon im Stehen. Anschließend schauten wir gemeinsam einige Sekunden zum Fenster hinaus.

»Was du hörst, sind Nachbarskinder«, sagte sie. »Und das dort hinten, dort rechts, das sind die Bäume eines Friedhofs.« Sie kippte das Fenster, die Geräusche aus der Nachbarschaft waren jetzt gut zu hören.

Im Bad gab sie mir eine frische Zahnbürste. Wir schauten uns an, es war wohl besser, wenn ich jetzt ging. Aiko hätte sich freundschaftlich von mir verabschiedet, duldete jedoch den Kuss auf den Mund, den ich ihr gab. Als ich eine halbe Stunde später am Rand der Wiese das tägliche Quantum Gras schnitt, sah ich Aiko am anderen Ende der Wiese vorbeilaufen. Ich fragte mich, was sie mit der Zahnbürste machte, ob sie die Zahnbürste für mich verwahrte, selber verwendete oder wegwarf.

Professor Beham begrüßte mich an diesem Vormittag wie an jedem anderen Tag, er hatte von der ganzen Geschichte wohl nichts mitbekommen. Das Zwergflusspferd kam zum Zaun, als ich mich näherte. Es hob den Kopf zum Himmel wie ein Wolf, wenn er heult. So blieb es, diese Geistergestalt, hob den Kopf ein weiteres Stück, öffnete das Maul in Zeitlupe. Das Langsame hatte in diesem Tier einen entschlossenen Verfechter, das war mir sympathisch. Ich warf das Gras wie immer auf die Steinplatten rechts neben dem Teich, wo sich Aiko vielleicht als Jugendliche gesonnt hatte. Das Zwergflusspferd schaute mich an, ohne ein Zeichen von Zuneigung, ganz natürlich. Ich zog fragend Brauen und Kinn ein wenig hoch. Das Tier nickte. Dann ging es zum Futterplatz, die Spatzen sprangen zur Seite, und für einen Moment hatte alles seine Richtigkeit.

Am Abend saß ich barfuß auf der Terrasse, zuerst mit der Aussicht, vielleicht doch eine weitere Nacht mit Aiko verbringen zu können, dann mit einer sich wie Dunst über meine Lektüre legenden Mutlosigkeit. Die Buchstaben der Wörter verschwammen mir vor den Augen. Aiko hatte sich den ganzen Tag nicht blicken lassen. Warum? Das blieb ihr Geheimnis. Oder wenigstens ihre Sache. Nur einmal hatte ich sie in den Dachboden hinauflaufen gehört, ich war in die Eingangshalle gegangen und hatte vom Fuß der Treppe aus minutenlang ins leere Stiegenhaus hinaufgeblickt. Nichts. Und auch am Abend: Nichts. Nicht das Gewünschte. Ich war enttäuscht, verunsichert, verärgert. Fühlte mich kalt fallen gelassen. Was war das gestern? Habe ich etwas falsch gemacht? Geht Aiko mit jedem Mann nur einmal ins Bett? Ist sie müde und schläft sich aus? Erwarte ich mir zu viel? War das etwas rein Körperliches? Und wenn! Sei nicht blöd! Ist doch gut, wenn es etwas rein Körperliches war, irgendwie lässig: Julian Birk hat Sex mit einer fünf Jahre älteren Frau. – Und das Mühlrad im Kopf drehte sich in die andere Richtung: Ja, das ist natürlich cool, dass ich Sex mit Aiko hatte! Und ich brauche kein schlechtes Gewissen zu haben, es war beiderseits gewollt, ja, gut, darauf kann man sich irgendwie einigen. Aber hat es ihr gefallen? Wie komme ich bei ihr an? Mag sie mich? Warum vergräbt sie sich im Dachboden? Wie geht's jetzt weiter? Was würde Judith sagen?

Ich knüpfte Ketten aus Fragen und Mutmaßungen, und wenn ich steckenblieb, schloss ich die Augen und gähnte. Bei Sonnenuntergang unternahm das Zwergflusspferd für diesen

Tag seinen letzten Spaziergang über den Grund des Teiches, dann trottete es zu seinem Verschlag, um zu schlafen. Das war auch für mich das Signal zum Aufbruch. Den Heimweg nahm ich kaum wahr.

Sieben

Von Tibor, der auf das unterschätzte, mysteriöse, spukhafte
Land hinausgefahren war, hörte ich zwei Wochen lang nichts.
Dann erreichte mich eine SMS, er schrieb, er liege im Bett,
habe große Schmerzen und werde täglich gestreckt. Darüber,
was ihm eigentlich fehlte, gab er keine Auskunft. *Werde täglich
gestreckt* – so ein Blödsinn!

Am selben Tag fragte mich Professor Beham, ob ich einen
Führerschein besitze. Ich bejahte es. Er trug mir auf, am nächsten Morgen seine Tochter zum Flughafen zu fahren.

»Sie verreist?«, fragte ich.

»Sieht so aus«, gab er zur Antwort und nahm einen kräftigen Zug von seiner Zigarette: »Sie kommt und geht.«

Also trat ich am darauffolgenden Tag meine Arbeit früher
an als sonst, zu einem Zeitpunkt, als sich die Häuser und Bäume erst allmählich aus dem Grau der Vorstadt zu schälen be-
gannen. Das Gras für das Zwergflusspferd hatte ich schon am
Vorabend geschnitten, ich warf es auf die Futterstelle, ehe
ich mich in die Küche setzte und dort auf Aiko wartete. Seit
zwei Wochen hatte es keinen Regen gegeben, das Haus knarr-
te unbegreiflich, was zur Folge hatte, dass ich nicht hörte, wie
Aiko aus dem Dachboden herunterkam. Plötzlich stand sie in
der Küche. Aiko wirkte zufrieden, ich hatte das Gefühl, dass
sie seit Stunden auf war. Unter dem knielangen Kleid mit Blumen sah ich ihre Beine, die in Cowboystiefeln steckten, das
waren Stiefel, die ich noch nicht kannte: aus grün schillern-

dem Imitat von Eidechsenhaut. Aiko lächelte. Wenn ich ein Mensch mit Kraft gewesen wäre, hätte ich die Hand ausstrecken und sie berühren können. Wir wünschten einander einen guten Morgen.

»Es war nicht meine Idee, dich zu fragen, ob du mich fährst«, sagte sie. »Ich habe erst gestern Abend davon erfahren, da warst du schon weg.«

»Ich mache es gern«, sagte ich, und das stimmte in diesem Moment, weil es mir die Möglichkeit einer Begegnung mit ihr verschaffte.

Mit einer Kopfbewegung wandte sie sich ab und ging voraus. Sie nahm ihre Tasche von der untersten Stufe der Treppe und trat vors Haus, wo der Spritfresser des Professors in der Einfahrt stand. Ich folgte Aiko. Sie öffnete das Tor zur Straße, sie hakte die beiden Flügel an den Seiten fest.

»Wohin fliegst du?«, fragte ich.

»Marseille.«

»Marseille?«

»Muss man kennen«, sagte sie.

Die Sinnlosigkeit der Antwort verblüffte mich. Von etwaigen Plänen verriet Aiko nichts, und es gab kein Zeichen, aus dem zu ersehen gewesen wäre, dass ihr die Reise ungelegen kam. Sie warf ihre Tasche auf den Rücksitz, dann ließ sie sich auf den Sitz der Fahrerseite plumpsen. Ich selber nahm auf dem abgewetzten Leder des Beifahrersitzes Platz in meiner lässigsten Khakihose und dem Clown-T-Shirt, das meine Brustmuskulatur betonte. Die Wagentür, einmal offen, ließ sich nicht mehr schließen, es gelang mir erst, nachdem ich es einige Male mit Gewalt probiert hatte. Da waren wir bereits auf der Straße, unterwegs Richtung Donau. Aiko fuhr in den

Kaisermühlentunnel ein. Im Tunnel beugte sie sich über den Lenker und drückte aufs Gas. Wie Schatten sah ich andere Wagen rechts zurückbleiben, das Orange der mehrspurigen Deckenbeleuchtung flog uns entgegen, sich perspektivisch auffächernd, dazu die grünen, verschwimmenden Lichter der Notausgänge an den Seiten und die rot umrahmten Geschwindigkeitsangaben, die Aiko ignorierte. Raus aus dem Tunnel, die Donauuferautobahn entlang, über die Praterbrücke und hinter dem Heustadelwasser auf die Ostautobahn, sehr geschwind, gegen die noch tiefstehende, grelle Sonne. Aiko machte die Augen schmal.

»Du fährst gut«, sagte ich.

Sie schaute zu mir herüber, und ich dachte daran, wie schön es wäre, von ihr geküsst zu werden. Statt dessen spielte sie die Spröde.

»Ja, doch-doch, ich bin praktisch veranlagt«, stellte sie sachlich fest, es kam mir trotzdem mehrdeutig vor. Alles kam mir mehrdeutig vor. Ich hätte Aiko gerne gefragt, was ich für sie war, unter praktischen Gesichtspunkten. Aber ich fragte sie nicht, weil ich mich schämte … schämen ist zu viel gesagt, es war mir peinlich. Und ich versuchte die tiefe Enttäuschung zu begreifen, die ich empfand, weil Aiko wegfuhr.

»Und worin schlägt sich dieses Praktische sonst noch nieder?«, fragte ich.

»Dass ich beim Essen schmatze«, sagte sie.

Diese Antwort trug zusätzliche Verwirrung in die Konversation, eine nervöse Spannung machte sich bemerkbar. Aiko warnte mich vor der Gangschaltung, bei der man die Gänge reinwürgen müsse. Außerdem solle ich aufpassen, der Wagen sei breit wie ein Schiff.

Wie kindisch, hier zu sitzen und von Gangschaltungen und der Breite von Schiffen zu reden. Wenn man bedachte, wie gesellig wir unsere gemeinsame Nacht verbracht hatten, und wenn ich besonders an Aikos Kopf dachte, der nach dem Sex an meiner Schulter gelegen war, schien mir diese Distanziertheit seltsam. Ein seltsamer Mensch. Es passte nicht zu dem Vorangegangenen. Ich wurde nicht schlau daraus. Was wurde hier eigentlich gespielt?

»Reden wir noch ein bisschen über den Wagen«, sagte ich spöttisch: »Das ist ein brennendes Thema.«

Schweigen. Sie betrachtete mich ruhig und aufmerksam. Ich wartete, dass etwas geschähe.

»Damit du keinen Bock schießt«, sagte sie, beinahe entschuldigend im Ton.

»Hellseherin?«, fragte ich.

»Verkannt«, sagte sie.

»Verkracht wohl eher.«

»Es reicht, wenn man nur ein wenig intuitiv ist. So ein übermütiger Student …«

»Da muss man vorsichtig sein, was?«

»Das ist wohl wahr.«

Sie nickte, und wir schwiegen wieder. Mit mattem Interesse schaute ich auf die vielen Mohnblumen am sonnendürren Bankett. Später war Aiko glatt fähig, mir nochmals mit den Fröschen im Teich zu kommen, die schienen ihre besondere Aufmerksamkeit zu besitzen. Sie sagte, wenn mir während ihrer Abwesenheit langweilig sei, solle ich mich der Froschjagd widmen. Und wörtlich:

»Glaubst du, dass das Wetter heute günstig für den Froschfang ist?«

»Ich weiß nicht, keine Ahnung.«

»Es gibt zu viele, tatsächlich. Und was du mit ihnen machst, ist deine Sache, an ein Restaurant verkaufen oder in den Donauauen aussetzen.«

Hineingesprochen in die durchsichtige Helle. Draußen verflog die Landschaft. Über die Landschaft war der Himmel gestülpt. Der Himmel zeigte mehr als an anderen Tagen, was er war: ein Raum. Es gab dort Wind, Vögel und Flugzeuge, die sich bewegten. Ich konnte die Bewegungen nicht beeinflussen. Ein widerspenstiger Tag.

»Dein Freund hat mir versprochen, dass er das Froschproblem löst.«

»Wer?«

»Dein Freund.«

»Tibor?«

»Ja, der. Damit das Gequake im Frühling nicht wieder von vorne losgeht.«

»Dann soll er das tun. Ich jage keine Frösche, sie stehen unter Naturschutz.«

»Erinnere ihn dran, dass er's mir versprochen hat. Dieses Gequake ist so laut wie ein Presslufthammer, man versteht sein eigenes Wort nicht mehr.«

»Selbst wenn du eine Genehmigung bekommen würdest, die Frösche umzusiedeln, würden in kürzester Zeit neue Frösche zuwandern.«

»Sauerei!«

»Besser, man würde ein paar Autos einfangen.«

»Das ist zehnmal mehr verboten«, sagte sie.

So verging die Fahrt. Vorbei an der Raffinerie und ihren riesigen Tanks, durch einen Wald, über eine kleine Brücke.

Brücken sind normalerweise etwas Schönes. Aber der Nachgeschmack unserer gemeinsamen Nacht schwand weiter, die Brücke half nichts, die Fahrt fühlte sich wie eine Rückwärtsbewegung an. Aiko stoppte den Wagen vor dem Eingang zum Terminal 1.

»Wahrscheinlich bin ich deswegen so praktisch veranlagt, weil meine Mutter so unfähig war«, sagte sie versöhnlich. »Die Ungeschicklichkeit von meiner Mutter war abschreckend. Gleichzeitig konnte ich meinem Vater gefallen.«

Die Luft kam mir frisch vor, als ich aus dem Wagen stieg. Ich schlug die Tür mit aller Kraft zu, sie schloss beim ersten Versuch. Aiko ließ die Fahrertür offen, so dass der nächste heranfahrende Wagen Mühe hatte, vorbeizukommen. Dadurch wurde der Abschied noch schwerer. In Aikos Verhalten war nichts, was als Ermutigung zu irgendwelchen Anläufen zu deuten gewesen wäre. Bereits mit ihrer Tasche über der Schulter kam sie zu mir her und küsste mich auf die Backe.

»Idiot«, sagte sie.

»Warum?«

»Weil du mich so anschaust.«

Sie fand noch Zeit für ein aufmunterndes Lächeln. Dann ließ sie mich stehen und ging weg, ohne sich nochmals umzudrehen. Meine Anspannung lockerte sich, dumme Kuh, sagte ich bei mir und stieg in den Wagen. Der Mercedes schien über der Straße zu schweben, mir gefiel das Breite, das Gemächliche, tatsächlich, wie ein Schiff auf einem Wogenkamm.

Das Zwergflusspferd lag am Rand des Teiches, gestrandet in der gottverlassenen Beham'schen Garteneinsamkeit, einige Wasserlinsen auf dem Rücken. Das Tier wirkte zufrieden, man sah ihm nicht an, dass seine Art vom Aussterben bedroht war, gut möglich, dass das Leiden seiner Art am Rokel-Fluss bereits ein Ende hatte. Vielleicht träumte die Zwergin von einem Urwaldfluss, abseits der Zivilisation, in einer Gegend ohne Jahreszeiten, wo brütende Hitze herrschte und ein Jaguar an den Professor heranschlich. Der Professor saß auf der Terrasse, er schälte einen Apfel, und die Schale wurde länger und länger, bis sie den Boden erreichte.

Als Professor Beham mich sah, winkte er mich herbei und wies mich an, ihm eine Flasche Wein aus dem Keller zu holen. Er hatte ein kleines Alkoholproblem, wirklich nur ein kleines, ich wollte es ihm nicht verübeln in Anbetracht der kurzen Zukunft, vor der er stand. Er war nicht zu beneiden, ich fragte mich, wie er damit fertig wurde, ich bekam Gänsehaut, wenn ich ihn so sitzen sah. Andererseits: alles stirbt, es war zu hoffen, dass sich Professor Beham mit dem Sterben Zeit ließ, ich fühlte mich wohl in seinem Haus und brauchte das Geld.

Nachdem ich den Wein auf den Tisch gestellt hatte, erkundigte sich Professor Beham nach seiner Tochter. Ich konnte ihm nur sagen, dass sie den Flughafen rechtzeitig erreicht hatte. Er suchte hinter einer Gebärde der Gleichgültigkeit Schutz, war aber sichtlich unzufrieden mit mir, verständlicherweise, ich war ebenfalls unzufrieden mit mir.

»So eine Tochter macht müde«, sagte er verdrossen. Anschließend erkundigte er sich, wie der Wagen zu fahren sei.

»Sehr gut«, gab ich zur Antwort, »man fühlt sich wie in einem Raumschiff.«

Meine Bemerkung jagte ihm für einige Momente einen Schuss Eisen ins Blut, er berichtete, dass er Auto gefahren sei, bis er eines Tages kein Gefühl mehr im rechten Bein gehabt und das Portal eines Schreibwarenladens gerammt habe, ein Schaufenster sei zu Bruch gegangen.

Er lachte ein dröhnendes Lachen, das schaurig klang, als es aus diesem verdorrten Körper herausbrach. Das Lachen schreckte das Zwergflusspferd auf, es galoppierte ein Stück, ehe es sich wieder beruhigte. Es kam mir immer sonderbar vor, dass auch ein Zwergflusspferd sich zuweilen aufregte: wie ich. Dann doch lieber ins Wasser, plumps. Wellen liefen ans Ufer, schwappten über den Rand, das Zwergflusspferd tauchte unter. Professor Beham folgte meinem Blick. Das Tier sei in Ordnung, sagte er. Aber sein Gesichtsausdruck war distanziert, als dächte er gerade an etwas, das er besser nicht zur Sprache brachte.

Ich schaute mir den Mann zur Abwechslung wieder einmal an. Seine stahlblauen Augen waren schief ins Gesicht geschnitten und ohne Tiefe, blutunterlaufen. Er biss in den Apfel, seine Kiefer gingen beim Kauen hin und her.

»Ich bin immer gerne Auto gefahren«, sagte er. »Aber diese Beine …«, er schaute an sich hinab, ein wenig gepeinigt: »Schau dir diese Beine an, es ist nicht zu glauben. Wie Hühnerbeine. Und dass die Zehen gar nicht lahm aussehen, das ist auch so ein trauriger Witz.«

Ich nahm die zur Spirale geschnittene Apfelschale vom Boden auf, sie war einen halben Meter lang, rot und gelb, die Innenseite wurde am unteren Ende bereits bräunlich. Im Bücken konnte ich die angesprochenen Zehen betrachten, mit Nägeln gelb und dick wie mehrschichtig aufgestapelt. Interessant. Aber Kommentar, ob die Zehen mehr lebendig oder tot aussahen, wollte ich keinen abgeben, deshalb trat ich zum Gehege und warf die Schale über den Zaun.

Das Zwergflusspferd tauchte auf und wackelte mit den Ohren. Ich fragte mich, was die Frösche von diesem Mitbewohner hielten. Es wunderte mich, dass das Zwergflusspferd die im Teichgrund verborgenen Frösche nicht zu Tode trampelte. Aber gut, irgendwie schien ein Zusammenleben möglich, immer wieder sah ich Frösche zufrieden am Teichrand sitzen.

»Das Zwergflusspferd kommt mir manchmal ein wenig unheimlich vor«, sagte ich verlegen.

»Es ist ein Zwergflusspferd und weiter nichts«, antwortete Professor Beham.

»Ja, gut … dann werde ich jetzt das Gehege säubern.«

Professor Beham nickte abwesend, und als ich wegging, murmelte er noch:

»Es ist schade, dass diese Äpfel nicht so gut sind, wie man es sich denkt. Ich werde sie nicht vermissen.«

Ich erledigte meine Arbeit und fuhr zeitig nach Hause. Das Gespräch mit dem Professor hatte mir ein schlechtes Gewissen gemacht, noch vom Bus aus rief ich meine Mutter an, ich erkundigte mich, ob es zu Hause »eh« allen gutging. Ich erzählte vom Zwergflusspferd und von Professor Beham, der die Zeitung abonniert habe, damit sie ihm beweise, dass er noch lebt. Ich fragte, ob die Zwetschgen schon reif seien, und versprach, bald für ein paar Tage nach Hause zu kommen. Meine Mutter ermunterte mich, sie sagte, sonst würden meine jüngeren Geschwister mich bald nicht mehr erkennen.

Nachdem wir das Gespräch beendet hatten, war mir wohler, und ich schrieb eine SMS an Tibor, Aiko sage, er solle die Frösche fangen. Die Antwort kam nach kaum einer Minute:

Das gibt ein Massaker!

Acht

Der nächste Tag war ein Samstag, da hatte ich frei, weil die Wochenenddienste von einem Schüler aus Professor Behams Nachbarschaft übernommen wurden. Ich frühstückte spät, währenddessen duschte Nicki. Sie duschte länger als zulässig, weil … Ich fragte sie. Antwort: Weil sie davon ausgehe, dass in ihrem Umfeld »Männer harte Männer sind« … und weil sie es offenbar brauchte, eine halbe Stunde lang ganz eingehüllt zu sein von warmem Dampf. Ich selber duschte lauwarm, in aller Schnelle.

Am Mittag fing Nicki an, die Küche aufzuräumen, das hieß, dass bald ihr Freund auftauchte. Ich hatte ein gewisses Muster erkannt: Wenn ihr Freund im Anflug war, räumte Nicki die Küche auf, sonst nie. Tatsächlich ließ ihr Freund nicht lange auf sich warten. Zunächst bekam ich von den beiden nur mit, dass sie im Wohnzimmer saßen und fernsahen. Zweimal marschierte ich an ihnen vorbei und keiner sagte ein Wort. Aber wenigstens war in der Küche jetzt nicht mehr so eine Unordnung.

Nickis und mein Zimmer waren über das Wohnzimmer getrennt begehbar, aber zusätzlich durch eine Flügeltür verbunden. Auch wenn wir phasenweise kaum miteinander redeten, wusste ich meistens, was Nicki gerade tat: auf dem Bett sitzen oder im Bett liegen, im Lesesessel sitzen oder am Schreibtisch. Hat sie das Licht schon angemacht oder noch nicht. Manchmal stand sie auf, um ihren Wasserkrug zu holen

85

und etwas zu trinken. Später ging sie in die Küche und kam mit einem Teller zurück. Salatgurken aß sie gerne, sie schnitt sie in dicke Scheiben, und wenn sie die Gurken aß, konnte ich es hören. Ein einziges Mal ging ich in ihr Zimmer, während sie und ihr Freund Sex hatten. Das Problem war, dass sie Musik hörten, weshalb ich die Situation falsch eingeschätzt hatte. Mein Klopfen hatten sie nicht gehört. Ich machte die Tür auf und wieder zu. Wir redeten nie darüber. Aber Nicki erzählte mir, dass die Entjungferung meiner Schwester Elli sehr unerfreulich gewesen sei. Ich sagte, sie solle mir die Details ersparen, sie gingen mich nichts an.

An einen lustigen Abend mit Nicki und ihrem Freund erinnere ich mich: Die beiden hatten in einer Videothek *Frauen am Rande des Nervenzusammenbruchs* ausgeliehen und gefragt, ob ich den Film mit ihnen anschauen wolle. Wir lachten irrsinnig viel. Entweder wegen des Films oder weil es das einzige Mal war, dass Kiffen bei mir eine positive Wirkung entfaltete. Die andern Male tat sich wenig, ich bekam allenfalls einen trockenen Mund.

Nicki und ich wussten sehr viel voneinander, sehr viel Intimes, sprachen aber, mit Ausnahme der allerersten Wochen, nicht darüber. Nie davor und nie danach war die Kluft größer. Jeder wusste sehr viel vom anderen, und jeder wünschte sich nicht preisgeben zu müssen.

Je länger ich mit Nicki zusammenwohnte, desto genervter wurden wir beide. Oft reichte für mich die Vorstellung, was beim Nachhausekommen wieder sein würde, und schon wurde ich aggressiv: Garantiert hatte Nicki wieder den Biomüll nicht geleert, obwohl sie an der Reihe war, und wenn doch, hatte sie garantiert den Eimer nicht ausgewaschen. Sicher hatte sie wieder meinen Käse oder den restlichen Mais vom Vorabend aufgefressen oder Thunfisch gekauft, die blöde Gans. Undsoweiter.

Manchmal kochten wir gemeinsam, und beim Essen entschieden wir zu Beginn, ob schön oder grausig gegessen wird. Grausig hieß, gegen Ende des Essens Füße auf den Tisch, auch Ellbogen auf dem Tisch waren erlaubt, und überhaupt am Tisch gammeln oder vor dem Fernseher auf der Couch. Schön essen hieß, aufrecht am Tisch sitzen, mit Servietten, in Erinnerung der Manieren, die man uns zu Hause beigebracht hatte.

Nacktheit war ein großes Thema. Nachdem die Pubertät und das damit verbundene Sich-Schämen vorbei waren, galt es jetzt, sich nach Möglichkeit nicht zu schämen. Einmal saß ich bei Nicki und ihrem Freund im Zimmer, sie lagen im Bett. Nicki strampelte unter der Decke herum, musste offenbar aufs Klo. Ich bot mich an, ihr ein Hemd zu bringen, aber sie sagte »Quatsch«, warf die Decke zurück und marschierte nackt hinaus.

Von Claudi gab es ein Foto, auf dem sie nackt ein Rad schlägt an irgendeinem griechischen Strand.

Als Judith und ich noch ein Paar waren, lag sie in der Badewanne, die in der Küche stand. Ich brachte Tibor mit nach Hause, den kannte Judith kaum. Ganz kurz waren beide irritiert, und dann unterhielten sie sich längere Zeit, ich glaube, es war das einzige Mal. Ich selber kam mir links liegengelassen vor. Ich war auch ziemlich eifersüchtig, muss ich zugeben. Judith fand es »irgendwie cool«.

An diesem Samstag hörte ich mir die Geräusche des Fernsehers gut zwei Stunden lang an. Von dem Buch, in dem ich zu lesen versuchte, blieb nichts hängen, ich konnte mich noch nie konzentrieren, wenn ich enttäuscht war. Ständig schweiften meine Gedanken zu Aiko ab, die sich nichts aus mir machte. Um die Zeit herumzukriegen, verließ ich in der Mitte des Nachmittags das Haus, ich hatte ein paar Einkäufe zu erledigen. Der Einfachheit halber steuerte ich die Mariahilfer Straße an, obwohl ich nicht ausschließen wollte, dass ein regelmäßiger Gang über die Mariahilfer Straße psychische Schäden verursacht. Dieses Gewurl und Gewimmel hatte etwas Schlachtgemäldehaftes, lauter emsige Menschen, in endloser Reihe, einer dicht hinter dem andern, alle aufmerksam nach Lücken Ausschau haltend, in die sie treten konnten, um Boden gutzumachen. Jeder im Wettlauf mit seiner Zeit. Zwischendurch Blick in ein Schaufenster, in dem kein Glück angeboten wurde, aber nützliche Dinge. Ich brauchte Unterwäsche. Die alte Unterwäsche war gut genug gewesen für ein Leben in einer festen Beziehung, aber nicht gut genug für ein Leben auf der Suche nach einer neuen Beziehung. Suchen ist gleichbedeutend mit Begehren. Ich betrat ein großes Kaufhaus, in allem, den Straßen, den Häusern, den Menschen und den Waren, war etwas Unerklärliches.

Was für Unterwäsche kauft man, wenn man nicht weiß, was der nächste Tag bringt? Ich entschied mich für dunkelblaue und hellgraue. Die weißen Unterhosen erinnerten mich zu sehr an meine Kindheit.

Vor dem Portal einer Buchhandelskette trafen sich einige nackte Studentinnen und Studenten, weil sie gegen was auch immer demonstrieren wollten. Vermutlich waren sie gerne nackt. Ich war auch gerne nackt. Ich hätte mitgemacht, aber nicht auf der Mariahilfer Straße. Irgendwo auf einem Acker, das hätte mir gefallen. Gemeinsam nackt über einen Acker rennen. Ja, ehrlich, ich mochte die Nackten, aber eben nicht auf der Mariahilfer Straße.

Ich bot Nicki und Bernhard an, Nudeln für drei Personen zu kochen. Sie freuten sich und sagten, sie gingen später auf eine Party, ob ich mitkomme. Aikos Verhalten hatte mich verunsichert. Zurückweisung machte mich immer für einige Tage schreckhaft. Deshalb sagte ich, dass ich lieber zu Hause blieb, ich würde auf der Party niemanden kennen, ich hätte keine Lust, herumzustehen wie in die Ecke gespuckt. Nicki zerstreute meine Bedenken, Elli werde dort sein und hauptsächlich Leute aus unserer Gegend. Auf einmal hatte ich keine eigene Meinung mehr, na schön, von mir aus. Wir brachen um zehn Uhr auf.

»Warum gehen wir nicht früher?«, fragte ich.

Nicki sagte:

»Dann sieht es am Ende noch so aus, als hätten wir sonst nichts zu tun.«

Am ganzen Himmel glänzten nur sieben oder acht Sterne, der rippendürre Mond war auf den Flakturm im Esterházypark gestiegen. Wolken waren nicht zu sehen, trotzdem fiel aus der Weite des Weltalls keine spürbare Kälte herunter. Der Asphalt war warm, er glänzte im Widerschein der Straßenbeleuchtung, dunkel hoben sich die Kanaldeckel ab, über die wir hinwegstiegen.

Ob es auf dieser Party einen Gastgeber oder eine Gast-

geberin gab oder lediglich jemanden, der die Wohnung zur
Verfügung stellte, wusste ich nicht. Es war so wie immer. Das
Bier lag in der Badewanne, am Badewannenrand lagen zwei
klatschnasse Handtücher zum Abtrocknen, die Etiketten hatten sich von den Flaschen gelöst und schwammen wie Tote
im Wasser, mit dem Gesicht nach unten. Die Flasche, die ich
mir nahm, pickte vom Klebstoff. Bis zum Bier hatten mich
Nicki und ihr Freund begleitet, aber ich trocknete meine Flasche ein wenig zu sorgfältig ab, da war ich schon allein. Ich ärgerte mich, dass ich mich hatte breitschlagen lassen mitzukommen, und ging in die Küche. Hier gab es Chips, Soletti
und Aufstriche, die in zwei oder drei Stunden vergammelt
aussehen würden. Einige Gesichter, die ich sah, kamen mir
bekannt vor, alle älter als ich.

Wer war zum Beispiel diese lahme Kröte, die mich mit einem Seitenblick anredete?

»Hoi, zeeavaas, bisch'd o-uu dohhhh?«

Kenn ich den? Soll ich ihn fragen? Interessiert es mich?
Nein.

In meinem Rücken stieß ein Mädchen ein schrilles Lachen aus. Dort musste sich etwas ereignet haben.

Um den Eindruck von Zielstrebigkeit zu erwecken, riss
ich ein großes Stück von einem Fladenbrot ab und aß es mit
Aufstrich, das verschaffte mir etwas Luft, die ich dazu nutzte,
das Terrain zu sondieren. Es handelte sich um eine Stehparty,
alle Sitzgelegenheiten waren weggeräumt, aus dem Wohnzimmer tönte Musik, *Hand in Hand* von den Beatsteaks, *God
Knows* von Mando Diao. Darin ging einer links, weil jemand
zu ihm gesagt hatte, er solle links gehen, und er dachte, er sei
unterwegs in einer Mission, ja gut.

Ich selber? Mir kam vor, alle Plätze waren schon vergeben. Nur einige wenige, sehr selbstbewusste Gäste ließen sich wie selbstverständlich durch die Räume der Wohnung treiben, spürten im Rücken eine Bewegung, hängten sich jemandem an den Gürtel und ließen los, wenn sie jemanden sahen, dem sie noch um den Hals fallen wollten. Das war nie ich. Dann stand plötzlich ein ehemaliger Schulkollege neben mir. Um ehrlich zu sein, meine Schulkollegen mied ich, weil sie mich an eine schlechte Zeit erinnerten. Jetzt behaupteten wir beide, wie super und lässig alles sei und wer und was uns alles den Buckel runterrutschen könne. Dann verhandelten wir den Werdegang anderer Schulkollegen und skizzierten unsere Zukunftspläne, man hätte meinen können, an unserer Zukunft interessierte uns nur der Beruf. Es ödete mich an, und dem Schulkollegen ging's mit Sicherheit ähnlich, eigentlich mochte ich ihn, aber unser Gespräch war deprimierend. Er verschwand so plötzlich, wie er gekommen war.

Ich hatte die letzten Schuljahre darauf hingefiebert, von zu Hause weggehen und ein Leben ohne Aufsicht leben zu dürfen. Vor lauter Ungeduld hatte ich mit den Füßen gestampft, ab in die Stadt, in die große Stadt, dort werden mehr Menschen verwandelt als im Märchen. Aber ich hatte mir dieses selbständige, verwandelte Leben schöner vorgestellt, weniger banal, weniger seicht. Und dann trafen sich zwei angeblich Verwandelte auf einer Party, und einer redete auf den andern ein und sagte, wie großartig und cool dieses Leben sei. Keiner gab zu, dass er enttäuscht war, überfordert, verunsichert.

Ich schlenderte hinüber ins große Zimmer, von wo die Musik kam. Niemand tanzte. Es schmuste auch niemand, daran erkannte ich, dass ich kein Schüler mehr war, sondern Student. Keine Ahnung, warum die Leute auf Partys nicht mehr schmusten, eigentlich wäre so eine Party der ideale Ort dafür gewesen, ich meine, dass zwei etwas ausprobieren. Aber da war nichts.

Elli saß mit Freundinnen auf dem Fußboden, mit dem Rücken an die Wand gelehnt, eine Freundin von ihr lackierte sich noch schnell die Fingernägel. Als Elli mich sah, stand sie auf. Wie immer, wenn sie unsicher war, warf sie mit einer schwungvollen Kopfbewegung die Haare hinter die Schulter, diese Bewegung wirkte sehr selbstbewusst. Elli wirkte zu dieser Zeit überhaupt sehr selbstbewusst, absurderweise vor allem dann, wenn sie es nicht war. Sie kam zu mir her und küsste mich. Ich freute mich, sie zu sehen.

»Wie geht's dir, Brüderlein?«, fragte sie.

»Mhm, das lässt sich in zwei Sätzen nicht sagen.«

»Erzähl ruhig, leg los. Ich hoffe, Judith und du, ihr findet wieder zusammen.«

»Du, Elli, das wird nicht passieren, glaub mir. Du weißt eh, dass ich komisch bin, und da wird es dich nicht wundern …«

»Schade, ihr wart so ein nettes Paar.«

Ja, nett, ganz bestimmt.

Wir redeten über mein momentan unverfänglichstes Thema: das Zwergflusspferd. Mit dem Zwergflusspferd konnte ich Staat machen. Und über den Machu Picchu, ich weiß nicht mehr, wie wir darauf kamen. Und darüber, wie gerne wir Mangos mochten, sie uns aber viel zu selten leisten konnten. Ein Thema war so gut wie das andere, und alles zusammen eher substanzlos, oder ich bildete mir ein, dass die Substanz fehlte, weil ich über das, was mir wichtig gewesen wäre, nicht reden wollte. Wir holten uns weitere Getränke. Ich erkundigte mich nach den Eltern und den Geschwistern. Es gebe nichts Neues, sagte Elli, aber sie sei gespannt, wann es Papa zu Hause an den Kragen gehe. Sie an Mamas Stelle ließe Papa nicht davonkommen mit dem, was er sich wieder leiste. Und natürlich hatte Elli nicht ganz unrecht, von ihrem Standpunkt aus. Aber andererseits: es war Sache der Eltern.

»Und bei dir?«

»Ach, doch-doch«, sagte sie.

Endlich waren wir betrunken. Ich hatte mir Mühe gegeben, Elli rasch betrunken zu machen. Sie vertrug Alkohol nicht sehr gut, sagte aber, dass sie Alkohol liebe, sie wurde immer sehr nett, wenn sie betrunken war, da fing sie an, sich bei mir abzustützen, sich bei mir einzuhängen und mir an den Rücken zu greifen. Das gefiel mir. Manchmal gab sie mir einen Klaps auf den Hintern, und auch das war nett. Elli mit ihren blauen Augen und mädchenhaft gebogenen langen, tintenschwarz gefärbten Wimpern, wie mit der Wimpernzange hinaufgebogen. Sie redete jetzt leise auf mich ein und klimperte mit den Augen. Das tat sie nicht bewusst, aber sie bekam, sobald sie betrunken war, so einen ganz langsamen Wimpernschlag. Sie kam einem mit ihrem Gesicht ganz nahe, die Hälfte von dem, was sie redete, war nicht mehr zu verstehen, sie griff mir ein bisschen an die Hüfte, in den Rücken, alles total nett. Ich mochte sie, sie war wirklich ein sympathischer Mensch. Und ich konnte mich gut mit ihr unterhalten, wenn sie betrunken war. Und sie schaute nicht ständig über die Schulter woandershin, und sie ging nicht einfach weg mit der Behauptung, sie müsse aufs Klo, und kam nicht wieder.

Ich fragte sie:

»Wo ist eigentlich Michael?«

»Der arbeitet … sitzt zu Hause und arbeitet … kann nicht abschalten … nicht einmal im Bett … erledigt sein Geschäft, weil's nötig ist … er seinen Druck loswerden muss … mein Techniker.«

»Amüsier dich, Elli«, sagte ich, denn ich mochte Michael nicht besonders. Elli lachte.

»Wenn Michaels oberkatholische … Prinzipien … nicht wären … ich würde mich aufführen … wie ein Schwein.«

Leider zogen Ellis Freundinnen sie irgendwann zurück in ihre Runde, sie machte einen vergnügten Eindruck, als wir uns aus den Augen verloren. Unschlüssig ging ich in die Küche und half, die letzten Reste wegzuessen. Neben mir einige gänzlich unbekannte Gesichter, aber heimischer Dialekt, drei, vier Jahre älter als ich, sie blödelten herum, ohne zu lachen, es war uncool, sich zu freuen, sie kommentierten alles negativ bis auf *Die fetten Jahre sind vorbei*, der im Frühling in den Kinos gewesen war. In meinem Dusel sagte ich, bäh, fette Ideologie, mit der man bis zum Erbrechen gefüttert wird, ein Film voller fetter Phrasen, die man mit dem Löffel gefüttert bekommt. Drei Spatzenhirne, die ihre Ideale für kleinliche finanzielle Eigeninteressen über Bord werfen. Und zum Schluss die Verherrlichung hirnrissiger Gewalt. Die Nachrichten sind jeden Tag voll davon, Amerika, China, Russland, Israel, Irak, Papua-Neuguinea und HIER. – Ich schlug mit der Faust gegen meine Brust.

94

Äh, was? Was redest du da? Was tust du da?

Aber es interessierte ohnehin keinen. Sollten sie mich meinetwegen für einen Idioten halten oder mich gernhaben und sich die Schädel anrennen, nur zu.

»Bist ja selber fett«, sagte einer.

Ich ging weg. In meiner Bierflasche schwamm mit einem Mal ein Zigarettenstummel, ich hatte es nicht gleich bemerkt und weiter daraus getrunken, bis mir der Stummel in den Mund gekommen war. Ich stieg auf Wein um, ich wollte meine Bierflasche nicht ständig im Auge behalten müssen. Mit einem Plastikbecher in der Hand verzog ich mich zurück ins große Zimmer.

Bist ja selber fett, hallte es mir in den Ohren. Und es stimmte, oft waren meine Gedanken dick und angefressen, wie ich als Kind gewesen war, ich weiß, ich weiß, ich weiß.

Im großen Zimmer stand Judith in Begleitung eines Zweimetermannes. Ich war froh, dass sie mich in der Küche nicht gehört hatte, sonst hätte sie wieder sagen können, Julian, pass auf, dass du kein unfreundlicher Mensch wirst.

Über die Lautsprecher lief *I Put a Spell on You*, es passte nicht, das wusste ich sofort, mir wurde unheimlich beim Lachen von Screamin' Jay Hawkins. Außerdem hatte ich so eine verworrene Ahnung.

»Ist das dein neuer Freund?«, fragte ich Judith auf den Kopf zu.

»Ein Freund«, sagte sie mit der Betonung auf dem ersten Wort. Aber das glaubte ich ihr nicht und erschrak vor dem Gedanken, dass ihr die Welt offenstand, während ich mich verhedderte. Ich falle in die Dornen des Lebens. Und nie mehr werde ich irgendwo der erste sein, bei irgendwas oder irgendwem.

Den anderen Mann ignorierte ich. Zu meiner Verblüffung fragte ich Judith wieder, ob sie noch einmal mit mir schlafen wolle. Dieses Begehren war grauenhaft. Dieses Greifen ins Leere war grauenhaft. Judith lächelte mich nervös an. Ich war so betrunken, dass ich im ersten Moment nichts anderes empfand als Staunen, keine Trauer, keine Angst, keinen Schmerz. Nur Fassungslosigkeit angesichts all dessen, was ich nicht verstand.

»Nein, Julian, bitte.«

Mir war flau und schwindlig, als hätte man mich angeschossen, als rutschte mir gleich das Zimmer unter den Füßen weg. Und während ich mich noch an Judith erinnerte, wie sie den Kopf in die geöffnete Tür des Kleiderschranks gesteckt und gefragt hatte, ob noch Platz sei, sagte ich böse:

»Mir wird allmählich klar, dass du zwei Gesichter hast.«

Mein Unbehagen wuchs, als ich Judiths entgeisterten Blick sah.

»Wie meinst du das?«, fragte sie.

»Oh, mein Gott … äh, was? Ich mein gar nichts«, sagte ich mit schwerer Zunge: »Nur dass du zwei Gesichter hast.«

Was redete ich da? Judith war die allerletzte mit zwei Gesichtern. Warum sagte ich das? Julian! Julian! Was redest du da? Du weißt doch, dass das nicht stimmt. Judith ist das Paradebeispiel von jemandem, der nur ein Gesicht hat, du hast doch selber zwei Gesichter! Ich? Zwei Gesichter? Was ist mit mir? Oh Gott! – Ich fing an zu zittern. Ich spürte, dass sich etwas in mir selbständig gemacht hatte. Für meinen Geschmack machte sich dieses Etwas ein wenig zu oft selbständig. Ich hätte gern mehr Gewalt über meine Gefühle gehabt. Klingt irgendwie befremdlich, aber damals war es so.

»Was meinst du mit zwei Gesichter, Julian …? Julian …? He, Julian, du bist betrunken! Ich glaube nicht, dass du weißt, was du sagst.«

An sehr viel mehr erinnere ich mich nicht, nur dass mir Judith, während sie auf mich einredete, mehrmals den Becher geraderichtete, damit ich den Wein nicht verschüttete. Ich hatte den Kontakt zu meinem Arm verloren.

»Was ist?«

»Nichts.«

»Was ist?«

»Nichts.«

Irgendwann mischte sich auch Elli ein, und jemand sagte: »Du tust dir keinen Gefallen.« Blöder Ausdruck. Judith verwendete das Wort *sonnenklar*. Dann waren plötzlich alle weg, man wird unwichtig, wenn man verlassen wird, so kam es mir vor.

Ich tat, als müsste ich aufs Klo, und es sah wohl so aus, als hätte ich Probleme, die Richtung zu peilen: schon war ich zur Wohnungstür draußen. Mir war schlecht und schwindlig. Im Stiegenhaus musste ich aufpassen, dass mir die Knie nicht wegknickten. Ebenerdig hatte ich weniger Probleme. Ein wenig erleichtert fühlte ich mich aber erst, als ich eine nahe gelegene Durchzugsstraße überquert hatte, die Autos, die hinter mir vorbeifuhren, durchtrennten etwas. Das wär somit erledigt, murmelte ich im unregelmäßigen Takt meiner Schritte. Schwankend ging ich nach Hause. Hier saßen Nicki und ihr Freund vor dem Fernseher und tranken Sekt-Orange.

»Na, wie war's noch?«, fragten sie träge.

Neun

Die folgenden Tage brachten wenig Neues. Die Erinnerung an die Nacht mit Aiko verblasste, und der Auftritt, den ich Judith geliefert hatte, war wie das Kappen der letzten Taue gewesen. Schade, dass ich keinen eleganteren Weg gefunden hatte, um diesen Lebensknoten zu lösen. Ich war einsam. Es kam auch vor, dass ich wieder das Gefühl hatte, nicht wichtig zu sein, für niemanden wichtig zu sein, und dass ich niemandem länger als zwei Wochen abgehen würde, wenn ich tot wäre. Doch insgesamt fühlte ich mich ruhiger.

In der neuen Wohnung und bei der Arbeit hatte ich mich eingelebt. Ich kannte die Eigenheiten von Nicki und die Eigenheiten von Professor Beham, ich wusste nicht nur in der Wohnung und im Haus, welcher Schalter zu welchem Licht gehörte. An das frühe Aufstehen hatte ich mich ebenso gewöhnt wie an das Arbeiten. Meine Fingernägel waren dicker geworden, meine Nagelbetten waren nicht mehr entzündet von den ungewohnten Belastungen. Und selbst beim Mähen mit der Sense hatte ich so viel Technik entwickelt, dass ich dabei Freude zu empfinden begann. Morgens um halb acht am Rand einer feuchten Wiese zu stehen und Gras zu schneiden, ohne ein einziges Mal mit der Spitze der Sense in den Boden zu hauen, gab mir ein gutes Gefühl. Zufrieden sog ich die frische Luft ein. Die mit dem Zwergflusspferd verbrachten Stunden hatten angefangen, mir mehr zu bedeuten als nur das Geld, das sie mir einbrachten.

Ende der Woche, als ich das geschnittene Gras mit den Händen zusammenraffte, um es in die Tragtasche zu geben, sah ich am anderen Ende des Feldes Aiko vorbeilaufen. Jetzt war sie also wieder da. Und als ich mit der Tasche voller Gras zum Gehege des Flusspferdes trat, saß dort Tibor ganz oben auf einer Stehleiter. Der war also auch wieder da, ich stellte es mit Verwunderung fest. Er war braungebrannt, aufgepumpt von Sonne und Landleben, er trug einen Tarnanzug und hatte ein Luftdruckgewehr über den Knien. Die Leiter stand außerhalb des Geheges, war jedoch auf den Teich ausgerichtet. Tibor schwang das Gewehr und rief:

»Attacke!«

»Und? Richtest du etwas aus?«, fragte ich.

»Null«, gab er zur Antwort. »Einmal habe ich vorbeigeschossen. Es hat eine kleine Staubwolke gegeben, und der Frosch ist ins Wasser gesprungen, das war's. Aber wehe! Die werden mich kennenlernen.«

»Wie lange sitzt du da schon?«

»Seit dem Morgengrauen.«

»Was ist mit deinem Kreuz?«, fragte ich.

»Was soll mit meinem Kreuz sein?«

»Na, weil du jeden Tag gestreckt worden bist.«

»Vergiss es … von Claudi … die emotionale Streckbank.«

»Ich hab's mir eh gedacht.«

Er wechselte die Position, aus dem Sitzen in den Stand. Auf der fünften Sprosse stehend, spähte er zu dem Bereich, wo der Teich mit Binsen bewachsen war, oder suchte den Rand ab. Der Teich lag reglos in kompletter Flaute, nur einige huschende Lichtreflexe auf dem Wasser, vielleicht von großen, die Sonne kreuzenden Vögeln, vielleicht von Insekten, die mit ihren Beinen vergängliche Punkte ins Wasser tupften. Die Frösche lauerten unsichtbar, das Zwergflusspferd schlief in seinem Verschlag und speichelte ins Stroh. Mir fiel ein, dass es nötig geworden war, die Schlafstelle des Zwergflusspferdes komplett auszuräumen und mit frischem Stroh auszulegen, dort roch es schon sehr muffig. Am Anfang der Woche hatte ein Bauer einen Strohballen gebracht. Dieser Strohballen würde für die nächsten zwei Monate reichen, länger konnte das Zwergflusspferd ohnehin nicht bleiben, es brauchte einen Stall und ein beheiztes Becken, bevor der Winter kam.

Ich erledigte die üblichen Arbeiten. Unter der Beschäftigung schwand die Unruhe wegen Aiko. Auch die Schlafstelle räumte ich aus, während das Zwergflusspferd das Gras umherwarf auf der Suche nach dem Klee. Meinen Blick hielt ich wachsam nach vorne gerichtet. Tibor saß verdrossen auf der Leiter, das Luftdruckgewehr mal so und mal so, es fiel kein Schuss, ich hatte ihm verboten zu schießen, während ich im Gehege war, ich hatte Angst, das Zwergflusspferd könnte in Panik geraten und mich umrennen oder mit seinen Hauern totbeißen. Trotzdem spähte Tibor ungeduldig zum Teich, er brauchte ein Erfolgserlebnis. Wer nicht?

»Hurenviecher«, brummte er, als ich wieder neben ihm stand.

Am späten Vormittag, nachdem Tibor ein zweites Mal danebengeschossen hatte und vom Professor ausgelacht worden war, gab er die Froschjagd auf. Er wirkte beschämt. Der Professor stocherte seine Zigarette aus und verzog sich mit der Zeitung nach drinnen, weil Wind aufgekommen war. Ich sagte zu Tibor, er solle aufpassen, dass ihn nicht einer der Nachbarn anzeige. Er hielt dagegen, es seien die Nachbarn gewesen, die sich im Frühling über die Lautstärke des Quakens beklagt hatten. Er stieg nochmals auf die Leiter, stellte sich leichtsinnig auf die beiden obersten Sprossen und hielt in seemännischer Haltung Ausschau, mit der rechten Hand die Augen beschattend:

»Dort drüben mäht eine Frau in einer blauen Burka den Rasen«, sagte er.

Da ich nichts hörte und weil die Grenze zu den östlichen und südöstlichen Nachbarn von Hecken und Büschen zugestellt war, wusste ich nicht, ob sich Tibor einen Scherz erlaubte oder ob es die Frau in der blauen Burka gab. Man konnte durchaus Zweifel haben. Ich stellte mir die Situation vor: Eine in eine blaue Burka gehüllte Frau, die aufrecht und ohne Eile ein lautloses Gerät über einen tiefgrünen Rasen schob. Einige Gänseblümchen verschwanden unter dem Gerät, dessen Motor zwischendurch abstarb. Die Frau startete den Motor erneut mit einigen sachlichen Bewegungen. Für den Startvorgang schob sie einen Ärmel der Burka ein Stück nach hinten, so dass für zwei Sekunden ein nackter Unterarm zu sehen war.

Tibor trug die Stehleiter zurück in die Garage. Ich holte ausreichend Stroh und breitete es in der Schlafstelle des Zwergflusspferdes aus. Das Tier schaute mir vom Teich aus zu, es lag dort zur Hälfte im Wasser, dieses Wesen aus dem Schattenreich, es öffnete und schloss mehrmals das Maul, es schliff seine Hauer. Ein quietschendes Geräusch entstand, es klang wie kurze schrille Vogelrufe, weshalb ich das Geräusch im ersten Moment nicht hatte zuordnen können.

Später bot uns Aiko Kaffee an. Aus irgendeinem Grund wunderte ich mich. Tatsächlich setzte sich Aiko nicht zu uns, sie entschuldigte sich, sie sei gerade sehr beschäftigt. Geschwind war sie zur Küchentür hinausgeschlüpft.

»Die hat auch Froschblut«, sagte Tibor.

Kurz darauf wurde im ersten Stock Wasser in die Wanne gelassen. Das unregelmäßig brummende Geräusch verlor, je weiter sich die Wanne füllte, an Volumen, es hörte sich an, als entferne sich das Geräusch. Gedankenverloren lotete ich die Vergeblichkeit meiner Wünsche aus. Jetzt war's im Haus wieder still.

Tibor und ich redeten darüber, wie wir die Dienste bei Professor Beham in Zukunft aufteilen wollten. Wir einigten uns darauf, dass ich ab der folgenden Woche Montag, Dienstag und Mittwoch übernahm, er Donnerstag und Freitag. Der Freitag lag ihm besonders am Herzen, so konnte Claudi ihn nicht schon ab Freitag für das Wochenende beanspruchen. Er sagte, sein Leben sei anstrengend, er habe zwar viel Sex, aber auch viele Verpflichtungen.

»Seit Wochen habe ich keine drei freien Tage am Stück gehabt«, sagte er. »Dann noch lieber arbeiten, ehrlich. Wenn ich solo bin, das hat Nachteile, aber ich kann machen, was ich will, zu Hause rumhängen, weggehen, wie's mir passt. Im Moment ist da immer jemand, dem ich etwas bieten soll. Mir ist das einfach zu viel.«

Er dachte nach:

»Wahrscheinlich ist das Problem, dass ich nicht verliebt bin. Das würde genaugenommen dazugehören. Wahrscheinlich deshalb. Weil wir so verschieden sind.«

»So ein Blödsinn.«

»Sie isst nichts, ich verstehe das nicht. Claudi ist viel zu dünn, das passt überhaupt nicht zu mir, sie isst nichts Süßes, überhaupt nichts, kein Eis, keine Schokolade. Außerdem hat sie keinen Busen. Busen und Arsch würden mir schon gefallen. Und sie hat ganz andere Interessen als ich. Vorgestern das Kino … haben wir wieder versäumt. Also habe ich das Fernsehprogramm studiert und zwei Filme zur Auswahl gestellt. Ich habe genau gewusst, welchen sie sich ansehen will. Morgen muss ich mit ihr reden … nein, ich überleg's mir noch. Ich mag nicht schon wieder irgendwelchen Frauen meine Kindheitsgeschichte von vorne erzählen. Das erwarten sie von einem.«

Er verdrehte die Augen. Ich lachte. Er lachte mit. Ich mochte ihn.

»Vorsicht, Kasperl, hinter dir ist eine Frau, die will deine Kindheitsgeschichte hören! Vorsicht, Kasperl!«, sagte ich.

»Seppl, hol deinen Knüppel! Vorsicht auf die Kindheitsgeschichte!«, sagte Tibor.

Wir fielen vor Lachen fast von den Stühlen. Wir waren zweiundzwanzig.

Über das Wochenende wurden die Kulissen verschoben, am Montag gab es für einige Stunden starken Regen. Das Regenwasser war gut für den Teich. Obwohl die Zwergin keine entschiedene Befürworterin von Tiefs war, trottete sie gleichmütig im Gehege umher. Manchmal stand sie minutenlang still unter den großen, senkrecht fallenden Tropfen. Einmal sperrte sie das Maul auf und hielt es gegen den Vorstadthimmel, so dass es ihr in den Rachen regnete. Sie kam mir friedlich vor, ich hatte den Eindruck, dass ihr meine unaufdringliche Gesellschaft angenehm war. Ein sanftes Knurren klang zu mir herüber … wie die Stimme einer Schwester, die mir Dinge

über mich selbst zuflüstert. Ich holte die alten Gummistiefel des Professors aus der Garage, schlüpfte in die Pelerine
und schöpfte wenige Meter neben dem Flusspferd mit dem
Kescher den Dreck von der mit Wellenkreisen gemusterten
Teichoberfläche. Es schwamm dort einiges an verschlepptem
Stroh, Rindenmulch und Laub. Die Zwergin schaute mir
eine Zeitlang zu, dann nahm sie ein Bad. Jetzt zog ich mich
zurück, aber nicht aus Angst, sondern aus Respekt. Alles beginnt und endet mit Respekt. Später lag die Zwergin auf den
Steinplatten im Regen und schlief, unbekümmert wie eine
Tote.

Gegen Mittag saß ich auf der Schwelle der Haustür und
wollte gerade die kotigen Gummistiefel ausziehen, als hinter
mir von innen die Tür geöffnet wurde. Aiko blieb stehen, ich
drehte mich kurz um und grüßte verlegen zu ihr hinauf. Sie
war zum Ausgehen hergerichtet und kam mir riesig vor. Eine
bunte Webtasche mit mexikanischem Schlangenmotiv hing
an ihrer Schulter, baumelte hinter mir auf Kopfhöhe. Aiko
warf einen Schlüsselbund in die Tasche, ich hörte ihn klim-
pern.

Mein zweiter Fuß fuhr aus dem Stiefel, der Stiefel fiel über
die unterste Stufe in den Regen hinaus. Aiko drückte sich an
mir vorbei, gleichzeitig streckte ich mich nach vorne, um den
Stiefel mit der Hand zu erreichen, Aikos Knie streifte meinen
Hinterkopf, ich duckte mich. Aiko stellte den umgefallenen
Stiefel zu dem anderen. Ihre Körpersprache sagte mir, dass sie
keine Zeit habe und reden ohnehin zu nichts führen würde,
das verhinderte, dass ich das Wort an sie richtete. Sie lief durch
den Regen zum Tor der Einfahrt, öffnete es. Ich blieb noch
für eine Minute auf der Schwelle sitzen, nachdem Aiko den

Mercedes hinaus auf die Straße manövriert hatte und davongefahren war. Ich starrte den leeren Vorplatz an. Dann ging ich ins Haus.

In der Vorwoche hatten in Athen die Olympischen Spiele begonnen. Professor Beham ließ sich jetzt auch am Nachmittag beweisen, dass er noch lebte: indem er der Zeitnehmung und dem Zählen von Ringen beiwohnte. Ich warf einen Blick durch die offen stehende Schiebetür unter der Treppe, eine Koreanerin spannte ihren Bogen, ein roter Striemen zog sich rechts von den Lippen hinunter übers Kinn, wo die Schützin die Sehne des Bogens anlegte. Das Geräusch der schnellenden Sehne ertönte, der Pfeil schoss davon, die Spitze des Bogens kippte nach vorne, der Bogen schaukelte zweimal in der Hand der Schützin, dann zeigte das Bild den Pfeil, der in das Ziel fuhr, in den innersten, gelb gefärbten Kreis.

Von dem Platz, an dem Professor Beham in seinem Rollstuhl saß, konnte er mich nicht sehen. Ich hätte mich gerne zu ihm gesellt und ein Gespräch begonnen. *Das wahre Ziel des Bogenschützen soll sein Herz sein.* Das hatte ich in einem Buch über Kampfkünste gelesen, damit hätte ich das Gespräch eröffnen können. Aber ich traute mich nicht. Obwohl es nichts zu fürchten gab, machte mir Professor Beham Angst mit seiner Krankheit und seiner ruppigen Art. Ein weiterer Pfeil landete im innersten Kreis der Zielscheibe. Die Athletin nahm ein Fernglas und besah sich das Ergebnis, das Gesicht angespannt. Ich klopfte an den Türrahmen, Blick um die Ecke.

»Herr Professor, wenn Sie einen Kaffee wollen oder etwas anderes, sagen Sie es mir, ich sitze in der Küche.«

Mit seinem breiten, durchfurchten, struppigen Kopf nickte er mir zu, dieses Nicken verriet nur, dass er mich gehört hatte, sonst nichts. Die karge Mitteilung unterstrich den müden Ausdruck von Professor Behams Gesicht, die Bartstoppeln im düsteren, durch die Glasfront fallenden Regenlicht schimmerten grünlich. Dieser Mann, dessen Tage nicht wiederkehrten.

In der Küche nahm ich eine Tafel Schokolade aus meiner Tasche und setzte mich an den Tisch. Ich empfand eine furchtbare Langeweile, es kam mir vor, dass von der Langeweile die Regentropfen vom Himmel fielen. Weiter war nichts. Die Küche aufgeräumt, das Frühstücksgeschirr des Professors abgewaschen. Das Geschirr trocknete im Reiter. Der Kühlschrank machte keinerlei Geräusche, ein teures Modell, eine Fehlkonstruktion, ich fühlte mich doppelt einsam, nachdem mir die Geräuschlosigkeit des Kühlschranks aufgefallen war. Der Regen, die Geräusche aus dem Fernseher, die Krankheit des Professors, lauter gemächliche und alberne Dinge, die einlullend wirkten wie lauwarmes Wasser. Und die Minuten vergingen.

In gedankenloser Versunkenheit aß ich meine Schokolade. Zwischendurch hatte ich dann doch Gedanken, zum Beispiel kam mir ganz plötzlich die Angst, dass ich den Sprung hinaus nicht schaffen und wieder in die Eigenbrötlerei zurückfallen könnte, von der mein Leben gekennzeichnet gewesen war, bevor ich Judith getroffen hatte. Ich dachte, es könnte sein, dass ich einfach niemanden mehr finde, der zu mir passt und der mich will, mir schien es in diesem Moment wieder möglich, dass ich mit der Trennung von Judith den

Fehler meines Lebens gemacht hatte, einen saudummen, fatalen Fehler, der mich mein restliches Leben verfolgen würde, bis ich mich schließlich, gänzlich zermürbt, an einem kräftigen Ast eines einsam stehenden Baumes aufhängte. Ich war mir sicher, dass es das gibt … dass man nach fünfzig Jahren denkt: Die wäre es gewesen, aber ich Trottel habe es nicht gesehen, ich habe sie einfach gehen lassen, und was dann noch gekommen ist, war ein verdammter Dreck. Vielleicht ist doch etwas dran an der einen und einzigen Liebe … diese eine und einzige Liebe zweier Menschen, die sich mit neunzehn finden und zusammenbleiben, für die alles andere nur Abklatsch oder Wiederholung wäre, aber ohne die Unschuld des Anfangs, die Unschuld wäre weg.

Das Geräusch der Haustür weckte mich. Ich musste am Küchentisch eingeschlafen sein in der dumpfen Schläfrigkeit dieses Ortes. Ich rieb mein rechtes Ohr, kein Fernsehgeräusch mehr, ich hörte, wie jemand die Treppe hinauflief, und blickte auf die Uhr. Aiko war weniger als eine Stunde weg gewesen. Jetzt wieder Stille. Was zum Teufel trieb sie da oben? Kam sie gleich wieder herunter? Und was wollte ich von ihr? He, du Armleuchter, was willst du von ihr? Heraus mit der Sprache! Was war das jetzt? Ich horchte. Nichts. Ich stand auf und ging in die Eingangshalle. Nichts. Ich hatte mich getäuscht. Ich ging zurück in die Küche, wartete weiter, nach vorn gebeugt, die Ellbogen auf dem Tisch. Und wenn sie jetzt hereinkäme? Ich würde irgendetwas Leichtes sagen, etwas Entspanntes. Aber was? Mir fiel nichts ein. Vielleicht sollte ich schweigen? Wozu schweigen? Gott, bist du kindisch! Ausgerechnet schweigen! In einer Küche fällt es halt schwer, erwachsen zu sein, was? Ja, in einer Küche fällt es schwer, erwachsen zu sein, das stimmt. Küchen haben etwas Betäubendes wie Muttermilch. Und da hockte ich und kam mir blöd vor. Die Zeit schleppte sich dahin, denn in Küchen vergeht die Zeit nun einmal langsamer als woanders. Ja, in Küchen vergeht die Zeit nun einmal langsamer als woanders. Man sollte aus einer Küche nie hinaus oder sie nach dem Verlassen nie wieder betreten. Wie kommst du jetzt darauf? Gott, bist du kindisch! Keine Ahnung, wie ich darauf komme. Ich weiß es nicht, ich wollte, jemand würde es mir sagen. Und dieses Geräusch? Das war doch bestimmt Aiko ... im oberen Stockwerk. Und warum glaube ich, dass im nächsten Moment meine Mutter die Treppe hinaufsteigen wird und dass ich dann die Bestätigung habe, zu Hause zu sein? Ist das normal? Woher soll ich wissen, ob das normal ist? Und was normal ist ... woher soll ich das wissen? Ich weiß es nicht. Weiß es irgendwer? Besser, ich würde lernen, anstatt mir den Kopf über Küchen und die Normalität zu zerbrechen ... Ich würde gerne lernen, das wäre besser, als mir die Unbegreiflichkeit von Küchen vor Augen zu halten und die Unbegreiflichkeit von dem, was als normal gilt. Aber wenn ich enttäuscht bin, kann ich mich nicht konzentrieren. Und wenn ich verunsichert bin, kann ich mich auch nicht konzentrieren. Und wenn ich nervös bin, dann ebenfalls nicht. Ein erfolgreiches Konzentrieren, wenn ich nervös bin, ist mir versagt. Im Moment bin ich alles zusammen: enttäuscht, verunsichert und nervös. Ach so, deshalb. Ja, deshalb. Und es wäre eine Erleichterung, wenn mir jemand erklären könnte, warum ich enttäuscht, verunsichert und nervös bin. Es macht mich so hilflos, wenn ich mich irgendwo nicht auskenne. Ja, das ist schwierig. Warum? Das ist die Frage. – Und ich legte den Kopf zurück auf die Tischplatte, um über all diese Dinge nachzudenken.

Bei meinem Nachdenken hatte ich keine Fortschritte gemacht, da hörte ich erneut die Treppe knarren. Kurz darauf vernahm ich Aikos Stimme, sie sprach Französisch, hatte wohl ihren Vater ausfindig gemacht und redete ihn nieder, das war ein Vorgang, der sich mit betrüblicher Regelmäßigkeit wiederholte. Es kamen Wörter wie *toujours* und *jamais* vor, ich verstand *Maman* und *ta fille*. Professor Beham schien sich alles gefügig anzuhören, er sagte reflexhaft *bon* und *très bien* und einmal *trop fatal*. Aikos Stimme wurde lauter, ich hatte den Eindruck, die Strenge in ihrer Stimme schlage um in Zorn. Sonderlich viel verstand ich nicht, mir kam aber vor, die Predigt lief darauf hinaus, dass der Professor sein Leben schlecht geführt hatte und es in Aiko jemanden gab, der ihn daran erinnern wollte.

»Red doch keinen solchen Stiefel«, sagte Professor Beham verärgert, schon ganz nah. »Du bist und bleibst eine Rotznase.«

Im nächsten Augenblick rollte er in die Küche herein, und Aiko folgte ihm, ohne ihre Rede zu unterbrechen.

Professor Beham öffnete die Schublade, in der sich das Brot befand, er nahm ein Stück Gebäck heraus und bettete es in seinen Schoß. Gepeinigt betrachtete er seine Hände, die über dem Gebäck liegen blieben, die Hände zitterten ein wenig.

»Die soll mich in Ruhe lassen mit ihrem Kauderwelsch«, sagte er, Unterstützung suchend, in meine Richtung. Daraufhin warf Aiko einen Blick auf mich, mit leicht gehobenen Augenbrauen, eher ratlos als streng. Ich mimte den unbetei-

109

ligten Dritten, indem ich keine Miene verzog, ein schüchterner Gast. Da verlor Aiko sogleich wieder das Interesse an mir, und mit einigen bekannten französischen Schimpfwörtern verlieh sie der Konversation neuen Glanz. Ich lauschte aufmerksam ihrer Stimme. Der Professor, der bald schon ihr Vater gewesen sein würde, nickte sinnlos. Wir waren beide ganz in den Bann gezogen von der wütenden Kraft, mit der Aiko redete. Ich verstand *mon dieu* und *maudit* und *c'est pas possible*, und etwas abgesetzt vom Rest: *je n'en peux plus*.

»Trop fatal«, warf Professor Beham erneut ein. Dann nahm er die weiteren Mitteilungen seiner Tochter geduldig entgegen. Ich meinerseits verhielt mich ruhig, beobachtete das schwierige Geschäft des Zusammenlebens, das die beiden auf ihre Art bestritten. Das weiße Licht in der Küche machte den ähnlichen Knochenbau der Gesichter von Vater und Tochter deutlich, die kräftigen Wangenknochen, die schrägstehenden Augen, die breite Nase.

Schließlich beendete Aiko ihre Ansprache mit einem erschöpften:

»C'est tout!«

Sie machte am Absatz kehrt und ging. Professor Beham zuckte die Schultern, er schaute seiner Tochter hinterher, dann, als ob nichts geschehen wäre, bat er mich, ihm ein Stück Käse aus dem Kühlschrank zu geben. Ich schnitt ihm ein großes Stück von einem Käse ab. Er nahm es mit Dank entgegen, biss sowohl von dem Brot ab als auch von dem Käse, er kaute langsam, und nachdem er sich gestärkt hatte, sagte er nüchtern:

»Sollte sie je einen finden, der sie heiratet, wird sie ihn Nerven kosten.«

Nach diesen Worten ließ auch er mich stehen, und ich sah weder von ihm noch von Aiko etwas bis zum Ende meines Dienstes.

Zehn

Im dreiundzwanzigsten Jahr meiner Pilgerreise auf dieser Erde trottete ich durch die große Stadt, trübselig wie ein Kind, das seine Uhr verloren hat. Ich suchte etwas, das die Lücke füllen sollte, und fand nichts. Ich suchte, ich suchte, ich suchte, angespannt, eifrig, schweigsam, zwischen den Menschen, die ebenfalls ihrer Wege gingen, sie gingen und redeten. Ich fühlte mich unzugehörig und einsam, ich wünschte mir, eine normale Person wie andere normale Personen zu sein, ich wünschte, zu leben wie tausend und tausend andere, ich begehrte jetzt nicht mehr, etwas Besonderes zu sein, ich wollte nur einen Platz für mich, da ging ich und suchte. Da stand ich, saß ich, lag ich, rastend auf meiner Suche. Da ging ich weiter und suchte. Die Welt war groß, unheimlich und furchterweckend, schlimmer als in der Kindheit. Ich hatte Angst, zugrunde zu gehen. Judith hatte ich gefunden, aber ich hatte nicht bleiben wollen, ich war weitergegangen am Ende unseres unglücklichen Versuchs, glücklich zu sein. Judith hatte meinen Namen gerufen. Ich hatte die Riemen gelöst. Ich hatte die Taue durchschlagen. Ich ging und ging und suchte.

Wir waren zusammengekommen wie zwei zufällige Vögel auf einem zufälligen Baum. Dann hatten wir uns wieder getrennt. Zufällig fliegen die Vögel auf und wenden sich in zufällige Richtungen. Judith rief meinen Namen, sie rief, es sei eine Probe, ob wir erwachsen geworden waren.

»Du musst den Beweis erbringen, dass du erwachsen geworden bist!«

Ich ging durch eine bleifarbene Welt, im zersetzenden Licht der Straßenlampen. Ich spürte, dass mir etwas fehlte, dass etwas nicht stimmte, ich fühlte, dass sich etwas ändern musste. Ich beobachtete den Flug der Vögel, den ich nicht ändern konnte, schon wieder. Ich sah ein Kind, das sich auf die Zehenspitzen stellte, schon wieder. Die Stadt war schmutzig, schmierig, eine von dahineilenden Menschen bevölkerte Vorhölle, keiner fand zum andern, alle redeten. Ein orangefarbener Kehrlaster schob sich mir entgegen. Die Düsen spritzten, die ineinandergreifenden Bürsten kreisten, nahmen Laub, Papier und eine plattgefahrene Unterhose auf. Jetzt roch der feuchte Belag muffig wie kurz nach dem Regen. Der Regen regnet jeden Tag. Ich suchte.

Ich ging hier einen Weg und dort einen Weg mit erhitztem Gesicht vom Suchen, in einem blinden, verworrenen Leben. Blind wie Kinder, die Angst haben und gegen den Türstock rennen. Trübsinnig wie ein Kind, das beim Spielen seine Freunde verloren hat. Hier ging eine Tür auf und jemand trat heraus. Dort öffnete jemand eine Tür und trat hinein. Eine Frau las im Gehen eine Zeitung. Irgendwo stürzt immer ein Dieb vom Dach, irgendwo wird immer in einem Taxi ein Kind geboren.

Und irgendwann sucht das Kind den Schatz, den es verloren hat. Wie Menschen es eben tun.

Elf

Im südlichen, für das Zwergflusspferd nicht zugänglichen Teil des Gartens zog Aiko Gemüse und einige Blumen. Sie hantierte gemächlich, während ich vorsichtig spähende Blicke auf sie richtete, auf ihre Bewegungen, auf das Gummiband ihrer Unterhose, das über der Khakihose hervorlugte. So leisteten wir einander bei der Arbeit wortlos Gesellschaft.

Aiko wirkte noch stiller und schüchterner als gewöhnlich, fast scheu in der Widerspenstigkeit, mit der sie mich ignorierte. Es lag etwas Widerstrebendes und zugleich Aufmerksames in ihrem Verhalten auch dann, wenn sie zehn Minuten lang nicht aufblickte. Wind wehte. Aiko grub ein Loch. Ihre Haare flogen ihr in den Mund. Manchmal kaute sie an einer Locke. Manchmal spuckte sie die Locke mit einem heftigen Kopfschütteln aus. Ich beobachtete sie, ich wusste, dass ich sie mit anderen Augen beobachtete als noch vor einigen Tagen. Wie sie eine Sache nach der anderen machte und nicht mehrere Dinge gleichzeitig … das fand ich sympathisch. Und dass sie sich nicht ablenken ließ und ganz versunken war, selbst wenn sie nur Wasser in ein zuvor ausgehobenes Loch laufen ließ … das gefiel mir. Aiko schaute dem Vorgang aufmerksam zu. Sie war ganz anders als Judith, Judith konnte alles gleichzeitig, die geborene Multitasking-Frau. Während sie schnell die Wohnung putzte, telefonierte sie mit einer Freundin, um eine Seminararbeit zu besprechen, checkte die Post und hatte nebenher einen Kuchen im Backrohr. Judith hatte oft über mich gelacht, weil ich nicht gleichzeitig kochen und reden kann, sie fand das unbegreiflich.

Auf dem Weg zurück zum Haus goss Aiko auf der Terrasse die Töpfe mit den Küchenkräutern. Dort lehnte noch immer das Luftdruckgewehr in einem Mauerwinkel. Der Tag war strahlend blau. Die Grenze zwischen Sonnenflächen und Schattenzonen war wie mit der Schere geschnitten. Über den Sonnenbereichen verbreitete sich Geruch nach dürrem Moos und Staub.

Beiläufig, mit leichten, von hinten nach vorn streifenden Bewegungen, schlug sich Aiko den Staub vom Hosenboden oder den Dreck von den Händen oder beides. Die Geste brachte eine eigentümliche Schönheit an ihr hervor, ich hätte gerne den Film zurückgespult, um es mir besser ansehen zu können. Ich stand beim Tor zum Gehege und schaute Aiko zu, verwundert, was sie mit einem Mal so schön gemacht hatte. Und dass alles, was sie machte, wichtig geworden war, und was sie sagte, bedeutend. Da kennt man jemanden schon länger und hat nie so richtig über ihn nachgedacht, die Person hat geredet und ihren Kram gemacht, in Summe unwichtig. Und plötzlich, zuerst unbemerkt, hört und schaut man genauer, es wird wichtiger, bedeutender, was die Person sagt. Ich entwickelte gerade ein Extragedächtnis für das, was Aiko betraf, ich merkte mir plötzlich alles, die Stellung der Zehen, die Form der Zehennägel. Solche Dinge. Und die andere Person staunt nach fünf Jahren, dass man das noch weiß. Natürlich sehe ich mir bei jeder Frau das Gesicht an und die Hände und den Hintern. Oder ich schaue, ob sie einen Bauch hat. Aber niemals würde mich der Hals oder der Haaransatz im Nacken interessieren oder die Stellung der Zehen, das interessiert

mich nur, wenn mir jemand gefällt, wenn ich bereit bin, mich
zu verlieben.

Aiko sagte:

»Schau mich nicht so an.« Sie sagte es freundlich. Ich hob
hilflos die Achseln.

»Ja, du, dich meine ich.«

Sie nahm das Luftdruckgewehr und drehte es in der Hand.
Sogar in den Lauf schaute sie hinein, ich sagte, das dürfe man
nicht tun, auf gar keinen Fall.

»Schau niemals in den Lauf!«

Sie stellte das Gewehr zurück zwischen die Töpfe mit den
Kräutern. Sie sagte:

»Wenn es kühler wird, werden wir Mäuse im Haus haben,
wegen des Flusspferdfutters. Mir war, als hätte ich in der Zwi-
schendecke schon Kratzgeräusche gehört, gestern Nacht, wie
ich im Bett gelegen bin.«

Sie schlüpfte aus ihren Schuhen und ging nach drinnen,
alle Fenster und Türen standen offen, denn der Professor war
nicht zu Hause wegen eines Arzttermins. Nach einiger Zeit
kam Aiko wieder heraus, sie setzte sich auf einen Stuhl, stieg
zurück in die Schuhe. Ich mochte das Bedächtige, die langsame Genauigkeit ihrer Bewegungen, dieses immer ein bisschen Träge, nie Überhastete, nie Gestresste, das berührte mich
eigenartig. Sie schien ganz auf das Momentane konzentriert,
was sie gerade machte, ein bisschen versunken. An ihrer Kör-
perhaltung und wie sie die Dinge ausführte, konnte ich sehen, dass sie kein unglücklicher Mensch war, das erregte
mich. Ich sah, dass sie an den Zaun des Geheges trat und dort
verharrte. Trotz ihres unschlüssigen Dastehens sah ihr Körper
kräftig, geschmeidig und energiegeladen aus. So betrachtete

ich Aiko neuerdings, mit allzu langen Blicken, mit einem im Wachsen begriffenen Interesse an Einzelheiten. Und Aiko wusste es.

»Verdammt noch einmal, das war etwas Unverbindliches«, sagte sie, und ich hörte den Anlauf, den sie genommen hatte: »Und jetzt schaust du mich so an! Was soll das, he? Das ist schrecklich! Schau mich nicht so an! Wehe, du schaust mich noch einmal so an! Ich verbiete es dir! Du bist so ein Esel, das ist fast schon wieder … Ach, lass mich.«

Das Zwergflusspferd schob seinen massigen Körper längs an den Zaun heran, wo Aiko stand. Mir kam vor, ihm gefiel es, wenn geredet wurde, es hörte gern unsere Stimmen.

»Ich glaube, sie mag deine Stimme«, sagte ich kleinlaut.

Aiko verkantete die Zähne gegeneinander und besah zuerst missmutig das Tier und dann missmutig ihre Handflächen. Schließlich ließ sie einen Unmutslaut hören und sagte:

»Deine Stimme vielleicht, bestimmt nicht meine.«

Dann kehrte sie zu ihrer Beschäftigung zurück, eine langsame und zornige Gärtnerin.

Ich blieb beim Gatter stehen und schimpfte mit mir. Aiko hatte recht, natürlich, jetzt krieg dich wieder ein, sagte ich zu mir, verlieb dich bloß nicht, bau keinen Scheiß! – Aber es war schwer, den in Gang gekommenen Prozess abzustellen. Je mehr ich dagegen anredete, desto stärker war ich in Anspruch genommen von einer Unruhe, wie ich sie seit langem nicht mehr empfunden hatte. Und je strenger ich mit mir redete, desto öfter suchte ich die Möglichkeit, Aiko beobachten zu können, vielleicht musste ich Aiko vor Augen haben, um zu wissen, dass ich ein Idiot war. Aber war ich ein Idiot? Ich empfand eine wilde Freude, wenn ich Aiko sah. Sie gefiel mir. Ich mochte sie. Ihre sperrige Art. Ihr unbekanntes Leben. So eine klasse Frau! Dann sank mir wieder der Mut, weil ich so jung war, ich hatte Angst vor der Demütigung und blickte zu Aiko hinüber auf der Suche nach Hinweisen, die mir verrieten, wie Aiko zu mir stand. Sie ignorierte meine Blicke. Sie gab sich Mühe, so zu tun, als sei ich Luft. Also konnte ich weitermachen mit meinen langen Blicken. Und ich verfluchte dieses sich immer weiter verdichtende, stille Wirrwarr. Ich spinne total, mein Gott, ist das peinlich. Warum kann ich nicht einfach Sex haben und jung sein und unbeschwert? Wie wär's mit einer unbeschwerten Liebschaft? Warum bin ich so unfähig? Warum verlieb ich mich jetzt? Warum mache ich es groß? Das ist total vertrottelt! Lass es klein, Julian! Du sagst doch selber, man soll an kleinen Dingen eine Freude haben! Sei doch nicht so ein Trottel! Wie kann man nur so um den Verstand kommen! He, schau sie nicht ständig so an! – Ich biss mir in den Unterarm und hatte schon wieder dieses komische Gefühl, dass etwas mit mir passierte, was ich nicht beeinflussen konnte.

Zum Beispiel, als sie ihre Wäsche aufhängte: Ist das die Yoga-Hose, die sie vor einigen Tagen getragen hat? Woher kommen die vielen Boxershorts? Ist das ihre Größe? Oder größer? Vielleicht habe ich die Möglichkeit, mir das näher anzuschauen. He, du kannst doch nicht hingehen und nach den eingenähten Zetteln suchen. Also Schluss jetzt!

Am frühen Abend tauchte Tibor auf. Er schleppte einen schweren Eimer heran, seinem Gesichtsausdruck war anzusehen, dass er Publikum brauchte. Er stellte den Eimer auf die

Terrasse und spottete gutmütig, ich würde ein Gesicht machen wie ein Schlafwandler, er fragte, ob ich etwa immer noch hinter Judith herheulte, irgendwann müsse Schluss sein. Er trug schon wieder seine Tarnhose, sein langes Haar hatte er hinten zusammengebunden.

»He, alle herkommen!«, rief er.

»Judith hat längst einen andern«, sagte ich trotzig: »Die kann mir den Buckel runterrutschen.«

»Um so besser.«

Er trat mit der Schuhspitze gegen den Eimer, der Eimer war mit einem Deckel verschlossen. Tibor ging zur Terrassentür, stemmte beide Arme in den Rahmen und lehnte sich ins Wohnzimmer hinein.

»Herr Professor, ich bringe Arznei für die Frösche.«

Er ging zum Zaun des Geheges, legte die offenen Hände neben den Mund und brüllte zum Dach des Hauses hinauf:

»Aiko!«

Dreißig Sekunden später waren alle auf der Terrasse versammelt. Tibor rieb sich die Hände, im Gesicht ein Ausdruck triumphierender Schlauheit.

»Was habe ich in meinem Eimer?«, fragte er, dabei fasste er mich am Oberarm und schüttelte mich. Ich mochte weder angefasst werden noch geschüttelt.

»Na, was?«

»Zehn Kilo Marmelade«, sagte ich, denn es handelte sich um einen Marmeladeeimer: »Wenn du's genau wissen willst: Marillenmarmelade.«

»Mach's nicht so spannend«, sagte Aiko fast gleichzeitig, »wir platzen vor Neugier.«

Und Tibor legte einen Arm um Aikos Taille und zog sie zu

sich heran, Hüfte an Hüfte, ich sah das nicht gern, und der
Professor schnaubte mit wegwerfender Gebärde und nannte
Tibor eine halbe Portion, er solle ihn nicht unnötig aufhalten.
Tibor grinste, mir kam vor, er hatte in der Früh etwas zu viel
Rum in seinen Kaffee geschüttet. Er entschuldigte sich bei
Professor Beham, er sei nun einmal ein etwas ungeschliffener
Kerl, das sagte er mit extremer Souveränität, um die ich ihn beneidete. Er bückte sich, löste den Deckel des Eimers. Der Eimer war zur Hälfte mit Wasser gefüllt, ein etwa fünfzig Zentimeter langer Hecht krümmte sich darin und betrachtete glot-
zend seine Schwanzflosse, die er im plötzlichen Licht zu sehen
bekam. Tibor griff mit beiden Händen hinein, der Hecht versuchte zu schlagen, der Eimer behinderte ihn, die ganze Kraft
war unnütz. Tibor umfasste den glitschigen Leib mit seinen
großen Händen, er hob den Hecht vorsichtig heraus, Wasser
troff von seinen Händen. Der Hecht bewegte die Schwanzflosse, die Kiemen öffneten sich, was den Kopf mächtig aussehen
ließ, ich spähte in das dicht mit Zähnen bestandene Maul.

»Direkt vom Fischer«, sagte Tibor.

»Leck mich am Arsch«, sagte Aiko.

Die vorderen Bauchflossen des Hechtes hingen herab,
schimmerten orange im Sonnenlicht, nur ganz leicht weite-
ten und schlossen sie sich. Der Hecht schien zu warten, sein
gleichmütiges Lauern auf den Moment, in dem er die gestaute Kraft freisetzen konnte, beherrschte die Atmosphäre. Mit
argwöhnischer Genauigkeit musterte ich Tibor und den Fisch,
der Fisch schien Geduld zu haben, es war einschüchternd,
ihm in die ernsten Augen zu sehen, ich spürte den physischen
Strom des Lebens, der die Kiemen blähte. Tibor fragte, ob er
den Hecht in den Teich werfen dürfe, der Professor sagte:

»Jetzt können die Frösche die Koffer packen.«

»C'est la même chose pour tous, parfois«, sagte Aiko.

Der Professor wendete seinen Rollstuhl und fuhr zurück ins Haus, Blick nach Athen. Wir anderen sahen uns nach dem Zwergflusspferd um, es hielt sich an der östlichen Grundstücksgrenze auf und versuchte mit dem Maul einen Ast aus einem schon halb zerstörten Strauch zu brechen. Zwischendurch blinzelte es nachdenklich in die nachmittägliche Sonne, die im Südwesten stand, jenseits der Donau, über der Innenstadt. Einige friedliche Geräusche. Die Urwaldgeister ruhten.

Ich öffnete das Gatter und ließ Tibor voran, ganz wohl war mir nicht. Bis zum Teich waren es wenige Schritte, Tibor schien feierlich zumute, in der Vorfreude auf das Einsetzen des Hechtes lockerte er seinen Griff, und der Hecht glitt ihm etwas zu früh aus den Händen, fiel auf die Steinplatten, die den Teich abschlossen. Der Hecht peitschte seinen Leib gegen den Boden und katapultierte sich einen Dreiviertelmeter in die Höhe, er drehte sich in der Luft, schnellte nach dem neuerlichen Aufschlagen wieder hoch, und dieses Mal hatte er den richtigen Dreh, er prallte von der Kante der Teichumrandung ab und platschte ins Wasser. Weg war er. Auf den Steinplatten schimmerten einige Schuppen.

»Quel diable«, sagte Aiko beeindruckt.

»Attacke«, murmelte Tibor, er lächelte, zufrieden über seine Gerissenheit.

»Die armen Frösche«, sagte ich lahm.

Wir gingen rasch zum Gatter hinaus, denn die Zwergin kam von der Hecke herangetrabt, angelockt von dem Platschen oder von unseren Stimmen. Das Maskenhafte ihres

Gesichts wirkte noch unheimlicher als sonst, Tibor machte ihr mit den Fingern das Zeichen gegen den bösen Blick.

»Mit allen Wassern gewaschen und in allen Häfen zu Hause«, sagte er zu Aiko, und aus seinem Gesicht brach dieses unwiderstehliche dreckige Grinsen hervor.

»Zu heiß gewaschen hat man dich, das ist alles«, bemerkte ich bissig.

Dann fragte Aiko ihn aus, wie genau er es gedeichselt habe, an den Hecht zu kommen, und was genau jetzt mit den Fröschen geschehen werde, und wie schnell so ein Hecht wachse. Es ärgerte mich, dass Tibor an diesem Tag gekommen war, wo er am nächsten Tag ohnehin Dienst gehabt hätte. Aber bei dem Gedanken, dass sich Aiko außerhalb der Reichweite von uns beiden befand, bekam ich wieder Boden unter die Füße.

Ein Spatz plusterte sich auf dem oberen Spanndraht des Zaunes und tschilpte, es klang, als wolle er sagen: *So ist es! So ist es! So ist es!* Und das Zwergflusspferd, dieses gestrandete Exemplar einer schiffbrüchigen Art, ging zum Teich, stieg langsam hinein, hielt inne mitten in der Bewegung, riss einige Sekunden später das Maul auf und ließ sich den Wind in den stinkenden Rachen wehen. Es schloss das Maul, langsam fuhr es mit den geschlossenen Lippen über die Oberfläche des Wassers und verharrte dann wieder statuenhaft, als wittere es das dem Leben innewohnende Grauen. Wer da? – Ich beobachtete das Tier, ich empfand Zärtlichkeit für sein gemächliches, ängstliches, entscheidungsschwaches Wesen, ich glaube, wir hatten unsere Verwandtschaft vom ersten Tag an erkannt, vom ersten Tag an ... dass wir den realen Anforderungen, die das Leben stellt, nur bedingt gewachsen waren.

Tibor blieb. Zuerst half er mir beim Schneiden des Gemüses, dann sang er in die leere Gießkanne, während ich dem Zwergflusspferd über den Zaun hinweg mit viel Wasser den Rücken bürstete. *I Was Born under a Wandering Star*. Ein kleiner Bub schaute vom Gehsteig durch den Zaun hindurch zu uns herüber, die Hände unter die Achseln gesteckt, vielleicht träumte er davon, auf dem Zwergflusspferd zu reiten, vielleicht wollte er mitsingen. Aiko saß auf der Terrasse und aß Zwetschgen, die gekreuzten Füße auf dem Tisch. In Athen wurde Zeit genommen, gemessen, ausgeschieden, gereiht. Professor Beham stieß Anfeuerungsrufe aus. Lauter gesonderte Wesen.

Nachher saßen wir zu dritt auf der Terrasse. Ein Bote brachte vier Pizzen, eine für Professor Beham. Aiko machte eine Flasche Wein auf. Wir saßen in der Vorhalle zum Weltuntergang.

Aiko erzählte, mit sechzehn sei sie in Italien gewesen und habe sich drei Wochen lang von Pizza ernährt.

»Mein Gott, habe ich da Pickel bekommen. Danach habe ich fünf Jahre lang keine Pizza mehr angerührt.«

Wir warteten, aber sie sagte weiter nichts dazu.

»Jetzt bist du aus dem Alter raus, sei froh«, bemerkte Tibor. Er schlang Stück um Stück seiner Pizza hinunter. Wir stießen auf den Sommer an, auf die Zukunft, auf lauter so alberne Begriffe, nichts Persönliches. Trotzdem hatte ich den Eindruck, dass Aiko und Tibor enger zusammenrückten und dass zwischen den beiden ein geheimes Einverständnis herrschte. Sie sprachen über Fahrräder und Frösche, die Freunde des Physiologen. Unterdessen aß ich mit gesenktem Kopf. Und nach jedem Bissen betrachtete ich die Abdrücke meiner Zähne in der Pizza.

Als die Klingel ertönte, ging ich hinein in das Haus zu Professor Beham, der einen unglücklichen Eindruck machte. Möglicherweise hatte er uns lachen gehört und war eifersüchtig geworden, weil wir ihn ausschlossen. Ich fühlte mich ebenfalls ausgeschlossen, aber das hatte ich mir selbst zuzuschreiben, es war meine eigene Unfähigkeit, die den Abstand herstellte, ich stand mir selber im Weg und schaffte es nicht vorbei. Professor Beham betraute mich mit der Aufgabe, ihm eine weitere Flasche Beaujolais zu bringen. Ich brachte sie ihm. Dann fragte ich, ob er nicht nach draußen kommen und sich zu uns setzen wolle. Er sagte, er habe keine Lust, sich an einer Fachsimpelei über das Leben zu beteiligen, das sei ein Jux, der auf seine Kosten gehe.

»Sie reden über Fahrräder«, sagte ich geringschätzig. Er blickte ohnmächtig auf seine lahmen Beine und brummte:

»Das Thema hat bestimmt meine Tochter aufgebracht, das Rabenaas.«

Ich erschrak vor dem Ausdruck.

»Aber Sie schauen doch den ganzen Tag Leichtathletik!«

Da schien er zu sich zu kommen.

»C'est vrai«, bekannte er mit einem Seitenblick zum Fernseher, wo nervöse Läufer Lockerungsübungen machten. Professor Beham lachte betreten und sagte: »Ich sehe mich manchmal selber dort laufen. Siehst du dich auch manchmal an Stelle der anderen?«

»Also, ich denke, das tut jeder«, gab ich ausweichend zur Antwort. Dann fiel mir ein, dass in der Vorwoche bei mir in der Nachbarschaft ein Haus abgerissen worden war. Ich berichtete davon:

»Da ist einer mit einem Schlauch gestanden und hat den

ganzen Tag Wasser in Richtung des Schutts gespritzt, damit es nicht zu sehr staubt. Ich glaube, alle, die vorbeigegangen sind, hätten mit ihm tauschen wollen … Alle.«

»Du auch?«, fragte Professor Beham.

»Ja, klar«, sagte ich.

»So klar ist das nicht«, sagte er.

»Ich arbeite gern im Freien.«

»Als Abbruchspezialist?« Dann, nachdem er einen Augenblick gegrübelt hatte: »Egal, was soll's, ihr jungen Leute seid in Ordnung.« Mit einem Kopfschütteln wandte er sich wieder dem Fernseher zu, wo gleich der Startschuss erfolgen würde.

Aiko und Tibor unterhielten sich über gemeinsame Bekannte, sie blieben ziemlich lange bei dem Thema, das interessierte keine Sau, ich war nahe daran, die beiden umzubringen. In der Nachbarschaft hörte man Kinder spielen und Namen rufen. Ich wäre ebenfalls gerne beim Namen gerufen worden. Statt dessen saß ich blöd da.

Und Aiko sagte:

»Das ist auch so einer, der versucht, seine Probleme wegzurauchen. Das sind ganz wilde Verhältnisse dort. Zu seiner Frau sagt er *Baby*. Sie hat so eine komische Stimme.«

Also redeten sie über Frauen mit komischen Stimmen. Sich vorzustellen, diese Stimme vierzig Jahre anhören zu müssen und immer zu denken, egal wie klug das Gesagte ist: Sei bitte still, sag kein Wort, ich kann deine Stimme nicht ertragen. Das sagte Tibor. Und Aiko erzählte von einer Bekannten, die ganz hübsch sei und unfassbar klug und trotzdem noch nie einen Mann gehabt habe. Wenn sie den Mund aufmache, sei es, als beiße man auf Silberpapier. Sie selbst, Aiko, habe ebenfalls Schwierigkeiten, die Freundin ernst zu nehmen.

Ich hörte zu und dachte daran, dass Judith von sich behauptete, für sie sei das Anziehendste an einem Mann die Stimme. Ich bereute es, auf der Party den Zweimetermann ignoriert zu haben, vielleicht hätte seine Stimme darüber Aufschluss gegeben, ob er Judiths neuer Freund war. Bestimmt.

»Du bist so ernst«, sagte Aiko mit einem Mal. Das hob die Distanz zwischen uns für zwei Sekunden auf. Ich wünschte mir, mit Aiko allein zu sein.

Tibor sagte:

»Er schleicht mit so einer Trauermiene herum, weil ihn seine Freundin in die Ecke gestellt hat.«

»Mein brüderlicher Freund«, murmelte ich. Gleichzeitig sagte Aiko, ich hätte ihr davon erzählt. Und Tibor komplettierte das Durcheinander, indem er uns beiden ins Wort fiel:

»Auf zu neuen Horizonten!«

»Prost!« Ich hob mein Glas in das schwindende Licht, diese Geste half, den Blickkontakt mit Aiko zu halten. Dann nahm ich einen kräftigen Schluck, mich überkam die Lust, mich zu betrinken. Tibor streckte die Beine aus. Aiko pickte ein Artischockenblatt von dem übriggebliebenen Stück ihrer Pizza. Für einige Sekunden waren wir alle isoliert in unseren Posen.

Es war ein heißer Abend in der zweiten Augusthälfte. Einige Regentropfen fielen auf die Steinplatten, und innerhalb von Sekunden wurde aus den dunkelgrauen Tupfen wieder Hellgrau. Die Tupfen erinnerten an die Färbung des Hechtes. Wolken zogen an der sinkenden Sonne vorbei. Der Wind raschelte sanft in den Bäumen. Es herrschte eine Atmosphäre, die man beinahe hätte besänftigend nennen können. Das Kopfzerbrechen der Frösche war nicht zu hören. Das Zwergflusspferd hatte sich zum Schlafen zurückgezogen in seine strohweiche Koje. Das Schiff hatte abgelegt für den Weg in die Nacht.

»Der Garten wäre groß genug für ein Leben als Selbstversorger«, sagte ich.

»Kann sein«, sagte Aiko.

»Groß genug für ein paar Hühner und zwei Ziegen.«

»Und Fische«, sagte Tibor.

»Oder Frösche«, sagte ich.

»Hättest du das gern?«, fragte Aiko.

»Frösche?«

»Ein Leben als Selbstversorger.«

»Warum nicht?«

»Also warum?«

Ich erklärte ihr meinen Standpunkt: dass ich fand, Verzicht zähle mehr als Maulaufreißen. Man könne nicht einfach dahintrotten in der großen Herde, bis alles kaputt sei. Vielleicht würde ich irgendwann nach Nicaragua auswandern und dort Kartoffeln anbauen.

Da ließ Tibor seine rechte Pranke auf meine Schulter fallen und sagte:

»Wenn zehn Leute um einen Kuchen sitzen und einer gönnt sich nichts, meinetwegen zwei, du und ich, zwei brüderliche Freunde, dann bleiben größere Stücke für die anderen. Ändert das irgendwas? Bestimmt nicht. Der Kuchen wird so oder so aufgefressen.«

Vermutlich hatte er recht. Für mich stand trotzdem fest,

dass das Wachstum ausgewachsen war und nur noch in die Breite ging und überall Druck erzeugte. Ich wollte zum Wachstum nichts beitragen, ich wollte nicht, dass irgendwer an die Wand gedrückt wurde. Mehr gab's dazu nicht zu sagen. Und weil Tibor sich noch nie besonders angestrengt hatte, Interesse für Dinge zu heucheln, die über den nächsten Monat hinausreichten, und weil er den Gang der Dinge als etwas ansah, mit dem man sich abfindet, entstand kein besonders lebhaftes Gespräch. Ich hätte gar nicht davon anfangen sollen.

Schließlich klingelte Tibors Telefon. Er hatte das Gitarrenriff von *Day Tripper* als Klingelton, das plötzliche, von draußen verursachte Geräusch verdichtete die Dunkelheit. Tibor brummte und knurrte hinter zusammengebissenen Zähnen, er sagte »Ja, ist okay«, dann beendete er das Gespräch und teilte uns mit, dass er aufbrechen müsse, er habe auf die Zeit vergessen.

»Willst du mitfahren?«, fragte er mich. »Ich bin mit Claudis Wagen unterwegs.«

Ich stand auf, denn ich hatte hier nichts mehr zu tun. Tibor küsste Aiko zum Abschied auf den Mund, so machen es die Unbekümmerten. Aiko schien ein wenig überrascht, ich sah, wie ihr Kopf leicht nach hinten wich ins Grau der hereinbrechenden Nacht. Dann suchte sie meinen Blick, ich war so verwirrt von dem ganzen Vorgang, dass ich blieb, wo ich war, und mich mit einem Winken verabschiedete. Aiko schlug den Korken ein und winkte zurück. Schnell wurden die Sterne härter.

Während der Fahrt redete nur Tibor. Er erzählte von dem Fischer, bei dem er den Hecht gekauft hatte, und wie er sich das Geräusch vorstelle, das entsteht, wenn der Hecht den Frö-

128

schen die Knochen bricht, und dass er sich von Claudi trennen werde, aber nicht im Sommer, lieber erst im Winter. Er redete ganz natürlich, mit natürlicher Offenheit, ganz unverstellt, das war eine anerkennenswerte Leistung, es gibt nicht viele, die so sind. Ich wollte trotzdem nicht hören, was ihm durch den Kopf ging, während er Claudis Wagen durch die Straßen lenkte. Irgendwann fragte er mich, was ich von Aiko hielt. Ich sagte, sie sei okay, ein wenig seltsam, sie habe ihre Macken, aber sympathisch. Tibor fand, sie sei neurotisch.

»Aber natürlich ist sie eine geile Frau. In Häusern, in denen gestorben wird, brauchen die Frauen viel Sex.«

Ich sagte nichts dazu. Ich wünschte, er würde selber tot umfallen. Oder wegfahren und nie wiederkommen. Ich wusste auch nicht, warum ich mich ihm so unterlegen fühlte, denn im Stillen verachtete ich ihn für seine Leichtlebigkeit.

In der Nähe des Schwedenplatzes setzte er mich ab. Bei laufendem Motor fragte er, ob ich für das Wochenende schon etwas vorhätte. Ich sagte:

»Ich fahre morgen mit dem ersten Zug nach Hause.«

»Schade. Claudi und ich sind im Waldviertel. Sie möchte Pilze sammeln gehen. Es wäre nett, dich dabeizuhaben.«

»Ein anderes Mal«, sagte ich hinhaltend. Aber Tibor spürte die Feindseligkeit meiner Gedanken. Er zwinkerte mir zu und sagte:

»He, entspann dich, Mann. Du hast ganz recht, wenn du sagst, dass ich dein brüderlicher Freund bin.«

»Ja, eh … ich weiß.«

Mehr wurde nicht geredet, und ich schluckte meinen Groll hinunter.

Zwölf

Das Wochenende ging rasch vorüber. Der Besuch zu Hause und die halbwegs stabilen Familienverhältnisse mit ihren konsolidierenden Einflüssen halfen, die Zeit rasch vergehen zu lassen. Nicht dass zu Hause alles in Ordnung war. Aber hier kannte ich die Dämonen beim Namen, und sie irritierten mich wenig. Ich konnte tüchtig essen und mich ausschlafen in meinem halbwüchsigen Zimmer mit dem Fight-Club-Plakat.

Lauri kehrte Samstagmittag vom Pfadfinderlager zurück und lag am Nachmittag neben mir auf dem Kanapee und schlief. Das Wetter war schön. Die Fliegen erweckten den Eindruck, als flögen sie nur ins Haus, um von hier zum Fenster hinauszuschauen. Ähnlich erging es auch mir: die meiste Zeit dachte ich an Dinge, die mein Leben in Wien betrafen, es schien niemanden zu stören. Meinen Vater sah ich zweimal für wenige Minuten. Aus unfasslichen Gründen durfte er sich für die jüngeren Geschwister erziehungsberechtigt nennen, er meinte, ich solle das Leben genießen, no na, schon war er wieder weg. Mit meiner Mutter führte ich Gespräche, wie Leute es tun, die einander nicht sehr nahestehen, aber das täuschte, das Unverbindliche betraf nur die Oberfläche, ich wuchs nur scheinbar aus der Familie heraus. Man kann sich über manches lustig machen, die Heuchelei der Leute und die Künstlichkeit von vielem. Aber die Dinge, die einen persönlich betreffen, kann man nicht einfach abdrehen, und am Ende steht die Familie ziemlich weit vorn.

Meiner Mutter gegenüber erwähnte ich, dass ich pleite war, ich nannte die Gründe. Sie bedachte mich mit einigen enttäuschten Blicken, aber sie gab mir Geld und bat mich, diesmal auch wirklich damit auszukommen. Die Trennung von Judith tat ihr leid, sie habe mit der Mutter von Judith telefoniert, sie bedauerten beide, dass ES auseinandergegangen sei. Und weil die Familiensprache das Schablonenhafte besonders liebt, sagte sie, hoffentlich bereust du es nicht irgendwann. Das verunsicherte mich, und ich sehnte mich nach dem ruhigen Alltag, den Judith und ich eine Zeitlang gehabt hatten.

Meine Mutter sagte auch:

»Ich glaube nicht, dass du weißt, was du tust.«

Daneben jonglierte Lauri mit drei Tischtennisbällen, es schien ihm ganz egal zu sein, was wir redeten. Nachdem meine Mutter in einen anderen Raum gegangen war, um mit ihrer eigenen Mutter zu telefonieren, bat Lauri mich, ihn hochzuheben, damit er am Türstock demonstrieren konnte, wie viele Klimmzüge er schaffte. Für ihn war ich während der vergangenen Jahre zu einer Respektsperson geworden. Er akzeptierte gewisse Vorrechte, die ich mir herausnahm, und freute sich, wenn ich mit ihm Karten spielte. Er erzählte mir, was ihn beschäftigte, seine rußende Petroleumlampe und die beginnende Hurrikan-Saison, die er gierig verfolgte, weil ihn die Wolkenwirbel in ihren Bann zogen. Er war wunderbar frei von Hemmungen, wenigstens mir gegenüber. Im Vergleich zu ihm war ich der totale Krüppel.

Auch mit Sofia vertrug ich mich, wenn auch ohne Herzlichkeit. Sie wurde im Dezember sechzehn und interessierte sich für mich so wenig wie ich mich für sie. Meistens gingen wir uns aus dem Weg, sie ordnete mich der Welt von Elli zu, und von Elli grenzte sie sich ab. Ein bisschen umständlich erschien sie mir, ich wunderte mich, dass sie in der Schule nur gute Noten hatte. Auch oberflächlich kam sie mir vor, ein wenig affektiert, was mit unserer gegenseitigen Befangenheit zu tun hatte, das begriff ich erst später. Zum Beispiel sagte sie dauernd *grenzgenial*, verwendete das Wort aber in einem beständig schwankenden Sinn, so dass ich selten wusste, was sie gerade meinte. Sie und ihre beste Freundin redeten sehr viel und meistens gleichzeitig, was zur Folge hatte, dass sie nicht mitbekamen, wenn jemand anderer etwas sagte. Sie hatten einen Bekannten zum Piercen begleitet, »ins Kinn« »uhh, ist das eklig« »er kommt wieder ins Wartezimmer, alles klar?« »Sowieso!« »Er wird grün und dann blau« »verdreht die Augen« »und kippt vornüber« »dann haben wir ihm fünfzehn Minuten lang frische Luft zugefächelt« »mit Ohrring-Prospekten« »ohne Scheiß!« »cool, gell?« Eigenartig, wie meine Geschwister heranwuchsen.

Sonntagnachmittag fuhr ich zurück nach Wien. In Feldkirch beim Umsteigen in den Schnellzug waren die Berge verhangen, Nebel bis ins Tal, hinter Bludenz begann es zu regnen, und als wir aus dem Tunnel herauskamen: in Tirol strahlender Sonnenschein, blauer Himmel, weiße Wolken. Kurz vor Sonnenuntergang umzog es sich noch einmal, gerade als ich am Einschlafen war. Es wurde düster, und ich sah einen Blitz. Aber im Zug konnte ich nicht hören, wie weit der Donner entfernt war. Im Halbschlaf registrierte ich das Prasseln des Regens auf dem Waggondach. Doch bei der Ankunft in Wien waren die Straßen trocken, und ich ging zu Fuß vom West-

bahnhof über die fast menschenleere Mariahilfer Straße ein
Stück stadteinwärts, ehe ich hinunter zur Wienzeile bog. Es
war eine klare und milde Nacht. Nicki und ihr Freund saßen
in der Küche, sie flüsterten, was mich davon abhielt, zum
Kühlschrank zu gehen, auf der Suche nach etwas Essbarem.
Nachdem ich das Wohnzimmer durchquert und rasch meine
Zimmertür hinter mir geschlossen hatte, überkam mich das
Gefühl, mir etwas Unnötiges erspart zu haben. Ich aß den
Rest des Kuchens, den mir meine Mutter mitgegeben hatte,
und die Kekse, die seit über einer Woche bei mir verwahrt waren und die Nicki bestimmt schon vergessen hatte. In der Unterhose stand ich am Fenster, sah kauend hinaus, hinüber zu
dem kleinen Park hinter der U-Bahn, in dem der schon vertraute Mann auf einer Bank saß und seine Trommel bearbei-
tete. Das Trommeln und die Düsternis der Häuser erregten
mich, das Glitzern des Flusses in seinem schwarzen Bett verstärkte die beunruhigende Atmosphäre, bum, bum, bum,
tock, tock, tock, wie der Herzschlag der schmutziggrauen
Düsternis, doppelt so laut, wenn ich hinhörte. Und hinter
dem Trommler die Autos auf der Hamburger Straße, der nie
aufhörende Verkehr mit seinen Lichtern. Das alles blieb ein
bisschen sinnlos oder so, als sei, was hier vorging, auf sinnlose
Weise das Natürlichste der Welt, als seien die Autos ein natürlicher Besitz der Straße und die Straße ein natürlicher Besitz
der Häuser und der Trommler ein natürlicher Besitz des
Grünstreifens, und kein Mensch hätte das Geringste zu verfügen, am wenigsten ich.

In das Bum-bum hinein legte ich mich ins Bett, ohne
mich gewaschen zu haben. Mehrmals änderte ich meine
Lage, lag bedrückt inmitten der betriebsamen Welt, bum-

bum. Aiko wird sich morgen wieder nicht blicken lassen, alle
sind froh, wenn sie mich nicht sehen müssen, ich kann es ihnen nicht einmal verdenken. Das sagte ich mir, als bereits der
Schlaf über mich kam.

In der Früh stellte ich mich unter die Dusche, während
Nicki und ihr Freund noch schliefen. Da war auch der
Trommler nicht mehr da. Einige Möwen flogen zügig über
dem steinernen Bett des Wienflusses in Richtung Naschmarkt,
wo die Waren für den Tag zugestellt wurden.

In den sechs Wochen, seit ich den ersten Dienst angetreten
hatte, war mir der Weg zum Haus des Professors vertraut geworden. Doch als die U-Bahn an diesem Morgen die Donau
und die Alte Donau überquerte, dachte ich nicht, wie sonst,
ans Schwimmengehen, das in diesem Sommer zu kurz kam,
sondern an die Segelboote auf der Tischdecke zu Hause. Und
als ich beim Gartentor die Zeitung aus dem röhrenförmigen
Behälter nahm, suchte ich nicht die Fußballergebnisse vom
Vorabend, sondern Nachrichten über *Frances*, der vom Tro-
pensturm zum Hurrikan hochgestuft worden war und sich
den Bahamas näherte. Lauri hätte mir alle Details erklären
können. Ich mochte meine Familie. Der Besuch zu Hause hatte bewirkt, dass ich mich besser fühlte, gleichzeitig zog es
mich mit Macht von dort weg.

Im Bus hatte ich mir vorgestellt, dass Aiko mich an der Tür
des Hauses erwartet. Aber niemand erwartete mich an der
Tür. Ich versuchte mich an den Gedanken zu gewöhnen, dass
dies mein Leben war.

Wie meistens schlief das Zwergflusspferd bis gegen neun. Als ich ins Innere ging und das frischgeschnittene Gras auf den Futterplatz warf, schaute mich das Zwergflusspferd an mit Augen riesig und leer. Unser Verhältnis blieb unklar, unverbindlich, wie alle Verhältnisse, die ich hatte. Ich kam dem Zwergflusspferd nicht näher, der Zwerg in seinem Namen versteckte sich, der Fluss in seinem Namen floss unergründlich, und das Pferd galoppierte davon. Selbst die Krähe, die sich auf den Rücken des Zwergflusspferdes setzte, während es fraß, änderte nichts am gleichmütigen Blick des Tieres. Solches Ungemach passierte ihm nicht zum ersten Mal, wie es schien, es vertraute darauf, dass auch dies vorüberging. So war es. Ich bückte mich nach einem Zwetschgenstein und warf ihn nach der Krähe, sie flog auf und wechselte hinüber zu den Nachbarn. Ich folgte dem Vogel mit dem Blick. Das Zwergflusspferd, dieses ungesellige Tier, fraß weiter mit langsamen Bewegungen und dicker Halsfalte aufgrund des gesenkten Kopfes.

Während ich das Gehege säuberte, kam Professor Beham auf die Terrasse und telefonierte lautstark mit dem Zoo in Basel, an den er eine Anfrage gerichtet hatte. Die Anfrage war ihm nicht rasch genug beantwortet worden. Jetzt hatte er jemanden am Apparat, der sich auskannte, dem sagte er die Meinung mit dem Hinweis, dass er sich den Tonfall erlauben dürfe, weil er ein todkranker Mann sei. Es ging darum, dass Basel das Zwergflusspferd möglicherweise übernehmen wollte. Die Dinge mussten aber noch beschlossen werden. Professor Beham verwies darauf, dass er keine Möglichkeit habe, seinen Gartenteich im Winter zu beheizen, er könne das Zwergflusspferd nicht ins Amalienbad schicken, er wüsste lieber heute als morgen Bescheid, er wolle das Tier nicht an einen Privatzoo abgeben, davon halte er nichts. Ihm nage ein Tumor an der Wirbelsäule, zu allem Überfluss sei er mit einer nervtötenden Tochter geschlagen, die mit Tieren nichts am Hut habe. Undsoweiter. Ich lauschte seiner Stimme. Ich beobachtete den an seiner Kehle auf und nieder hüpfenden Knorpel. Die düsteren Gesichtszüge durchliefen eine Reihe rascher Verwandlungen, ohne je das Düstere abzustreifen. Die Falten waren nicht schlaff, sondern hart, Nase und Kinn wie vorgetrieben. Bläuliche Schatten lagen unter den Augen.

»Ich erwarte Ihren Anruf«, sagte Professor Beham unhöflich. Er trennte die Verbindung, dann fiel er buchstäblich in sich zusammen, saß minutenlang schlaff in seinem Rollstuhl, ein Häuflein Mensch, das sich nicht rührte. Schließlich machte ich ein bisschen Lärm mit Eimer und Schaufel. Da erwachte Professor Beham aus seiner Erstarrung, schaute mich finster an, als müsse er realisieren, welchen Störenfried er vor sich hatte, und plötzlich fragte er:

»Was macht meine Tochter?«

Ich zog die Schultern hoch.

»Keine Ahnung. Vorhin hat sie im Garten gearbeitet.«

»Damit sie die nötigen Trauerränder unter den Fingernägeln hat«, knurrte er böse.

Dann ließ er den Kopf wieder sinken, und ich gab für die nächsten zehn Minuten keinen Laut von mir, das war mir vergangen.

Am späten Vormittag, als ich meine Arbeit im Gehege so gut wie erledigt hatte, stellte Aiko zwei Taschen mit Einkäufen auf den Küchentisch. Weil die Taschen nach einer Stunde noch am selben Fleck standen, nahm ich mich der Sache an und verräumte alles an einen mir geeignet erscheinenden Ort. Das ließ den Abstand zwischen mir und dem Haus nochmals schrumpfen. Nur wenn ich an Aiko dachte, überkam mich das drückende Unbehagen, nicht ganz willkommen zu sein. Ich nahm es ihr übel, dass sie nicht wusste, was sie wollte, dieses heute freundlich, morgen gleichgültig empfand ich als ... nervtötend, ja genau. Ich sagte mir, ich schließe jetzt sowieso ab mit diesen ganzen Weibern, ich habe die Nase voll, die bringen mir nur Ärger ein, ich kenne mich nicht aus. – Es wurmte mich, dass ich mir keine Sonderrechte erworben hatte, indem ich mit Aiko im Bett gewesen war. Und dass sie sich von Tibor hatte küssen lassen und gleich darauf meinen Blick gesucht hatte und heute wieder einen großen Bogen um mich machte ... die konnte mich gernhaben. Aber gleich darauf ging ich zweimal ums Haus und zweimal durch die Eingangshalle und bildete mir fest ein, ich müsse Aiko treffen. Ich traf sie nicht. Die Enttäuschung deckte mich zu wie eine Woge. Mit Herzklopfen starrte ich die Treppe an und suchte nach einem Vorwand, der es mir erlauben würde, hinaufzugehen. Vom Halbstock schaute finster die Fetischfigur zu mir herunter, ich wagte mich nicht vorbei.

Professor Beham erwähnte Aiko nochmals, als wir am Mittag auf der Terrasse ins Reden kamen. Er rauchte einen Joint, und ich erzählte ihm, dass ich am Wochenende zu Hause gewesen war. Er fragte, ob auch ich meine Eltern einschüchtere. Die Frage verwirrte mich. War das möglich? Ich? Meinen Vater? Meine Mutter? Ich sagte:

»Also, mhm … eher nicht. Vielleicht ein bisschen … Aber dann ist es nicht meine Schuld.«

Er nickte zufrieden.

»Verkehrte Welt, ich sag's ja. Und wie das endet, hat sich herumgesprochen.«

»Ach so, ja …«

»Irgendwelche Einwände?«

»Ähm, ich befürchte, Sie haben recht, Herr Professor.«

»Nicht dass es sonderlich darauf ankäme. Aber sag nicht, ich hätte dich nicht gewarnt.«

Ich dachte einen Augenblick nach, dann sagte ich der Einfachheit halber:

»Also danke für die Warnung.«

Diese Antwort freute ihn, er zog genussvoll an seiner rezeptpflichtigen Zigarette.

»Unter uns, glaub nicht alles, was du in diesem Haus hörst. Ich mag meine Tochter, ich mag, wie sie lacht. Du wirst es bestimmt schon bemerkt haben.« Er sah weit an mir vorbei, obwohl er mich direkt angesprochen hatte. »Während des Studiums bin ich oft am Wochenende mit dem Zug nach Klamm und von dort zu Fuß durch den Pfarrwald hinunter nach Schottwien, das ist ein Weg von ungefähr einer Stunde. Wenn ich unser Küchenfenster zwischen den Baumstämmen schimmern gesehen habe … so ähnlich ist es mit Aikos Lachen.«

Erstmals während meiner Zeit im Haus von Professor Beham ging ich an diesem Nachmittag laufen, dort, wo ich Aiko in der Früh schon mehrmals laufen gesehen hatte. Ich lief drei Runden in der warmen Sonne zwischen den teils schon abgeernteten Feldern. Ich rannte bestimmt eine halbe Stunde, obwohl ich mich körperlich schlapp fühlte wegen der vielen Belastungen und wegen meines schlechten Schlafs. Zum Ende der dritten Runde setzte ich mich an den Wegrand, an einer offenen Stelle, wo die Anschlüsse einer ausgedienten Bewässerungsanlage im gelben Gras rosteten. Es war der beste Moment seit Wochen, und ich dachte an den Sex, den ich mit Aiko gehabt hatte, und an Lauri, der am Wochenende neben mir seinen Mittagsschlaf gehalten hatte. Alles ganz friedlich. Alle viere von mir gestreckt, die Sonne warm im Gesicht, das Rascheln der Blätter, die Grashüpfer, die ziehenden Wolken. Für kurze Momente kam ich mir vor wie der Bursche im Märchen, der sich hinlegt, obwohl er eine Aufgabe zu erfüllen hätte. Aufgabe? Zu meinem Bedauern sah ich das Leben nicht, auf das ich zusteuerte. Ich wusste nicht, was ich im Leben sein würde. Ich hatte Angst, dass mein Leben im Sand verlief. Ich hatte Angst, dass alles sinnlos war. Ich wusste, was mir fehlte, war ein Mensch. Für einige Minuten schlief ich, ich träumte … was träumte ich? … dass ich durch eine vom Wind bewegte Steppe ging, hügelan, im Himmel einige Vögel, das machte mich glücklich. Beim Aufwachen fühlte ich mich besser.

Am Abend blieb ich auf der Terrasse und lernte Seuchenkunde. Die Sonne war schon seit einiger Zeit hinter den Häusern verschwunden, als Aiko kam. Im Vorbeigehen brummte sie einen Gruß, ging in ihren Teil des Gartens. Aus einem Nachbarsgarten flackerte das Lachen eines Kindes in die Diesigkeit herüber, wurde gleich wieder erstickt. Im Abendlicht wuchsen den Baumstämmen Warzen, Wülste und Beulen. Aiko kam zurück, fünf oder sechs große Fleischtomaten türmten sich auf ihren Händen. Befangen schauten wir einander an. Sie legte die Tomaten auf den Terrassentisch, blätterte in meinem Lehrbuch, schüttelte den Kopf und sagte:

»Wenn ich versuchen würde, mir das einzutrichtern, würde ich Ausschlag bekommen.«

»Sehr motivierend …«

»Ich hab dich heute in der Halle herumstehen sehen. Kann es sein, dass du nicht weißt, wie man eine Treppe hochsteigt?«

»Ich wundere mich manchmal, wo du den ganzen Tag steckst«, sagte ich.

»Und warum kommst du nicht und fragst? Ich würde dich nicht beißen.«

»Ganz sicher bin ich mir da nicht.«

»Blödsinn«, sagte sie hell auflachend, »ich würde dich bestimmt nicht beißen.«

Mit verlegenem Blick suchte ich den Horizont ab. Was will sie? Seltsam, dachte ich. Der Himmel war leergefegt. Nichts, worüber man reden konnte. Nichts zumindest, was man formulieren konnte. Ich schaute Aiko an. Der Gegenblick, den ich bekam, enthielt kein Zeichen, das Aufschluss gab. Ein Windstoß brachte die schwere, beigefarbene Markise über der Terrasse zum Knattern. Aiko kurbelte die Markise in den Kasten hinein. Das Zwergflusspferd grunzte.

»Es wird dunkel«, stellte Aiko fest.

»Ich will gerade nach Hause gehen«, sagte ich.

»Und ich will dich gerade zum Abendessen einladen«, sagte Aiko, indem sie die Tomaten wieder in ihre Hände nahm. Sie schlenkerte mit einem Bein, während sie meine Reaktion abwartete.

»Mich?«

»Ja, dich«, sagte sie belustigt, dann wandte sie sich ab.

Die Sonne war weg, und der Klang von Aikos Stimme wurde übers Wasser getragen. Ich spürte, wie etwas Unruhiges auf mich zukam. War das Kopfzerbrechen der Frösche tatsächlich nicht zu hören? Ich hörte es.

Dreizehn

Verliebtheit: das ist schwer zu erzählen. Nach außen hin fallen diese Tage nicht weiter auf. Aiko und ich schlafen oft mit einander, wir reden viel miteinander und führen einander in abgelegene Nebengassen unserer Biographien. Aber all das geschieht still und ohne Aufsehen, wie in einer Kapsel, kaum verwoben mit dem bisherigen Leben. Man sieht es dir möglicherweise an, dass du verliebt bist, das ja, du wirkst möglicherweise anders auf die Leute, sie reagieren möglicherweise darauf, also nicht, dass sie sagen, ich sehe, du bist verliebt, aber sie haben dich gern in ihrer Nähe, und es ist sogar denkbar, dass sie sich ebenfalls in dich verlieben, weil sie einen Anteil wollen an dem Lebendigen, das sie nicht zu deuten wissen. Aber die Gründe für das Lebendige bleiben in der Kapsel, das ist Teil des Stillen.

Jemand mit einer guten Beobachtungsgabe könnte feststellen, dass ich mich weniger umständlich ausdrücke, ich gehe beim Reden direkte Wege, ich formuliere die Dinge absoluter, das macht das Gesagte weniger präzise, dafür wuchtiger, eine natürliche Fehlfunktion, Lirum, larum, Löffelstiel: geradlinige Gefühle, geradlinige Gedanken, wie ich's mir beim Karatetraining wünsche. Bei den meisten Menschen, wenn sie glücklich sind, ist es so: da glaubt man, sie sind einfache, entschlossene Persönlichkeiten, auch Aiko, ich glaube mit einem Mal, sie ist eine einfache, entschlossene Persönlichkeit.

Das Strahlen in ihrem Gesicht ist so klar und ihr Lachen so offen, dass ich mir einbilde, sie gut zu kennen. Dabei habe ich es weiterhin mit einer komplizierten, unverständlichen Frau zu tun. Ganz einfach.

Und dass ich die Dinge im Alltag gewissenhafter erledige als davor, auch das könnte jemand mit einem guten Auge wahrnehmen. Ich will in meiner Verliebtheit noch nicht einmal ausschließen, dass der Ausgang meiner Beziehung zu Aiko davon abhängt, ob ich mein Zimmer aufgeräumt, Biogemüse gekauft und die Suhle des Zwergflusspferdes vergrößert habe – als würde Aiko es mir ansehen. Und vielleicht sieht man es einem Menschen tatsächlich an, dass er seine Arbeit mit Sorgfalt erledigt hat. Und ich kann mir in meiner Verliebtheit auch vorstellen, dass ich für meine Sorgfalt belohnt werde, es ist, als würde ich dem Schicksal ein Geschäft anbieten, liebes Schicksal, schau, wie gut ich mich schlage, und wenn ich in drei Jahren immer noch mit Aiko zusammen bin, verspreche ich dir, dass ich zwei Katzen von der Müllhalde adoptiere.

Zum Verliebtsein gehört, dass man sich gegenseitig um den Schlaf bringt. Ganz selbstverständlich kann einer den andern nachts um halb zwei anrufen und sagen, ich habe gerade an dich gedacht. Und der andere knurrt nicht, sondern freut sich, dass es jemanden gibt, der nachts um halb zwei an ihn denkt, schön, dass du anrufst, ich liege schon im Bett, ich vermisse dich.

Dann die nächtlichen Spaziergänge: Ich möchte dir zeigen, wie es dort in der Nacht ist. Warst du schon einmal nach

Mitternacht an der Donau, wenn man das Wasser hört, das die Brückenpfeiler umspült? Soll ich es dir zeigen?

Aiko und ich sind permanent übernächtigt. Wir bekommen dieses Beduselte, Beschwipste, das die Verliebtheit verstärkt, als stünden wir ein Stück neben uns. Und obwohl wir wenig schlafen, bin ich von Glück und Aufregung erfüllt, und in der nächsten Nacht sitzen wir wieder am Teich und gehen nach Mitternacht spazieren und hören dem Schnarcher zu, auf den wir an einem der Vortage gestoßen sind. Richtung Stadtrand, wo die Straßenbeleuchtung weniger wird, gibt es eine Siedlung, dort hören wir Nacht für Nacht durch ein offenes Fenster einen Mann schnarchen, ein lautes, gleichmäßiges Schnarchen. Wir bleiben stehen und lachen. Und nach einer Woche sagt Aiko:

»Ich bin froh, dass es unserem Freund gutgeht.«

Dieser Satz: eigentlich harmlos. Seltsam, wenn ich jetzt darüber nachdenke. Aber der Satz sagt mehr aus über diese Zeit, als es die Wiedergabe von Liebesschwüren könnte – die ohnehin nicht gesprochen werden, weil Aiko findet, das sei leeres Gerede und diene nur der Dekoration. *Unser Freund, der Schnarcher.* Wir bleiben wach, schlagen uns die Nächte um die Ohren, es hat mit unserer Verliebtheit zu tun, dass wir nicht schlafen wollen, dass wir um drei in der Früh einem Mann beim Schnarchen zuhören, wir müssen in kürzester Frist eine Gründungsgeschichte aus dem Boden stampfen, auf die wir uns in Zukunft berufen werden.

Bitte, ich kann mich auch täuschen, aber ich würde so weit gehen zu sagen, dass es für eine Beziehung stabilisierend ist, wenn es eine Gründungsgeschichte gibt, eine gute Anfangszeit, mit der man sich daran erinnern kann, dass man einmal jemand gewesen ist. Frag an einem Tisch, an dem mehrere Paare sitzen: Wie war das bei euch am Anfang? Dann bekommen alle ein anderes Gesicht. Sie erzählen, wir sind nach Grafenegg gefahren und haben Wein getrunken, danach sind wir schwimmen gegangen, eigentlich banal. Aber es gibt da einige besondere Details über ein Kleidungsstück und einen Satz, der gesprochen worden ist, und wo die Sonne gestanden ist und wie sich ein bestimmter Stein im Kreuz angefühlt hat: das zeigt den Grad der Aufmerksamkeit, der diesen Momenten geschenkt worden ist. Und alle am Tisch spüren die Verliebtheit in den Details, ja, genau, Verliebtsein, das ist schön, Verliebtsein, bei uns war's ... dieses Hochwasser, wir sind auf den Fahrrädern über die in der Unterstadt aufgebauten Stege gefahren, die Schaufenster waren leergeräumt, wir sind hinunter an den See, auch auf der Seepromenade hat es Hochwasserstege gegeben, ich habe das Rumpeln der Dielen bis heute im Ohr. Und als wir uns der Flussmündung genähert haben, wo ich Katharina zum ersten Mal küssen wollte, sind Hunderte Mücken über uns hergefallen, wir haben die Flucht ergriffen und sind über die Stege zurück in die Stadt, diese Stege haben keine Geländer gehabt, da hat es enge Kurven gegeben, und Katharina hat die Kurven ohne Zögern genommen, ihr Mut hat mir gefallen, dabei war's Verliebtheit, heute weiß ich, es war Verliebtheit, denn Katharina ist kein übermäßig mutiger Mensch, sie sagt oft, Moment, langsam, langsam. Aber damals ist es ihr leichtgefallen, mit dem Fahrrad über die schmalen Stege zu fahren, links und rechts schmutziges Wasser. Wir haben den Abend dann in meiner Wohnung verbracht und uns doch noch geküsst. Unsere Gründungsgeschichte.

Bei Aiko und mir sind es das Zwergflusspferd und der Schnarcher und dass wir zu Serge Gainsbourgs *Sous le soleil exactement* in der Küche tanzen und dass ich aus dem Haus schleiche in der Früh, Tibor schon im Garten, am Nachmittag Aiko und ich auf einer Ufermauer an der Donau, wo wir vor lauter Lachen fast ins Wasser fallen. – Und nicht, dass solche Geschichten eine Beziehung zusammenhalten, aber sie sind Teil des Kitts.

Ich finde es toll, mit Aiko zusammenzusein. Es macht mich glücklich, dass es jemanden gibt, der sich vor mir auszieht und über die kleinen Brüste redet. Beim Einschlafen stößt Aiko Mmh-Laute aus, langgezogene, etwas erschrockene Mmh-Laute, als werde sie rücklings in den Schlaf gestoßen und wisse nicht, wohin sie falle. Dann scheint sie weich zu landen und schläft fest, während ich mir noch Gedanken mache.

Mir fällt ein, dass es eine Vorgeschichte zum Kennenlernen von Judith und mir im Kleiderschrank gibt. Die Party war eine Geburtstagsparty. Monate später sagte eine Freundin von Judith, es sei vorhersehbar gewesen, dass Judith sich verlieben werde. Sie erinnere sich gut an den Abend, wie es war, noch bevor ich gekommen sei. Judith sei so strahlend gewesen, habe ein rotes Wollkleid getragen, und die Freundinnen hätten gescherzt, man könnte meinen, Judith sei das Geburtstagskind. Judith habe alles mitgebracht, was es brauche, damit es klappt, ganz banal, ein neues Lieblingskleid, gute Laune und Selbstbewusstsein. So kroch Judith zu mir in den Schrank, so fragte sie, ob noch Platz sei. Ich rückte ein wenig zur Seite, wir redeten, dann küssten wir uns und waren ein

Paar. An einem anderen Abend hätte Judith nur wieder einen neuen guten Bekannten kennengelernt.

In Aikos Bett denke ich, dass Judith nicht erfreut wäre, wenn sie wüsste, was Aiko und ich um vier Uhr früh noch treiben. Seltsam zu wissen, wie viel ich mir aus Judith gemacht habe. Seit einiger Zeit kommt kein Mucks mehr von ihr, aus dieser Richtung ist nichts mehr zu hören, als würde sie nicht mehr leben, als wäre sie tot.

Aikos Körper gehört mir nicht, aber jetzt habe ich tatsächlich gewisse Vorrechte. Und wenn Aiko mir signalisiert, dass ich diese Vorrechte in Anspruch nehmen darf, tu ich's mit geradezu tölpelhaftem Überschwang. Die erregende Neuheit dieses Menschen, die ungewohnte Lebendigkeit, der leichte Schweißgeruch des warmen Körpers ... das macht mich ... ich vollführe innerlich kleine Freudentänze ... und wenn ich mich an ihren Hintern drücke, und wenn ich auf ihren Armen Gänsehaut sehe in der Kühle des morgendlichen Zimmers ... da vollführe ich weitere kleine Freudentänze ... und Aikos Unterhose am Boden liegen zu sehen, das weckt so eine ... so eine ... Euphorie in mir, ja, genau, so eine Euphorie. – Und mit jedem weiteren Tag fühle ich mich mehr als vollständiger Mensch.

Aiko erzählt von einem Jungen, in den sie verliebt gewesen sei als Achtjährige. Der Junge habe sie beeindruckt, indem er sich eine Erbse in ein Nasenloch gesteckt und die Erbse hinausgefeuert habe ... fünf Meter weit. Der Junge habe ihr beigebracht, wie man die Fingerknöchel krachen lässt. Auch ihr rechtes Knie kann Aiko krachen lassen. Sie macht es mir vor. Wir lachen, aber leise, damit Professor Beham nichts hört.

Aiko sagt, sie wolle nicht, dass ihr Vater sie lachen höre, sie sagt, sie möge mein Lachen. Ihr Flüsterton erregt mich.

Wir sind wie aus der Zeit gefallen. Niemand weiß von unsrer Verliebtheit, ich würde nicht darüber reden wollen, es ist alles noch viel zu offen: Was ist das überhaupt, über das hier geredet werden könnte? Was ist das? Bin ich Mann oder Maus? Keine Ahnung. Und solange ich nicht einschätzen kann, wohin das führen wird, und solange mein Realitätssinn so weit aufrecht ist, dass ich mir sage, es wird zu gar nichts führen, will ich nicht darüber reden. Und Aiko will aus anderen Gründen nicht darüber reden, aber keinesfalls, weil sie nicht verliebt ist, das behauptet sie nur, die Gründe sind andere, es hat mit ihrem Vater zu tun und damit, dass sie keine wirkliche Begabung für eine Partnerschaft besitzt. So bleibt unsere Verliebtheit etwas Heimliches, eine Sache zwischen ihr und mir.

In Frankreich gibt es diesen Belgier, von dem Aiko erzählt, eine Affäre, die unfertig zurückgeblieben ist. Dieser Belgier weiß nichts von mir. Es gibt den Professor, der nichts ahnt, Tibor, der nichts ahnt, Judith, die nichts ahnt, meine Mutter, die nichts ahnt. Niemand hat die geringste Ahnung. Deshalb gehört die Verliebtheit nur uns. Die Zeit ist jetzt, der Ort ist hier. Ja, gut, das betrifft halt diesen Sommer, bald fallen die Blätter von den Bäumen, dann kommt der Herbst, die Uni geht wieder los, vielleicht nimmt der Zoo in Basel das Zwergflusspferd in seine Obhut, dann fährt ein LKW über die Westautobahn, das natürliche Ende ist absehbar, Aiko geht zurück nach Frankreich, es ist unklar, was sie im Sinn hat, aber ich werde nicht hierbleiben können, so viel steht fest. Und was ist dann? Interessiert mich nicht, ich lass es in der

Schwebe. Was wir jetzt haben, reicht für den Anfang, das nimmt uns niemand weg.

Im Halseisen der Verliebtheit schaust du nicht rechts und nicht links. Insgeheim weißt du natürlich, dass die Zeit, in der nur das Gegenüber zählt, begrenzt ist, aber du blendest es aus. Später, im Rückblick, wenn du darüber sprichst, erscheint dir die aus der Zeit gefallene Zeit überraschend lang, dabei waren es nur Wochen oder Tage. Du erinnerst dich so genau, du hast, wenn es gut ausgegangen ist, so oft darüber gesprochen, dass sich die Zeit des Erinnerns zur Zeit des Geschehens hinzugefügt hat. Da wächst etwas und wächst und wächst. Aiko mit siebenundzwanzig Jahren. Und wächst.

Kann es stimmen, dass viele Frauen deutlich weiblicher und sanfter werden, wenn sie verliebt sind? Aiko sagt das, nicht ich, ich berufe mich auf ihre Einsicht, sie sagt, Frauen tragen dann auf einmal Röcke und Kleider, verwenden Haarspangen mit Kleinmädchenmotiven und ziehen sich farbiger an. Oder bildet sich Aiko das nur ein?

Einmal trägt Aiko geringelte Wollkniestrümpfe und Spangen im Haar. Professor Beham fragt mich, ob ich nicht auch den Eindruck hätte, dass seine Tochter mit den Spangen im Haar zwar hübsch aussehe, sonst aber mit ihr nicht viel los sei.

Ich dementiere heftig. Und in den Tagen darauf gehe ich ihm aus dem Weg, vielleicht auch im Wunsch, ihm nichts vormachen zu müssen.

Der Wind putzt die Wolken aus, und neue Wolken fahren heran. Der Sommer bricht langsam auseinander. In den Feldern vor der Stadt nehmen die Maulwurfshügel zu. Ich reibe eine Zwetschge an meiner Arbeitshose, bis der graue Belag verschwunden ist. Die Frucht glänzt und ich beiße hinein. Aiko sitzt auf der Terrasse, schiebt ein Stück Pistazieneis im Mund hin und her. Am Abend, wenn alles ruhig ist, hören wir die Wespen am Holz des Rosenspaliers nagen. Ich mag dieses Geräusch. Später schlafen wir wieder miteinander. Und dann reden wir wieder miteinander. Wir reden über Judith, über Lauri, über Aikos Lebenssituation, über die Ursachen ihres Durcheinanders, den Tod ihrer Mutter, die Krankheit ihres Vaters.

»Wie geht's dir damit?«

»Ich möchte nicht an seiner Stelle sein, so viel ist klar.«

»Was hast du eigentlich gegen ihn?«

»Was ich gegen ihn habe? Also … nichts. Nicht viel. Aber wenn ich ihn mit Samthandschuhen anfasse, ich meine … es ist wie beim Heiraten, bei manchen Männern, wenn man sie heiratet, dann haben sie erreicht, was sie wollen, und sie zeigen ein anderes Gesicht. Wenn ich zu meinem Vater lieb und nett wäre, würde er mich behandeln wie den letzten Dreck.«

Wir sitzen am Wegrand bei dem großen Feld, wo die verrosteten Anschlüsse der ausgedienten Bewässerungsanlage aus den Gräsern ragen. Wir reden nochmals über *Lost in Translation*, den wir am Vortag gesehen haben, ein Film darüber, wie es ist, wenn man mit jemandem, den man erst kennengelernt hat, auf dem Rücken liegt und sich unterhält. Dass den Protagonisten in Tokio, einer der atemberaubendsten Städte der Welt, nichts Besseres einfällt, als sich als Amerikaner zu fühlen, finden wir schwach.

»Warum? Ach so, weil sie befremdet sind … uhhh!«

Was uns beide begeistert, Aiko und mich, ist das Gesicht von Bill Murray. Als sei ein Traktor darübergefahren, eine zerklüftete Schwere, kaputt, aber weiterhin offen für die Welt.

Aiko sagt:

»Und ich mag die viktorianische Zurückhaltung in dem Film, ich meine, bezogen auf den Sex. Ich muss darüber nachdenken, was mir das sagen will.«

Sie kommt auf den Belgier zu sprechen, sie sagt, sie könne sich nicht erklären, wie sie in diese Geschichte hineingeraten ist, vielleicht weil ihre sexuelle Gier nach dem Tod ihrer Mutter so groß gewesen sei.

»Ich habe mich buchstäblich danach verzehrt.«

Ich erwähne Tibors Theorie, dass Frauen in Häusern, in denen gestorben wird, viel Sex bräuchten, ich sage, ich wäre nicht überrascht, wenn es so wäre. Aiko tippt den Zeigefinger gegen die Stirn. Während der Krankheit ihrer Mutter habe sie geschuftet wie ein Pferd, eine andere Art von Körperlichkeit habe nicht existiert. Erst nach dem Tod ihrer Mutter, als sie dem Belgier begegnet sei, habe sie sich wieder als Frau gefühlt. Und jetzt, mit mir, habe sie erstmals wieder Spaß daran, eine Frau zu sein. Sie lache so gerne mit mir und mit Tibor. Eigentlich müsste sie zu ihrem Vater gehen und sich bei ihm bedanken für die fröhlichen Studenten.

Während des Heimwegs spüre ich, dass ich auf etwas absolut Wirkliches gestoßen bin, und vor dem Gartentor sage ich, es ist ein schöner Ausflug gewesen. Aiko kommt her und gibt mir einen Kuss.

»Dasselbe hat meine Mutter gesagt, bevor sie gestorben ist: Es war ein schöner Ausflug.«

Das Zwergflusspferd liegt hingestreckt, träge im seichten Wasser, es verstrahlt die völlige Unwichtigkeit, die auch Aiko und ich dem Vergehen der Zeit gerne beimessen würden. Kaum anzunehmen, dass wir in dieser Disziplin je ähnliche Erfolge feiern werden.

Beim Arbeiten im Gehege stelle ich fest, dass ich wieder abgenommen habe. Bei nächster Gelegenheit werde ich alle Gürtel mit nach Hause nehmen, denn mein Vater, ein praktischer Mensch, besitzt eine Lochzange.

Aiko kommt heraus, sie hält einen Drink in der Hand, sie sieht zufrieden aus, setzt sich an den Terrassentisch und schaut mir beim Arbeiten zu.

»Hast du das gehört?«, fragt Aiko.

»Was?«

»Das Platschen.«

»Das wird der Hecht gewesen sein.«

In der Nacht sehe ich vom Dachboden aus ein Glimmen. Ich stelle mir vor, dass irgendwo dort draußen ein Strohfeuer brennt. Wenn man einen Gedanken hat, findet man ihn in allem wieder.

An ganz normalen Tagen sagt Aiko weiterhin manchmal:

»Lauf mir nicht vor die Füße, wenn ich arbeite.«

Oder:

»Ich möchte hier in Ruhe Selbstgespräche führen.«

Dann steht sie vor mir mit ihrem Porzellangesicht, ganz weiß und kühl, wie glasiert. Aber es macht mich nicht mehr so unbeholfen wie in der Zeit davor. Am Abend kommt sie wieder her, ihr Gang drückt eine Unbeschwertheit aus, von der ich

Herzklopfen bekomme. Wir sitzen am Teich, als wäre nichts gewesen. Wir reden, als wäre nichts gewesen. Manchmal sieht mich Aiko lange über ihre Knie hinweg an, ehe sie mir zuzwinkert. Die Haut des Zwergflusspferdes scheint im Abendlicht wie aus Metall gegossen und von Tausenden Händen berührt und zum Glänzen gebracht. Wir sitzen glücklich in der schmalen Gartennacht, Kinder, die wissen, dass sie im Bett sein müssten, aber die Eltern haben sie vergessen. Professor Beham ist schon lange schlafen gegangen, wenn wir die Treppe hochsteigen, Aikos Füße auf meinen Füßen, ihre Hände fest am Geländer, damit die Treppe nicht so knarrt. Beim nächtlichen Treppensteigen sind wir eine Bewegung, ein Körper.

Man muss den Berg rauf und den Berg runter, sagt meine Mutter. Die Treppe hinunter geht jeder für sich.

Aiko sagt:

»In der Volksschule war ich die Exotin, weißt du, das ist die, die vom Kindermädchen abgeholt wird und so eine gestelzte Sprache hat. Aber im Gymnasium war ich cool. Alle haben mich um meine lässigen Eltern beneidet. Vater mit Cabrio, immer spendabel, Mutter im Ausland.«

Zu der Zeit habe ihre Mutter bereits in Paris gelebt und schrittweise ihren Konsum von Benzodiazepinen gesteigert. *Die göttliche Pille, nichts gibt es, das diese göttliche Pille ersetzen kann … blablabla.* Aiko sei in Wien geblieben, habe alle Freiheiten gehabt, aber nicht, weil ein Plan dahintergesteckt hat, sondern weil es ihrem Vater egal gewesen ist. Das Ganze habe unter dem Deckmantel der Toleranz stattgefunden, sei aber mangelnder Erziehungsehrgeiz gewesen. In der Pubertät habe sie genau solche Ärsche wie ihren Vater nach Hause gebracht. Vielleicht habe sie ihrem Vater beweisen wollen, dass sie Typen aufreißen könne, die cooler sind als er. Das Ergebnis sei gewesen, dass die Typen mit ihrem Vater in den Lederfauteuils gesessen seien, philosophiert und teure Weine getrunken hätten. Insgeheim verachte ihr Vater Frauen, er halte sie für das dümmere, weil emotional labilere Geschlecht. Natürlich verstecke er das gut. An seiner Abteilung habe *zufälligerweise* keine Frau so richtig Karriere gemacht, ausgenommen die Kohlhauser, aber die habe auf alles andere verzichtet und lebe quasi auf der Uni.

Wenn ich keinen Dienst habe, gehe ich am Morgen nach Hause, fast noch im Dunkeln. Mir fällt auf, dass in den frühen Morgenstunden ein schaler Geruch aus den Kanalgittern steigt, ich glaube, es liegt daran, dass die meisten Menschen schlafen und das Wasser in der Kanalisation sehr langsam fließt. Später in meinem Leben werde ich mit diesem Phänomen nie wieder zu tun haben. Ich erinnere mich gut an den Spülwassergeruch.

Damals in der abgeschiedenen Finsternis meines Glücks kannte ich mich in der Finsternis aus.

Donnerstag und Freitag bin ich eifersüchtig, klarerweise, weil ich nichts lieber hätte, als selbst bei Aiko zu sein. Statt dessen ist Tibor dort. Ich traue der Sache nicht, was eine Redensart ist, denn gemeint sind Tibor und Aiko. Aiko lacht mich aus, sie sagt, als Schülerin hätte sie Tibor nach Hause gebracht, und er hätte sich zu ihrem Vater ins Wohnzimmer gesetzt und mit ihm Wein getrunken, etwas, was stattfinde, ohne dass sie viel dazu beitrage.

Sie sagt, mit Tibor sei immer alles leicht und witzig, er lasse einen den Alltag vergessen, das sei Tibors besonderes Talent. Trotzdem müsse man jeder Frau abraten, sich mit ihm einzulassen, sie sei sicher, für eine Beziehung tauge Tibor nicht. In zehn Jahren komme er vielleicht ein wenig zur Ruhe, aber er werde der selbstverliebte Typ bleiben, bei dem der Spaß und die wichtigen Kumpels vorgehen. Außerdem sei ihr suspekt, dass er Computerspiele spielt.

In der Früh, wenn ich rede, ist meine Stimme rauh, dann will Aiko wieder mit mir schlafen. Ich sage:

»Bis in zwanzig Jahren wird meine Stimme auch am Nachmittag etwas Rauhes haben.«

Aiko umarmt mich von hinten.

»Wenn ich bis dann noch mit dir zusammen bin, was ich nicht glaube, werde ich es nicht mehr so anziehend finden.«

Mir ist ein bisschen unbehaglich, nachdem Aiko das gesagt hat. Die Gespenster der Zukunft regen sich. Ich spüre, dass es eine freundliche, ordentliche und ruhige Welt gibt, und eine, die vibriert von der Ungewissheit.

»Dann glaubst du nicht, dass wir zusammenbleiben?«

Sie bewegt unmerklich verneinend ihren Kopf. Sie sagt:

»Ich sehe wenig, was dafür spräche.«

Wahrscheinlich hat sie recht, das muss ich zugeben. Aber mein Gefühl sträubt sich dagegen.

Ich bin ein Abkömmling von Bauern, ich vermute, dass diese Abstammung in meiner Genspirale Abdrücke hinterlassen hat. Damit hängt auch zusammen, dass ich die lebenslange Liebe nicht als Inbegriff der Repression begreife. Ich besitze eine gefühlsmäßige Bindung an die Werte der konventionellen Paarbeziehung. Meine Sehnsucht nach einem wilden Leben mit flüchtigen Begegnungen, die ich unbeschwert genieße, ist gleichbedeutend mit dem Wunsch, von mir selber wegzukommen. Daraus erklärt sich, weshalb mir die Trennung von Judith so schwergefallen ist. Ich musste mich nicht nur von Judith trennen, sondern auch von der in mich eingeschriebenen Idee der lebenslangen Liebe. Und diese Idee lebt mit Aiko wieder auf. Mir fallen Dinge ein, die ich in meiner Kindheit gehört habe, dass man mit Geduld durch einen Stein ein Loch bohren kann, wer weiß, wenn ich mich irrsinnig anstrenge, bringe ich vielleicht zusammen, was eigentlich unwahrscheinlich ist. Angenommen mal …

»He, Julian, den Schwachsinn kannst du in der Pfeife rauchen.«

Ende der Vorstellung.

Ich bin geboren im Zeichen des Fisches und des Hundes. Eigentlich bin ich treu. Gleichzeitig ist für einen Hund Herumlaufen sein großes Glück. Ich bin viel in Bewegung, mache mir viel Gedanken, bin immer ein bisschen draußen, immer ein bisschen außerhalb, habe immer ein bisschen das Gefühl, nicht wirklich zu verstehen, was vorgeht. Ich bin viel zu Fuß unterwegs. Wenn ich die Augen schließe, sind meine Schritte der Herzschlag, der meine Gedanken am Leben erhält. Ich habe Freude am Gehen, Freude am Atmen, Freude an dem, was ich wahrnehme.

Heute wüsste ich es im voraus, irgendwann kommt der Punkt mit der Frage: Haben wir jetzt eine Beziehung oder haben wir keine? Ja? Nein? Dann geht es aus dem schwebenden Zustand der Verliebtheit heraus, die Mysterien weichen den Tatsachen, gewisse Zudringlichkeiten des Alltags schieben sich in den Vordergrund. Jetzt gibt es auch wieder Momente, an denen sich etwas festmachen lässt. In der Früh, als ich mich noch einmal umdrehe, obwohl ich schon aufgestanden sein müsste: Jetzt hat mich Aiko angeschaut, wie man jemanden anschaut, den man loswerden will. Wegen einer Banalität. Weil ich mich noch einmal umgedreht habe. Deshalb.

»Gib's zu, du willst mich loswerden.«

»So ein Blödsinn. Wie kannst du mir das zutrauen?«

Sie sagt es, als würde sie es wirklich meinen.

»Also … dann ist's gut.«

Ich stehe mühsam auf.

Und trotzdem: Die Perspektivlosigkeit drückt. Manchmal sind wir wie aufgerieben von der Ungewissheit. Immer öfter reagieren wir gereizt auf Kleinigkeiten, dann bleibt eine unausgesprochene Missstimmung zwischen uns, die noch Stunden später den Gesprächsverlauf beeinflusst. Ich gebe trotzige Antworten. Aiko gibt scharfzüngige Antworten. Das schafft einen Abstand, der langsam wächst. Da wächst etwas und wächst. Das Talent zur Fröhlichkeit, das wir in begrenztem Maß besitzen, liegt für ganze Tage brach. Plötzlich sehnen wir uns nach acht Stunden Schlaf. Und plötzlich wollen wir wieder die Nachrichten sehen und wissen, was in der Welt passiert. Und selten stehen wir unterm Fenster des Schnarchers. Dem Tonfall, in dem wir den Schnarcher *unseren Freund* nennen, fehlt das Unbeschwerte. An vielen, teils schwer greifbaren Einzelheiten ist zu merken, dass sich eine Veränderung vollzogen hat: Die Zeit der Verliebtheit ist vorbei.

Funakoshi, der Begründer des Karate, rät, man solle einen weiten Bogen machen, wenn man an eine Straßenbiegung kommt, man wisse nie, was hinter der Biegung wartet, sorgloses Vorgehen sei die Gewähr für Unheil, wer unvorbereitet das Haus verlasse, bringt sich in Gefahr.

Das entspricht ziemlich genau dem, was einem überall eingeredet wird: Versicherungen sagen, man müsse vorausschauend planen, in Bewerbungsgesprächen wird man gefragt, wo man sich in fünf Jahren sieht. Formulare erkundigen sich: Wo sehen Sie sich in fünf Jahren? In der Schule sagen sie, du musst vorausschauend planen, wer zwei Jahre auf Weltreise geht, dem fehlen diese zwei Jahre bei der Berechnung der Altersbezüge. Selbst die Möbelverkäufer wollen einem einreden, man müsse vorausschauend planen.

Aiko und ich blicken mit Stirnfalten in die Zukunft. Ich frage sie, wo uns der Herbst finden wird. Und wo der Winter. Immer tiefer arbeite ich mich in die Fakten hinein und bin beunruhigt von dem, was ich sehe: Bald wird sich die Kutsche zurück in einen Kürbis verwandeln.

»Die Kutsche ist meine geringste Sorge«, sagt Aiko.

»Aber was mache ich mit einem Kürbis?«, frage ich.

Sie geht nicht darauf ein. Sie erzählt von einem Ex-Freund, dem klügsten Typen, dem sie je begegnet sei, einem Amerikaner. Er habe ihr erzählt, dass er einmal mit acht oder neun an Halloween als Molekül verkleidet gewesen sei. Aiko krümmt sich vor Lachen:

»Als Molekül! Hahaha … es ist so lustig! Und so … so… hoffnungslos!«

Ich liege neben ihr, ihr Lachen mildert nicht mein Gefühl von Verletzbarkeit. Es beschämt mich, Aiko so fröhlich zu sehen und selber außerstande zu sein, einfach mitzulachen. Während sie lacht und weiterredet, zähle ich mir die Unterschiede zwischen uns auf. Ich erschauere innerlich. Julian … das kann nicht von Dauer sein, du musst es dir aus dem Kopf schlagen. *Als Molekül verkleidet … hahaha … es ist so … hoffnungslos!*

»Ich habe gar keine Verwendung für einen Kürbis«, sage ich.

»Alle Feiglinge zur Garderobe!«, sagt Aiko.

Ich strecke mich aus auf ihrem geräumigen Bett, die natürliche Schwerkraft drückt mich in die Kissen, es wirbelt in meinem Kopf.

»Ich bleibe noch«, sage ich.

Vierzehn

Nicki stand meist erst gegen Mittag auf, dann war sie eine Stunde grantig. Was das betrifft, habe ich ein Trauma zurückbehalten, ich könnte nicht mit jemandem zusammensein, der in der Früh ein böses Gesicht macht, das würde ich nicht akzeptieren. Nach dem Aufstehen wanderte sie murrend in einem schmuddeligen Bademantel durch die Wohnung, es war der alte Bademantel ihres Vaters, kackbraun, zu kurz, mit gelblichweißen Rändern und einem komplett ausgefransten Gürtel. Das einzig Schöne daran war, dass man Nickis Dekolleté sah. Die Mulden unterhalb ihres Halses waren so tief, dass darin Hummeln hätten nisten können. In diesem Bademantel setzte sich Nicki in die Küche und aß dort jeden Tag zwei Eier, die sie mit einer Eierzange aufknackte. Ich fand das Geräusch furchtbar. Danach putzte sie sich eine Viertelstunde lang elektrisch die Zähne. Das Surren der elektrischen Zahnbürste, dem ein hochfrequentes Pfeifen beigemischt war, vertrug ich ebenfalls nicht.

Wenn ich jemandem nicht mehr zusehen kann, wie er seinen Löffel hält, ist das ein schlechtes Zeichen. Dann hilft alles nichts mehr. So war es mit Judith in den letzten Wochen unserer Beziehung gewesen, da hatte sie mich allein durch die Art, wie sie gegessen hatte, gegen sich aufgebracht. Zwischen Nicki und mir hatte sich etwas Ähnliches eingeschlichen, und es war klar, dass wir nicht länger als nötig zusammenwohnen würden. Hätte ich mir in dem betreffenden Jahr einen weiteren Umzug leisten können, wäre ich weniger geduldig gewesen in meinem Bemühen, mit ihr auszukommen.

Es gab weiterhin nette Momente zwischen uns, völlig willkürlich: dass Nicki zu mir ins Zimmer kam und mich um Rat fragte. Zwischendurch ließ sie großzügig etwas sehen, keine Ahnung, kam nackt oder nur im Slip in die Küche. Am Anfang beeindruckte mich das noch, dann nicht mehr. Und auch ein gelegentlicher Gedankenaustausch zwischen uns fand statt. Aber die Grundtendenz blieb, dass wir mehr und mehr zur Kürze neigten. Immer öfter beendete das Klingeln von Nickis Telefon unsere Unterhaltung mitten im Satz. Sie ging hinaus, schloss hinter sich die Tür. Dann zog ich mich ebenfalls zurück, in mein Zimmer, und Nicki kam aus ihrem Zimmer sofort wieder heraus und legte sich im Wohnzimmer auf die Couch. Das Wohnzimmer trug längst keinerlei Spuren mehr von meiner Anwesenheit. Fehlte nur, dass ich mich auch in meinem Zimmer unerwünscht fühlte.

Dabei hatten Nicki und ich kein einziges Mal gestritten, nur immer weniger miteinander geredet. Das Backrohr hatte in der ersten Zeit ich geputzt, obwohl ich im Gegensatz zu Nicki Backpapier verwendete. Den Kunststoffmüll hatte ich entsorgt, aber dann wollte ich nicht länger für Nicki den Handlanger machen. Mittlerweile füllte sich der zweite Sack mit Flaschen und Bechern, und ich wartete ab.

Richtig unangenehm war die Auseinandersetzung um die Wäsche. Zuerst hatte einfach jeder die gemeinsame Wäsche aus dem Wäschekorb genommen und gewaschen. Von einem Tag auf den anderen wusch Nicki meine Wäsche nicht mehr, ich jedoch weiterhin ihre, weil ich mir sagte, ich werde jetzt nicht kindisch sein. Da schickte sie mir eine SMS, ich solle mich unterstehen, ihre Wäsche noch einmal anzurühren. Drei Rufezeichen. Seither gab es einen albernen Kampf um die Waschmaschine: Nicki blockierte sie, indem sie ihre nasse Wäsche tagelang in der Trommel liegen ließ, ich nahm ihre Wäsche heraus und wusch meine eigene, das veranlasste Nicki, meine Wäsche herauszuwerfen und ihre wieder hineinzugeben. Mit dem Wäscheständer verhielt es sich ähnlich. Nicki hängte ihre Wäsche auf und ließ sie tagelang hängen, ich nahm ihre herunter und legte sie auf einen Haufen, daraufhin warf Nicki meine Wäsche herunter, noch bevor sie trocken war: eine sinnlose Geschichte.

Meinen Vorschlag, einen Waschplan zu erstellen, lehnte Nicki ebenso ab wie den kleinstmöglichen Kompromiss: dass sie mir den Donnerstagvormittag zugestand.

»Warum nicht?«

»Ich mag keine unnötigen Umstände.«

Ich versuchte, ihr plausibel zu machen, dass ein Zusammenwohnen so nicht funktionieren könne. Da bat sie mich, ihr zu erklären, was mein Problem sei, sie habe es nicht verstanden. Ich sagte, dass nicht ich ein Problem hätte, sondern sie. Das bestritt sie, lachte sogar, sie hätte überhaupt kein Problem, wie ich darauf käme, sie kriege lediglich Gänsehaut von der Atmosphäre, die ich verbreite. Ich? Ich sei doch fast nie zu Hause, und wenn ich mich zufällig hierher verirrte, wolle ich nur meine Wäsche waschen und etwas aus dem Kühlschrank nehmen, sie habe offenbar nicht alle Tassen im Schrank.

»Lass es dir bloß nicht einfallen, mich zu beschimpfen«, sagte sie.

»Was beschimpfen? Sieh doch bitte ein, dass ich meine

Arbeitskleidung waschen muss und meine Karatekleidung. Ich kann doch nicht herumrennen, als hätte ich auf den verdammten Kohlensäcken geschlafen, das muss auch dir einleuchten.«

»Und belehren lasse ich mich auch nicht von so einem Sonderling wie dir.«

»Was Sonderling?! Du hast sie wohl nicht alle?«

Es ging ein regelrechter Ausdruck der Qual über ihr Gesicht.

»Du siehst sogar aus wie ein Sonderling.«

»Nämlich?«

»Wie ein Sonderling. Schau in den Spiegel.«

Mit diesen Worten legte sie sich auf die Couch und beobachtete mich streng. Als ich nichts erwiderte, zog sich der Ausdruck des Irrsinns nach innen zurück, und sie sagte versöhnlich:

»Also hören wir auf damit.«

Ich war fassungslos, auch zornig, wusste aber, dass es mir nicht weiterhelfen würde, wenn ich Nicki sagte, was ich von dem Ganzen hielt. Sie würde nicht nachgeben und sich nur immer weiter verrennen. Deshalb beschloss ich, Tibors neuerliche Einladung aufs Land anzunehmen, vielleicht half das, die häusliche Atmosphäre zu entspannen. Ich sagte es Nicki. Da besserte sich ihre Laune sofort, und am Abend steckte sie mir einen Stein in die Jackentasche, das sei, damit ich ausgeglichener würde. Ich bedankte mich, na, meinetwegen, soll sie den Unfug glauben, den sie im Kopf hat, das ist ihr Privileg.

Claudi holte mich Samstag früh ab. Ihr hellblauer Kleinwagen parkte in zweiter Spur. Sie selber stand telefonierend
am Gehsteig, sie beendete das Telefonat sofort, als ich aus dem
Haustor trat. Obwohl ich mir die Zähne geputzt hatte, hatte
ich einen Geschmack wie Hundepisse im Mund, deshalb gab
ich Claudi lediglich die Hand, das machte sie verlegen, denn
sie hätte mich links und rechts küssen wollen. Trotz der frühen Stunde war sie stark geschminkt. Am Abend sagte mir
Tibor, die Farbe habe sich Claudi aus Verunsicherung aufge-
legt, weil er ihr gegenüber eine Bemerkung über Sabines Aussehen gemacht habe: wie gut Sabine ausschaue. Sabine und
Karl saßen auf dem Rücksitz, Sabine mit schlechter Laune.
Den Kopf in Karls Schoß, schlief sie fast während der ganzen
Fahrt, schmallippig, blasses Gesicht, Schatten unter den Augen, als litte sie Hunger. Aus Rücksicht auf Sabine sagte Karl
während anderthalb Stunden kaum ein Wort, Claudi und ich
unterhielten uns fallweise.

Das hingewalzte Band der Straße führt bekanntlich über
vielerlei Knoten überallhin, wo nicht Berg oder Meer im
Wege stehen. Wir entschieden uns für die Route über den
Gürtel zur Donauufer-Autobahn, hier zeigte mir Claudi, dass
ihre Netzstrumpfhose am linken Oberschenkel, ziemlich
weit oben, ein Loch hatte. Total sinnlos.

»Sehr schön«, sagte ich, »wie ein offenes Fenster.«

Sie nickte, nachdem ich das gesagt hatte.

Ich fühlte mich ihr gegenüber befangen, weil ich wusste,
dass Tibor sich von ihr trennen wollte und dass er vorerst nur
deshalb davon absah, weil ihm nicht nach etwas Neuem war,
Stichwort: Kindheitsgeschichte. Vor diesem Hintergrund
wirkten meine Fragen, die ich mit freundlichem Interesse

stellte, künstlich, aber Claudi schien es nicht zu beachten … wie es ihr gehe und was sie die ganze Zeit treibe und ob sie sich ausreichend durch den Sommer wehen lasse undsoweiter. Sie klärte mich auf, dass ihr Volontariat zu Ende sei und sie am Vortag Bewerbungen habe schreiben wollen, es sei aber nur Wischiwaschi dabei herausgekommen. Sie sagte:

»Ich hätte gerne etwas Wesentliches über mich gesagt, ich wäre gerne auf den Punkt gekommen, damit klar ist, wer ich bin. Aber ich bin offenbar komplett hilflos. Das ist frustrierend.«

»So einfach ist das halt nicht, etwas Wesentliches über sich zu sagen. Glaubst du, andere können das?«, fragte ich.

»Stimmt, vielleicht können es andere auch nicht.«

Darüber, dass es zwischen Tibor und ihr Probleme gab, verlor sie kein Wort, im Grunde war mir das recht, denn die Probleme der anderen berührten mich nur von fern, ich hatte genug eigene. Claudi fragte, wie es Judith gehe. Ich sagte, dass ich es nicht wisse, Judith sei zu einem eher gleichgültigen Thema geworden.

»Schade, ihr wart so ein nettes Paar.«

»Das höre ich zum zehnten Mal.«

Von der Autobahn fuhren wir auf eine Schnellstraße, es ging Richtung Norden. Das Land war von Licht getränkt, verschmolz mit dem Hintergrund, alles zerrann, nichts war richtig festzuhalten, weder der Mann auf dem Feld noch die Frau auf dem Fahrrad, die sich von ihrem Hund ziehen ließ. Immer wieder brummten große, dunkle Geländewagen an uns vorbei. Ich sagte zu Claudi, es sei wie in der *Rocky Horror Picture Show*, wo Brad und Janet ständig von Motorradfahrern überholt werden.

»Schon wieder so ein Monsterwagen. Und schon wieder eine Vierzigjährige am Steuer, die heftig telefoniert. Man müsste was erfinden, das die Heftigkeit von Telefongesprächen in Energie umwandelt. Dann wäre die Welt gerettet.«

Aber statt dessen würden wir als Homo petrolensis in die Geschichte eingehen. Da fuhren wir, getrieben von einer unsinnigen Verblendung, getrieben von einem Mangel an Liebe, in schmerzhafter seelischer Dürre, felsenfest überzeugt, dass die Welt immer ein Schlupfloch bieten werde und am Ende nicht die Falschen ersaufen. Der nächste Geländewagen fuhr brummend an uns vorbei, meine düstere Seite imitierte mit der rechten Hand eine Pistole, zielte auf die Reifen und machte puff-puff-Geräusche, zur Hölle mit dem Pack. Und laut sagte ich:

»Alle Menschen auf der Welt sollten so schöne Geländewagen fahren wie die Leute, die mir im Fernsehen mitteilen, dass wir zu viele Ressourcen verbrauchen.«

Claudi fuhr von der Schnellstraße ab. Der Wagen tauchte ein in die warme Suppe des Landlebens. Manchmal musste Claudi den Lichtschutz herunterklappen. Eine Zeitlang kurvten wir durch Dörfer mit S-Bahn-Anschluss, renovierte Höfe, neue Häuser, große Supermärkte mit großen Einkaufswägen, größer als in der Stadt. Die Straße knickte Richtung Westen, dort folgte Dorf auf Dorf. Von hier bezog Wien die Mädchen und Burschen, die alles am Laufen halten, seit Jahrhunderten. Der Straßenbelag wurde strukturschwach, sprich: holprig. Jetzt gab's auch notleidende Häuser, sprich: verfallen. In den Vorgärten nickten meterhohe Sonnenblumen mit riesigen, gedankenlosen Köpfen. Das Denken überlass den Pferden. Wir fuhren vorbei, getragen von Pressluft, durch plötzliche

Kurven. Noch immer wurden wir von Geländewagen überholt, wo sich die Möglichkeit zum Überholen bot. Manchmal sah man einen Geländewagen auf einem Vorplatz stehen, manchmal sah man in das riesige Maul eines geöffneten Kofferraums, einer war mit Lebensmitteln gefüllt, einer mit Malutensilien. Rechts ein bewaldeter Kogel, links ein Acker mit Fasanen.

Weil die Fahrt länger dauerte, als ich gedacht hatte, fragte ich:

»Ist es noch weit?«

»Wir sind fast da.«

Ein vierschrötiger Kirchturm ragte hinter dem Acker hoch, dorthin mussten wir. Dort besaß Tibors Onkel ein Haus.

»Das mit den lindgrünen Fensterläden«, sagte Claudi.

Das Haus kam zwischen den Bäumen in Sicht, es war ein toprenoviertes Bauernhaus, ziemlich groß, vermutlich aus dem 19. Jahrhundert, aber Betten, Badezimmer und Küche aus dem 21. Jahrhundert, das ist die Stimme der Natur. Man muss sich nur die Katzen anschauen, wie sie immer den schönsten und bequemsten Platz ausfindig machen und lieber drei Tage hungern als Futter fressen, das ihnen nicht schmeckt. So verhält sich der Mensch.

Claudi parkte vor der Haustür im grünen Rasen. Ich schüttelte meine Beinmuskeln aus.

Tibor war noch nicht da. Wo steckte die Kanaille? War am Vorabend bestimmt bis spät in der Nacht mit Aiko auf der Terrasse gesessen. Claudi sagte, er müsse den Laptop seines Vaters neu aufsetzen, deshalb komme er erst gegen Mittag,

167

mit dem Auto seiner Mutter. Claudi hatte einen Schlüssel, sie zeigte uns das Haus. In der Diele hingen Diplome des Onkels, Präsident von einem Segelclub, sagte Claudi, verheiratet, dick, rotgesichtig, ein gewissenloser, trottelhafter, idiotischer, degenerierter Angeber. Aber Geld. Die Einrichtung war homogen, keine Ahnung, wo man sich derlei besorgt: alles so, wie sich Wiener eine ländliche Einrichtung vorstellen, alte Bauernschränke, dicke, gemusterte Leinenstoffe als Vorhänge und Polsterüberzüge. Und jede Menge Gmundner Keramik. In allen Räumen roch es leicht nach Desinfektionsmittel. Claudi zeigte uns im oberen Stock das Zimmer, in dem wir schlafen würden, Karl, Sabine und ich: in Stockbetten. Auch dort roch es nach Desinfektionsmittel. Claudi zog im Nebenzimmer, wo sie mit Tibor schlafen würde, ihre Strumpfhose aus. Danach gingen wir in den Keller, da gab's eine Dunkelkammer, eine Bar mit fellbezogenen Hockern und einen gewölbeartigen Gang, der unter dem Garten ins Erdreich führte. Das Gewölbe war irgendwann als Gefängnis genutzt worden, die Gefangenen hatten Dinge in die Ziegelwände eingeritzt, Namen, Kalender, Liebesbeteuerungen, ein Mühlespiel, Judensterne und eine ganze Häuserzeile. Vor einem weiteren Raum sagte Claudi:

»Hier werden die Äpfel gelagert.«

In dem Raum war es stockdunkel. Claudi sagte zu Sabine: »Schau mal hinter die Tür.«

Ich dachte, jetzt will Claudi mit ihren selbstgemachten Marmeladen renommieren. Sabine schaute höflich. Claudi schaltete das Licht ein, und das nächste war ein Schrei, der mich überraschte, weil ich nicht gedacht hätte, dass ein Mensch so laut schreien kann. In dem Raum stand ein ausge-

stopfter Bär mit einem Steirerhut am Kopf, der Steirerhut fiel
auf den ersten Blick aber nicht auf. Die Schnauze des Bären
war schimmlig. Claudi lachte und konnte sich die längste
Zeit nicht mehr beruhigen, während Sabine sich an die Brust
griff.

»Jetzt hab ich fast einen Herzinfarkt bekommen.«

»Ich auch, von dem Schrei«, sagte Karl.

Als Tibor kam, wurden beide Autos unter die wenigen Obst-
bäume gestellt, und während Claudi Birnen abnahm, die sie
dörren wollte, spielten wir anderen Volleyball. Tibor hatte
aus einem Magazin ausgeschnittene Bilder von Wladimir Putin und George W. Bush auf den Volleyball geklebt. Die Bilder
wirbelten und sausten durch die Luft, immer schneller und
schneller in schwindelnder Drehung. *Freiheit ist schön … es
wird etwas Zeit benötigen, das Chaos wiederherzustellen*, zitierte
Tibor George W. Bush. Wir spotteten und lachten, mein Gefühl von Unzugehörigkeit versickerte im löchrigen Nachmittag. Ich war froh, wieder einmal irgendwo dazuzugehören.
Am Ende zeigten die Bilder der Präsidenten stumpfe Nasen
und stumpfe Augen. Und auch der Rasen sah schlecht aus,
handtellergroße Fetzen waren herausgerissen, ich war der einzige, der sich darüber Gedanken machte.

»Was beschäftigt dich der Rasen meines Onkels?«, fragte
Tibor lachend. Ich gab ihm keine Erklärung. In Tibors Leichtlebigkeit steckte eine Schönheit, die mir wirklich gefiel, aber
sie bedrückte mich auch wegen der Hoffnungslosigkeit dahinter, die machte mich fertig.

Am späten Nachmittag, als die Luft brüchig heiß war, gingen wir zum Schwimmen an einen kleinen Fluss. Auf dem Weg dorthin kamen wir an einem großen, staubigen Schweinegehege vorbei, es wuchs dort kein Grashalm, es war brennend heiß, und die dichtbehaarten Schweine lagen eng gedrängt in den wenigen Halbschattenbereichen. Es waren Mangalitzaschweine.

Claudi warf den Volleyball von einer Hand in die andere.

»Ah, wie süß«, sagte sie.

»Mangalitzaschweine, die schmecken lecker«, sagte Tibor, »da würde ich eines nehmen, vorausgesetzt, es ist schon geschlachtet.«

»Aus der Kreuzung des ungarischen Fettschweins mit dem serbischen Sumadiaschwein entstanden«, sagte Karl.

»Wäre interessant zu wissen, was sie mehr suchen, den Schatten oder den Körperkontakt«, sagte Sabine.

»Bin ich froh, dass ich kein Schwein bin, allein wenn ich diesen staubigen, brennend heißen Boden sehe, wird mir schlecht«, sagte ich.

Die Wiesen ringsum waren völlig verdorrt, aber die Weinberge in der Ferne leuchteten grün, beim Hinüberschauen hatte ich ein schwindelähnliches Empfinden der extremen Weite, es sah aus, als sei das Land vom Menschen nur schwach überkrustet.

Wir gingen weiter, Tibor und ich voraus, so kamen wir wieder einmal zum Reden. Die Wiesen unter unseren Füßen knisterten vor Trockenheit. Tibor sagte, dass er was mit Sabine habe und es gerne beenden würde, da die Situation so, wie sie sei, zu viele Probleme mit sich bringe.

»Warum lässt du dich überhaupt auf so was ein?«, fragte ich.

»Um Sex zu haben«, sagte er verächtlich.

»Idiot.«

»Glaub bloß nicht, dass meine Dummheiten etwas mit Dummheit zu tun haben.«

Wir mussten lachen.

»Und jetzt?«, fragte ich.

»Jetzt will sich Sabine von Karl trennen, wegen mir, das imponiert mir natürlich, obwohl's eine Trottelei ist.«

Und dasselbe gefalle ihm an Claudi: dass sie ihn wirklich wolle mit einer Entschlossenheit, die sie in anderen Lebensbereichen vermissen lasse. Er selber wolle Claudi nicht, sie habe nur Selbstbewusstsein, wenn er es ihr verschaffe, es halte keine drei Tage, dann müsse er wieder Aufbauarbeit leisten, das funktioniere auf Dauer nur mit Lügen, die Lügen klängen immer weniger überzeugend, und das steigere den Aufwand. Was für Claudi spreche, sei, dass sie sich dominieren lasse, er sei realistisch genug, um zu wissen, dass die meisten Frauen nicht dominiert werden wollen, Sabine zum Beispiel. Claudi sei nachgiebiger, sie sage selber, sie wundere sich, was sie ihm durchgehen lasse, sie nenne es ihren masochistischen Zug.

»Also, du siehst, es ist ein Murks. Mit Sabine werde ich mich auf gar keinen Fall zusammentun. Warum auch?«

»Bestimmt werdet ihr früher oder später ein Paar«, prophezeite ich.

»Hundertprozentig: nein.«

»Mal sehen …«

»Zwischen Claudi und mir wären wenigstens die Machtverhältnisse klar«, sagte er.

Er erzählte dann noch, dass er und Claudi im Frühling, als sie einander erst seit kurzem gekannt hatten, in Graz gewesen waren, sie hätten im Hotel übernachtet. Auf dem Schreibtisch ihres Zimmers sei ein Kärtchen gestanden: *Familie Stainer*. Claudi sei ganz hingerissen gewesen und habe das Kärtchen mitgenommen, jetzt liege es in einer Blechdose bei ihren Schätzen. Außerdem trage sie die Unterwäsche ihrer Mutter.

»Meine Mitbewohnerin rennt im Morgenmantel ihres Vaters herum.«

»Also nie, nie!! würde ich Kleidung meiner Eltern tragen.«

»Nie!«, sagte auch ich und bekam einen freundschaftlichen Rippenstoß.

»Schön, dass wir uns da einig sind«, sagte Tibor.

Er stattete mir einen komischen Bericht über weitere Eigenheiten Claudis ab, sie singe unter der Dusche, dass es ihm das Hemd hinten hineinziehe, und manchmal schlafe sie mit dem Daumen im Mund.

»Erzähl keine Geschichten!«

»Es stimmt, glaub es.«

Lachend drehte er sich nach Claudi um, die hinter uns herging und den Volleyball warf. Ich dachte, dass Menschengruppen beim Gehen durch die Landschaft immer einen spießigen Eindruck erwecken. Reines Vorurteil. Das einzig Spießige waren die nach der Schnur gezogenen Äcker. Und beklemmend. Aber auch das stellte sich womöglich anders dar, wenn man sicher sein konnte, selber kein bisschen spießig zu sein. Krähen flogen auf in wirrem und ziellosem Durcheinander mit unzufriedenem Krächzen, als könnten sie den Himmel nicht finden.

»Was soll ich mit so einer Frau?«

»Frag mich nicht solche Sachen«, antwortete ich.

Er sagte:

»Na, jedenfalls, ich hab so eine lausige Ahnung …«

Das Schwimmen war herrlich, alle bis auf Sabine gingen sofort ins Wasser. Karl und ich machten es einigen Jugendlichen nach und sprangen von einem Felsen in ein Becken, das tief genug war. Ich spürte physisch, wie angenehm es ist, unter der Oberfläche zu verschwinden, eingepackt in Masse, und dann aufzutauchen, losgelöst in die Sonne zu blinzeln mit dem Gefühl, ein besserer Mensch zu sein.

Ich fand es seltsam, dass man sagt, *ich schwimme*, wenn man sich nicht auskennt. Ich kannte mich ständig nicht aus, aber beim Schwimmen bildete ich mir ein, dass ich die Fähigkeit besaß, mich auszukennen und durchzusetzen.

Später lagen wir im dürren Gras des Ufers, gleich neben den Jugendlichen. Es waren fünf Burschen und fünf Mädchen, alle fünfzehn oder sechzehn. Ich beobachtete die Gruppe, nach einiger Zeit sagte ich mir, noch weniger als ein Mangalitzaschwein möchte ich fünfzehn sein. Obwohl zu zehnt, lag eine jede und ein jeder für sich, alle wirkten grantig, es wurde kaum geredet, nicht gelacht, meistens drückte jeder an seinem Handy herum, nebenher tranken sie Bier aus der Dose, vermutlich warm. Die Mädchen, auch die dünnen, hatten einen Speckbauch, keine Ahnung, warum die jetzt alle einen Bauch hatten. Eines der Mädchen, die Coolste, trug einen hellen, knapp geschnittenen Bikini, der Steg zwischen den Körbchen war breit und hatte Durchbrüche, very sexy, sie trug einen Strohhut, der wie ein Cowboyhut geschnitten war, das erinnerte mich an Aiko. Sofort hatte ich das Gefühl, etwas Wichtiges laufe mir davon. Oder ich liefe davon. Meine

Gedanken waren ganz woanders, dabei redete ich fast ununterbrochen mit Tibor. Viel zu oft schaute ich zu dem Mädchen, gelbe, grüne und rote Flecken wirbelten vor meinen Augen.

Sabine stand auf Kriegsfuß mit allen Insekten. Sie verwendete schon den ganzen Tag Insektenschutz, auch jetzt hatte sie zur Sicherheit zwei Sprüher dabei, obwohl es kaum Mücken gab, nur eine, von der Sabine gestochen worden war, wie sie behauptete. Bei jedem Schmetterling fuchtelte sie herum, bei jeder Wespe schimpfte sie und rannte davon. Sie redete viel darüber, sie sagte, sie fühle sich von den Insekten vereinnahmt, die würden einfach über sie verfügen wollen. Mir war das unangenehm. Aber ich selber hatte in den Augen der anderen ebenfalls einen Tick: mit der Sonne. Obwohl ich in diesem Jahr braun war wie seit der Schulzeit nicht mehr, schmierte ich mich nach jedem Schwimmen neu ein. Die Sonne machte mir Angst. Am liebsten hätte ich mich in den Schatten gesetzt.

Karl, der ein Naturbursch war und dessen Nase sich schälte, beruhigte mich:

»Nach siebzehn Uhr ist die Sonne nicht mehr so aggressiv.«

Das Wort aggressiv weckte meine Phantasie, ich stellte mir vor, dass die Sonne ein böses Gesicht machte, um mich einzuschüchtern, und dass ich versuchte, ruhig zu bleiben und die Sonne zu ignorieren, sie mich aber weiterhin reizte.

»Die Sonne ist nur tagsüber böse«, sagte ich.

»Ein Nachtmensch wie ich«, sagte Tibor. Sabine lachte. Und Claudi rückte näher zu ihm hin und lehnte sich an seine Schulter.

Genaugenommen waren wir nicht fröhlicher als die Jugendlichen. Vielleicht gab es auch zwischen den Jugendlichen Verstrickungen, Neid, Rivalität, Zurückweisung, Schüchternheit, Angst, Betrug und Verrat. Vielleicht waren deshalb alle grantig. Wir Älteren waren zu fünft, die Jugendlichen zu zehnt, unsere Gruppe war überschaubar, trotzdem geprägt von Unschärfen, Geheimnissen und Befangenheit. Wir alle hätten gern bessere Freunde gehabt, aber dieser Mangel schien nicht behebbar zu sein, es war wie seit eh und je. Der innerste Kern der menschlichen Beziehungen wurde vom Gegenwärtigen nicht erreicht, keine UVB-Strahlung drang dorthin, keine Luftverschmutzung, kein wissenschaftlicher Fortschritt, kein Klavierspiel und kein Handysignal, die Sache war kompliziert wie seit Caesars Zeiten: Freundschaften, Beziehungen, das härteste Geschäft der Welt, dasjenige, das die meisten Todesopfer fordert. Deshalb misstrauten wir einander, deshalb gaben wir uns nicht preis.

Als wir gerade aufbrechen wollten, kam das Mädchen mit dem Cowboystrohhut und dem Leck-mich-am-Arsch-Ausdruck im Gesicht, sie fragte, ob sie den Volleyball ausleihen dürfe.

»Für eine Viertelstunde«, sagte Claudi, »wir gehen bald.«

Die Jugendlichen spielten wortlos und ohne Ehrgeiz, die Burschen, im Versuch, sich auf eine bestimmte Art zu bewegen, waren tolpatschig wie Bären. In fünf Jahren würden sie hoffentlich reden und lachen und sich ins Zeug legen und natürlicher sein. Coolness in diesem Alter tut richtig weh.

Das Mädchen mit dem Cowboystrohhut lief rückwärts einem Ball entgegen, in die leere Seite der Landschaft hinein. Sie stieß den Ball mit beiden Händen nach vorn, die Gesichter der Präsidenten Bush und Putin drehten sich im grellen Sonnenlicht und vermischten sich zu einem einzigen Gesicht, zu einem einzigen Gefühl der Absurdität. Und Tibor sagte:

»Gefällt dir die Kleine?«

Ich hatte die Sonne mit den vor der Stirn verschränkten Unterarmen abgeschirmt, ich nahm die Arme herunter und blickte zu Tibor hin, zuerst wollte ich mich dumm stellen, zuckte dann aber die Achseln. Dass ich das Mädchen ansah und dabei an Aiko dachte, wollte ich nicht zugeben.

»Die ist mir zu jung«, sagte ich.

Er schaute mich erstaunt an, dann brach er in Lachen aus.

»Was für Frauen gefallen dir?«, fragte er in einem Ton, als tue ihm meine Unvernunft leid.

»Na ja … solche, die überall mitmachen … und anpacken und nicht zickig sind … solche wie Claudi«, sagte ich. Da schwieg er zunächst, ehe er brummte:

»Dann hättest du bei Judith bleiben sollen.«

»Kann eh sein.«

Am Abend waren unsere Haare aufgeplustert vom Schwimmen, nur Sabines Frisur war gleich wie davor, und sie hatte noch immer ihre Hungerschatten unter den Augen. Sie entschuldigte sich, dass sie nicht beim Kochen helfe, sie redete sich darauf hinaus, dass zu viele Köche den Brei undsoweiter, es war ein erster Versuch, sich mit Tibor für eine Viertelstunde zu verdrücken. Es funktionierte nicht. Ständig musste etwas von der Küche in den Garten getragen werden, und die männliche Solidarität war weit genug untergraben, dass ich mich nicht verpflichtet fühlte, Tibor ein Alibi zu verschaffen.

Ich weigerte mich. Was will er denn, dieser Depp? Sabine warf ihren Zigarettenstummel mit einer frustrierten Bewegung in den Blumengarten.

»Lasst mich in Ruhe damit«, sagte ich: »Ihr seid ja nicht ganz dicht unter euren Mützen.«

Also saßen wir in der Pergola unter Laubwerk, dunkle Schoten hingen über unseren Köpfen. Tibor und Sabine wurden immer verrückter nacheinander, ohne dass absehbar war, wann und wie sie sich abreagieren konnten. Am ehesten spät in der Nacht mit ihren Partnern. Wenn überhaupt. Das erfüllte mich mit einer grimmigen Schadenfreude. Die fernen Hügel rutschten der Sonne hinterher unter den Horizont. Für einige Zeit sah man über dem Garten Schwalben herumschießen, bis der Mond sie vertrieb. Das Mondlicht hatte eine flüssig wirkende Konsistenz, die den Oberflächen eine seltsame Feuchte verlieh. Sabine trank zu viel, Tibors Späße wurden immer ungehobelter, dadurch blieb die Stimmung heiter. Karl saß dabei, als sei nichts, wiederholt lachte er vergnügt, ich konnte in seinen Augen die Erleichterung sehen. Selber war ich Mitläufer und Notlösung, je nachdem, mit wem ich gerade redete. Aber das wirklich Schlimme war, dass ich es nicht schaffte, locker zu sein, einfach ebenfalls zu lachen, ehrlich zu sein. Ich wusste nicht, was ich dagegen machen konnte, ich stand mir schon wieder selber im Weg und fand keinen Weg vorbei.

Es gab die üblichen Suaden über Studium, Eltern, Sex, Leid in der Schule, Geldverdienen und Lebenskunde: No risk, no fun ... bloß nicht 08/15. – Endlos wiederholte Phrasen und kindisches Gestammel. Mir passte gar nichts.

»Ich werde nie erwachsen!«, sagte Tibor.

Sabine:

»Als zehnjähriges Mädchen habe ich stundenlang die Hände gegen die flache Brust gepresst, damit dort kein Busen wächst.«

Karl, der die Geschichte schon kannte, sagte:

»Wir sehen erleichtert, dass es nicht geholfen hat.«

Claudi hatte ihr Make-up aufgefrischt, sie schritt stolz, ein Tablett mit Drinks balancierend, zu uns her. Mit einem Knacken brach ein Eiswürfel auseinander und hallte im Glas.

»Was hat nicht geholfen?«, fragte sie.

»Die Revolution«, sagte Sabine mit seltsam eindringlicher Stimme: »Wir reden über Leute, die 08/15 sind.«

»Ach, so ...«, sagte Claudi.

Und dazu hörten wir Musik, Gustav, *Rettet die Wale*, ein Stück, das damals ganz neu war und zu dem Gespräch passte auf eine verdrechselte Art: *vergeudet eure Jugend ... bittet selten um Verzeihung ... macht Liebe jeden Tag.* Alle fünfzehn Minuten hallten Glockenschläge von der nahen Dorfkirche herüber, die Stimme der Sängerin hatte einen ähnlich klaren Klang. Und drinnen in der Kirche fielen die Engel von der Decke wegen Wurmfraß. Und aus der Ferne vernahm ich ein regelmäßiges Pochen wie Trommelgeräusch. Das Zwergflusspferd schritt über einen Hügelkamm, darüber zogen vom Mondlicht beschienene dreckige Schwaden aus Abgasen, ich rannte dem Zwergflusspferd hinterher, ich hielt mich dicht in seinem Rücken, es begann zu traben, dann galoppierte es, ich rannte schneller und schneller, die Klauen des Zwergflusspferdes wirbelten Funken auf, Feuer stob aus seinen Nüstern, ich träumte mich dem Tier hinterher in mein inneres Ausland, zur Hölle mit allem und jedem.

Vor dem Schlafengehen sprühte Tibor mit Claudis Haarspray in die Motorräume der Wagen, damit nicht die Marder wieder die Kabel durchbissen, wie er sagte. Eine Eule kreischte. Ich hielt die Taschenlampe.

»Ein Motorraum bei Nacht ist mysteriös«, sagte ich.

Für einige Minuten standen wir noch draußen. Noch einmal hörten wir das Kreischen der Eule. Tibor redete über die Sterne, die aussähen, als seien sie lebendig, da mochte ich ihn wieder.

Am Morgen klaute ich die Sonntagszeitungen. Zum Frühstück gab es Toast. Ich aß viele Scheiben mit Butter. Claudi staunte, wie viel ich essen konnte. Toast hatte ich damals noch nicht oft gegessen, weil es zu Hause keinen Toaster gab. Nach dem Frühstück spielten wir Volleyball, bis Karl genug hatte und sich mit einer Zeitung ins Wohnzimmer legte. Claudi räumte die Küche auf. Jetzt witterten Tibor und Sabine ihre Chance. Tibor sagte, wenn jemand nach ihnen frage, solle ich behaupten, sie seien zur Tankstelle gegangen, um Zigaretten zu holen und weil's dort den besseren Handyempfang gibt, sie seien in zehn Minuten zurück. Meine Zustimmung wartete er nicht ab, er setzte auf meine Einsicht, dass auch ich weniger Schmutz an den Ärmel bekam, wenn ich den Abstecher deckte. Sie gingen davon. Die Kaltschnäuzigkeit der beiden war beeindruckend. Nach zwanzig Minuten kamen sie zurück, niemand hatte etwas bemerkt, das Experiment, in fiebriger Nervosität begonnen, endete glücklich, wenn man es glücklich nennen will, das Tier war befriedigt und schwieg. Und dass der Rest des Aufenthalts aus Heuchelei bestand, spielte eine untergeordnete Rolle, es war etwas Dunkles in

den Tag gekommen, das nicht vom Wetter herrührte. Als wir
endlich aufbrachen, war ich froh.

Kurz vor der Abfahrt bekam Tibor doch noch ein schlechtes Gewissen, er versuchte, einige der herausgerissenen Rasen-
stücke in die Löcher zu drücken, anschließend spritzte er mit
dem Schlauch minutenlang über den Vorgarten.

Die andern fuhren mit Tibor, ich mit Claudi. Den ganzen
Müll inklusive Flaschen, Dosen und Papier hatten Tibor und
Claudi in einen Müllsack gestopft, und Claudi schmiss ihn
nach einigen Kilometern in eine an der Straße stehende Ton-
ne. Ich fand das befremdend. Claudi berichtete von ihrem
Horoskop, das sie in der Zeitung gelesen hatte, sie sagte, dass
Horoskope stimmen, aber oft erst zeitverzögert. Sie sagte, sie
wolle bald weg aus der Stadt, sie würde gerne auf dem Land
leben, das sei erstaunlich für jemanden, in dessen Kindheit
die Gärten radioaktiv gewesen sind, bei ihr zu Hause sei sogar
der Sand aus der Sandkiste entfernt worden, genaugenommen habe eine Stadt viele Vorteile, nur glücklich sei sie dort
nicht, aber für den, der sich darauf verstehe, biete das Leben
in der Stadt bestimmt wunderbare Möglichkeiten.

Ich war nicht gerade stolz auf das, was sich zugetragen hatte, taugte auch schlecht zum Mitwisser, deshalb fing ich an,
das Thema zu umkreisen. Ich fragte Claudi, ob sie und Tibor
Pläne für die Zukunft hätten. Sie sagte, für die allernächste
Zukunft, ja, Tibor habe vor drei Tagen seinen Tischfußball-
kasten in ihre Wohnung transportiert, daraus ziehe sie den
Schluss, dass sie zu Weihnachten noch zusammen sein werden. Die Hälfte der gedörrten Birnen bekomme Tibors Mutter, das schien ihr ebenfalls wesentlich. Mich selber machte

die Geringfügigkeit dieser Anhaltspunkte betroffen. Ich fragte, ob Claudi glaube, dass Tibor der Richtige sei. Das bejahte sie mit Nachdruck. Ich sagte:

»Mir ist vorgekommen, er hat Sabine angemacht.«

Claudi schaute mich vorwurfsvoll an.

»Sabine ist großartig, ich würde sie ebenfalls anmachen, und es wundert mich, dass du sie nicht auch angemacht hast.«

Die Argumentation hatte etwas Entwaffnendes. Für einen Augenblick fragte ich mich, ob ich einen mentalen Defekt hatte, dass ich schon wieder nicht dazugehörte.

»Um ehrlich zu sein, von dem Standpunkt habe ich's noch nicht betrachtet.«

Ein zufriedenes Lächeln huschte über Claudis Gesicht, ich musste an ihre Eigenheiten denken, von denen mir Tibor erzählt hatte. Sie sagte, sie habe im vergangenen Jahr bestimmt dreißig verdammte Verabredungen gehabt, sie habe es satt, mit Idioten ins Bett zu gehen, sie wolle endlich eine beständige Beziehung. Und obwohl es nicht lange her war, dass ich mich nach Abwechslung gesehnt hatte, konnte ich ihren Wunsch nachempfinden, und das sagte ich ihr auch.

Wir sahen unendlich viele Hasen auf den abgeernteten Äckern, ich nahm die Hasen wie im Dämmer wahr. Und auch die dunklen Großraumwagen und Jeeps, die uns überholten, registrierte ich wie im Dämmer, es mussten Hunderte sein, Tausende, als zögen sie in den Krieg. Ich konnte nicht glauben, dass es Menschen gab, die unter diesem Anblick nicht litten. Bald würde die Erde ausgesaugt sein, man hörte das Gurgeln am Grund, ich wollte nicht dafür aufkommen müssen. Doch auch bei mir hörte ich das Gurgeln am Grund. Die Welt hatte sich einmal gedreht.

Fünfzehn

Das Wetter bot keine Besonderheiten, man würde annehmen, dass während so schöner Spätsommertage alle etwas Besseres zu tun haben, als Kinder umzubringen. Die bestimmenden Hochdruckgebiete trugen die Namen *Klaus* und *Lasse*, hätten auch *Ruslan* und *Saurbek* heißen können. Das Wetter hatte sich mit niemandem abgesprochen. In der Karibik wütete *Frances*.

Am 1. September begann in Russland die Schule, es war der *Tag des Wissens*, er fiel auf einen Mittwoch. Alle waren sonntäglich gekleidet, gewaschen, gekämmt, alle freuten sich, einander nach Monaten wiederzusehen. Es wurden Blumen gebracht, Gedichte aufgesagt, Lieder gesungen. Jetzt würde den Kindern wieder Woche für Woche Wissen vermittelt, auf dass sie zu schönen Menschen heranwuchsen und irgendwann auf eigenen Füßen stehen konnten. Wissen und Fähigkeiten ... Schulen sind keine beliebigen dummen Einrichtungen, sie sind etwas Heiliges, heiliger als Kirchen, Moscheen und Tempel.

An diesem *Tag des Wissens* in einer unbekannten kleinen Stadt in einem unbekannten kleinen Land am Fuße eines großen Gebirges rasten zwei Militärlastwägen und ein Kleinwagen auf einen blassblau eingezäunten Schulhof. Die Stadt hieß Beslan, das Land Nordossetien, das Gebirge Großer Kaukasus. Und auch die blassblau eingezäunte Schule hatte einen Namen: *Nr. 1*. Ihr Wahrspruch war von Alexander Puschkin:

Die Selbständigkeit des Menschen ist das Unterpfand seiner Größe.

Von den Militärlastwägen sprangen schwarzgekleidete Menschen herunter, die sich riesengroß vorkamen von den ideologischen Stelzen, die sie sich unter die Füße gebunden hatten, RIESIG, ihre Gesichter waren schmutzig, aber ihre Waffen waren geputzt, das sagte eigentlich alles. Sie erschossen die zwei anwesenden Polizisten, die übrigen Anwesenden wurden als Geiseln genommen: Männer, Frauen, Lehrerinnen, Lehrer, Schülerinnen, Schüler, Kinder und Säuglinge. Die Geiseln wurden in die Turnhalle getrieben, die Turnhalle mit Minen und Sprengfallen versehen: Nicht einmal Wahnsinnige machen so etwas, nur Blutsäufer.

Als ich in den Nachrichten davon hörte, hatte ich das Gefühl, dass etwas in meine Nähe gekommen war, so mächtig, abscheulich und stinkend, dass sich sogar die Engel im Himmel die Nasen zuhielten. Nie hätte ich gedacht, dass es so etwas gibt, ich war wie an der Gurgel gepackt. Zu Aiko sagte ich, Menschen, die so etwas anfangen, sind bis ins Innerste verrottet, egal, was sie als Rechtfertigung vorbringen. Aiko schaute sich die nächsten Nachrichten an, wir waren beide bleich. Man sah entsetzte Gesichter, aufgeschwemmt von Angst, starr von unterdrückter Panik. Man sah abgebrühte, nervöse Gesichter, die Backenknochen eckig von der Anspannung. Es hieß, die Leichen der ersten Ermordeten seien aus einem Fenster des oberen Stockes geworfen worden, vermutlich, damit *die Sache* mehr Aufmerksamkeit bekam. Und die Nachricht wurde der Welt zugestellt. Und auch die Forderungen der Mörder wurden der Welt zugestellt. Forderungen, das verlangt die Verbrechenstradition, es war aber klar, dass die

Forderungen nicht erfüllt werden konnten, eine Totgeburt von Anfang an, mehr brachten diese Menschen nicht zustande, nur Totgeburten. Und Aiko sagte, solche Menschen seien der Grund, weshalb es sie nicht störe, wenn jemand sie egoistisch nenne, es gebe einen Schlag Menschen, der rede nie von sich, immer von *wir*, immer weniger Menschen seien bereit, für das, was sie sagen und tun, mit dem eigenen Namen einzutreten. Das Gute an Egoisten sei, dass sie im eigenen Namen reden, Egoisten würden nicht so viele Phrasen dreschen, sie selber sei gerne egoistisch.

Die Nachrichten waren vorbei, ich schluckte sie hinunter und ging hinaus auf die Terrasse. Das Zwergflusspferd ließ gerade sein ausladendes Hinterteil fallen, es rollte sich auf die Seite, rieb die Hinterbeine aneinander und stieß ein Geräusch des Wohlbehagens aus. Bis auf gelegentliche leichte Bewegungen der struppigen Ohren blieb das Gesicht des Zwergflusspferdes für die nächsten Minuten still, es schloss die Augen, und ich stellte mir vor, dass es von Abenteuern träumte, in denen es ihm gelang, dreißig Minuten lang zu tauchen.

Zwei Mädchen, das eine im Kindergartenalter, das andere einen halben Kopf größer, hatten die Nachbarsgärten geplündert und warfen Blumen über den Zaun. Das Zwergflusspferd rührte sich nicht, seine Tage waren unerklärlich lang. Ich dachte an die Fernsehnachrichten, deshalb ging ich hinaus auf die Straße, um die Mädchen zu fragen, ob sie das Zwergflusspferd aus der Nähe sehen wollten, es liege faul in der Sonne, es sei ein großer Faulpelz. Die Mädchen waren dunkelhaarig und dünn wie Zahnstocher, sie wurden ganz nervös und zupften an ihren Haaren, ich sah die Schüchternheit der Körper und die Neugier der Augen. Ich sagte »na los!« und drehte mich um, ich wusste, dass die Mädchen nicht widerstehen konnten. Sie folgten mir in die Wildnis des Gartens, mit scheuer Ungelenkigkeit, sich gegenseitig anrempelnd. In der Absicht, ihnen die Nervosität zu nehmen, fragte ich, ob sie schon in die Schule gingen, die Größere sagte ja, und auch die Kleinere sagte ja, aber die Größere bezichtigte sie der Lüge.

»Aber ich komme in die Schule«, sagte die Kleine empört und drückte an einem wackelnden Vorderzahn herum.

»Am Montag?«, fragte ich.

»Ja«, sagte sie erfreut.

»Das stimmt nicht«, sagte die andere und warf verächtlich das böse Wort hin:

»Kindergarten!«

»Dumme Schule«, sagte die Kleine trotzig, »dort bekommt man einen Stempel auf die Stirn.«

»Wer behauptet das?«

Sie zeigte auf das andere Mädchen, das unbeteiligt mit seinem Armband aus farbigen, augapfelgroßen Holzkugeln klapperte.

Ein Wolkenschatten wand sich schlangengleich über die Dächer der Siedlung und glitt über die Rasenflächen, den Teich und die Bäume. Dann flirrte wieder das Licht im Kirschbaum, auf dessen Blättern bereits die ersten Farben glommen. Von irgendwoher führte der Wind einen brenzligen Geruch nach gegrilltem Fett heran.

Nach einer gründlichen Rundschau, mit der sie etwaige Gefahren abschätzen wollten, folgten mir die Mädchen zum Zaun des Geheges. Die beiden waren wirklich sehr nett, Haus

und Garten kamen mir gleich freundlicher vor, die Lebendigkeit der Mädchen färbte auf alles ab, auch auf mich, sie blieben immer ganz in meiner Nähe, es hätte mich nicht überrascht, wenn eine sich an meinem Hosenbein festgehalten
hätte.

»Schnarcht es?«, fragte die Kleine.

Das Zwergflusspferd lag weiterhin auf den Steinfliesen,
die im Süden und Westen des Teiches die Fläche zur Terrasse
bedeckten, einen Ausdruck eintöniger Verdrießlichkeit im
Gesicht, dieses zugeknöpfte Tier.

»Nein, nicht sehr«, gab ich zur Antwort: »Also, nicht dass
ich wüsste.«

»Weil mein Hamster schnarcht«, sagte sie: »Manchmal
schnarcht er so laut, dass ich nicht schlafen kann.«

»Das behauptet sie nur, damit sie zu Mama und Papa ins
Bett kriechen darf. Aber Mama und Papa mögen es nicht.
Und ich mag es auch nicht.«

Die beiden waren nahe daran, dass sie zu streiten anfingen, es wechselten einige *Stimmt-nicht* und *Stimmt-doch*. Auch
den Namen des Hamsters erfuhr ich: *Hansi*. Zum Glück stand
das Zwergflusspferd auf. Nachdem es in die Luft geschnuppert hatte, als sei es gerade aus dem Gestrüpp gekrochen und
an das Ufer des Mane-Flusses getreten, öffnete es in unnach-
ahmlicher Manier sein Maul, das so überhaupt nichts Zwer-
genhaftes hatte. Man hätte einen Medizinball hineinlegen
können, zwischen die riesigen, spitzen Hauer. Der Anblick
flößte den Mädchen kein Vertrauen ein, sie wurden rot vor
Aufregung und rückten wieder enger zusammen.

»Ist es gefährlich?«, fragte die Große. Sie war sichtlich beeindruckt.

»Es stinkt so sehr aus dem Maul, dass man in Ohnmacht fällt, wenn man ihm zu nahe kommt«, gab ich zur Antwort. Das brachte die beiden zum Lachen, ihre kleinen Körper wackelten, drei Sekunden oder zehn Sekunden, es kam mir endlos vor, aus der Zeit gehobene Augenblicke einer sich selbst genügenden Wirklichkeit.

In der Stille nach dem kleinen Heiterkeitsausbruch dachte ich an meinen ersten Schultag. Ich erinnerte mich an den Putzmittelgeruch in der Aula und an die immens breite Treppe und daran, dass zwei der schüchternen Buben geweint hatten, als endlich alle in den Bänken saßen, vor allem der kleine Dicke. Der kleine Dicke behauptete sich fest in der Tiefe meines Gedächtnisses: das war ich. Für einen Moment war die Trennlinie zwischen den Mädchen und mir nur vage und verschwommen, eigentlich nicht vorhanden. Ich mochte die beiden, irgendwann wollte ich eigene Kinder, das war klar. Aber sie machten mir auch Angst, nicht umsonst waren in Horrorfilmen oft Kinder vom Bösen bewohnt, wenn auch bestimmt nicht die beiden Kleinen hier neben mir. Und auch das Zwergflusspferd grunzte, als wolle es mich mit seinem Grunzen besänftigen. Ich wischte meine Gedanken beiseite. Das Sonnenlicht wogte prickelnd über unsere Gesichter, flirrte im Wasser, ein warmer Wind wehte uns an, sanft wie der Atem der Mutter. Das Zwergflusspferd schob seinen massigen Körper zum Teich, ließ sich ins Wasser plumpsen, Wellen schwappten ans Ufer.

»Da drinnen ist ein Hecht«, sagte ich zu den Mädchen, »aber man sieht ihn nicht. Er ernährt sich von Fröschen. Habt ihr im Frühling das Quaken der Frösche gehört?«

Die beiden schauten einander fragend an, dann nickten

sie. Ich versprach ihnen, wenn sie ein Lied sängen, käme das
Zwergflusspferd wieder an die Oberfläche, sonst erst in dreißig Minuten. Im nächsten Augenblick ertönte aus der Entfernung Namenrufen, ich verstand nur die a-Vokale am Ende der
Namen, aber die Mädchen verstanden alles, gleich beim ersten Rufen hoben sie die Köpfe und schubsten einander. Mit
einem letzten erlebnishungrigen Blick auf den unbewegten
Teich wandten sie sich ab und sausten davon.

»Dann verschieben wir das Singen halt auf ein anderes
Mal«, murmelte ich und blinzelte enttäuscht gegen die ruhig
funkelnde Wasseroberfläche. Ich verharrte mit hängendem
Kopf, bis das Zwergflusspferd wieder auftauchte und sich mit
der ihm eigenen, erschreckenden, qualvollen Langsamkeit
zum Ufer schob. Es hob seinen breiten Schädel, blickte mit
der gewohnten Ausdauer leer in den Himmel, ein kleines,
triefendes, glänzendes, pralles Paket Natur. Und wieder, wie
schon so oft, erschrak ich vor der Realitätsferne dieses Tieres,
vor seinem ganz natürlichen, unmodernen, unbrauchbaren
Geist. Ich wollte mich an dieser natürlichen Unbrauchbarkeit
aufrichten, mich von ihr hinführen lassen an die Idee, dass
das Leben auch gut und schön sein kann, wenn es zu nichts
führt. Aber so ist der Mensch nun einmal nicht.

Später ging ich nach drinnen, um das Abendessen für das
Zwergflusspferd herzurichten. Gleichzeitig wollte ich die
Nachrichten sehen, ich spürte den Magnetismus des Bedroh-
lichen, es blieben noch fünf Minuten bis zur vollen Stunde.
Rasch holte ich aus dem Keller die nötige Menge an Fenchel,
Karotten und Roten Rüben. Zurück in der Küche, hörte ich
von der Eingangshalle Französisch reden. Zuerst dachte ich,

Aiko telefoniere mit dem Belgier oder mit einer Freundin. Aber dann vernahm ich die Stimme des Professors:

»Niemand hat dich darum gebeten.«

Es folgte ein Nachsatz, den ich nicht verstand. Und weiter:

»Ich stelle nur das Offenkundige fest.«

Was genau, bekam ich nicht mit, weil Professor Beham beim Reden hustete. Aiko ließ eine Predigt folgen, ungewöhnlich ruhig, einschüchternd ruhig, so dass mir, obwohl im Französischen nicht zu Hause, das Herz zu klopfen begann.

»Oui … oui«, sagte Professor Beham, auch er mit einer gewissen Eindringlichkeit. Später folgte das mir schon bekannte »trop fatal«, dessen vielseitige Verwendungsmöglichkeiten verhinderten, dass ich schlau daraus wurde. In Aikos Ansprache konnte ich die Bedeutung einzelner Wörter verstehen, *liberté* und *merde*, es reichte aber nicht für das Herstellen von Zusammenhängen. Auch das Wort *l'hippopotame* war mir geläufig: *das Flusspferd*.

Dann sagte Professor Beham:

»Ich werde dir nicht mehr lange zur Last fallen.«

Es folgte das einzige Mal, dass ich Aiko etwas auf Deutsch zu ihrem Vater sagen hörte:

»Ich bin nicht aus Pflichtgefühl hier.«

»Warum sonst?«

»Parce que j'en ressens vraiment le désir …«

Nach Beendigung des Gesprächs kam Aiko in die Küche, wohin ich mich rechtzeitig verdrückt hatte, als das Absatzknallen ihrer Cowboystiefel sie angekündigt hatte. Sie schaute mich mit einem Kopfschmerzblick an, machte eine unbestimmte Gebärde und zog wortlos wieder ab. Kurz darauf

fuhr Professor Beham in seinem Rollstuhl herein. Der pferde-
gesichtige Mann mit dem dichten Haar fixierte mich und
sagte:

»Mir kommt vor, du bist gerade dabei, dich in meine Tochter zu verlieben.«

»So ein Blödsinn!«, antwortete ich überrascht.

Er war verdutzt, nun ja, mit einer so schroffen Antwort
hatte er nicht gerechnet. Erregt stand ich auf und wollte den
Fernseher andrehen. Er verbot es mir mit der Begründung, er
habe mit mir zu reden. Sein bestimmtes Auftreten schüchterte mich ein, ich dachte, was er mir sagen wird, beginnt mit:
Was bildest du dir eigentlich ein?! Dem wollte ich vorbeugen
und sagte mit einem insistierenden Ton in der Stimme:

»Sie irren sich!«

Er winkte ab.

»Man verliebt sich, so wie man sich kratzt. Na, jedenfalls,
ich würde dir abraten. Von dieser mitleidlosen Katzenseele
erntest du allerhöchstens … ein müdes Lächeln.«

Er dachte über das, was er gesagt hatte, nach und nickte
zufrieden.

»Ich kenne niemanden, der so viel über das Leben weiß
wie meine Tochter. Und niemanden, dem man so schwer etwas vormachen kann. Tatsächlich. Die meisten Männer haben einen untrüglichen Instinkt für derlei und meiden sie.
Deshalb wird sie allein bleiben. Eigentlich schade … Aber
was soll's, ich würde ohnehin nichts erfahren, wenn sie einen
fände, der sie nimmt, die Freude gönnt sie mir nicht.«

Verdutzt über die eigene Rede schüttelte er den Kopf.
Dann wechselte er das Thema und teilte mir mit, dass der Junge aus der Nachbarschaft, der bisher die Wochenenddienste

übernommen hatte, seine gestaute Ferienenergie los sei und nicht mehr zur Verfügung stehe wegen des Schulanfangs. Ob ich auch Samstag und Sonntag kommen wolle.

»Ah, cool … sehr gern.«

Professor Beham erläuterte mir, dass jetzt alles überschaubar geworden sei, Basel habe die Zusage gegeben, das Tier werde in zwei Wochen abgeholt.

»Schon so bald?«, fragte ich.

»Ja, komisch, sich vorzustellen, dass das verdammte Tier uns wieder verlässt.« Er zog die Augenbrauen zusammen. »Die Fakultät stellt eine Transportkiste zur Verfügung. Bis zur Abholung muss das Tier an die Kiste gewöhnt sein. Traut ihr euch das zu, du und dein Freund?«

»Kein Problem«, sagte ich, meine Enttäuschung mit einem Achselzucken überspielend. Der Professor zuckte ebenfalls die Achseln, legte ein Kuvert auf den Tisch, das den Lohn für den August enthielt, anschließend verließ er die Küche. Die Nachrichten hatte ich versäumt.

Die Erde rollte zur Seite, was das Schwankende und Armselige der menschlichen Zustände fühlbar machte. Ich taumelte dem Abend entgegen. In Beslan begann es zu dunkeln, drei Stunden früher als hier. Die Nacht brach herein, jetzt lag sie da, die kleine Stadt am Fuße des Großen Kaukasus, einsam in der Weite. Der nächste Ort war tausend Kilometer entfernt, so fühlte es sich an. Der Himmel über der Stadt war aus Blei, der Boden unter der Stadt dröhnte wie ein Gewölbe. Ich lag bei Aiko im Bett, weitere anderthalbtausend Kilometer westlich der zu Beslan nächstgelegenen Siedlung. Im stadtseitigen Fenster sah ich die Lichter Wiens. Irgendwo dort drüben leuchteten die Fassaden der UNO-City. Dort herrschte ein eigenes, großes Schweigen. Bestimmt schwammen trotz der Dunkelheit noch Jugendliche in der Alten Donau. Was ist mit den Osseten? Oder sind es die Usbeken? Egal.

Aiko und ich schliefen miteinander, doch wie schon am Vortag hatte unser Sex etwas Orientierungsloses. Ich war perplex, dass man sich bei einer so einfachen Sache verlaufen kann. Wir redeten darüber. Aiko sagte, sie habe die Vermutung, dass es bei uns im Bett deshalb nicht nach Wunsch laufe, weil keiner von uns Macht ausüben wolle. Auf eine versteckte Art seien wir einander ähnlich. In ihrer Beziehung mit dem Belgier sei sie immer am längeren Hebel gesessen, aber im Bett habe sie ihm das Sagen überlassen. Im Bett habe er Macht über sie ausgeübt, dort hätten klare Verhältnisse geherrscht. Zwischen ihr und mir sei ständig alles unklar. Wir würden beide zögern und abwarten, keiner wisse so recht, was der andere wolle. Deshalb würden wir im Bett herumirren wie Kinder im Wald.

»Fehlt nur, dass jemand anfängt zu singen«, sagte ich.

»Oder zu weinen«, sagte Aiko.

Sie wiederholte, alle Schwierigkeiten kämen daher, dass wir uns zu ähnlich seien. Sie habe einer Freundin von mir erzählt, mit mir weggehen sei, als gehe sie mit sich selbst weg … wenn wir lachend unterm Fenster des Schnarchers stünden oder bei den rostigen Anschlüssen der Bewässerungsanlage in der Wiese lägen. Das Gespräch zwischen der Freundin und ihr sei eine Weile hin und her gegangen, am Ende habe die Freundin gesagt, Aiko und ich seien wie Kinder, wenn die Eltern nicht zu Hause sind. Und dann habe die Freundin gefragt:

»Und wer kümmert sich um die Dinge?«

Da hätten die Freundin und Aiko laut gelacht, und dieser Moment habe Aiko glücklich gemacht.

»Niemand kümmert sich um die Dinge«, sagte Aiko und drängte sich an mich. Ich rieb die Nase am Kissen, es war kraftraubend, so viel nachdenken zu müssen.

»Na, nicht?«, fragte Aiko.

»Dieses viele Nachdenken … das ist extrem kraftraubend«, sagte ich.

»Wenn es nach mir ginge, müsste man die Leute per Gesetz verpflichten, einmal in der Woche scharf nachzudenken.«

Sie sagte dann noch, dass sie beim Sex jemanden brauche, der mit ihr mache, was er wolle. Das sei ihre Art, sich fallen zu lassen. Sie sei neugierig, was mit ihr passiere, wenn jemand tun und lassen könne, was ihm gefalle. Und schon gar nicht wolle sie jemandem etwas beibringen. Also mir.

Bange schaute ich nochmals zum Fenster hinaus, der Mond stand im Himmel, ruhig und rund. Mir etwas beibringen? Das funktionierte nicht. Ich konnte keine Fortschritte erkennen. Ich vergaß Dinge, sowie ich sie gelernt hatte. Aiko sagte Sätze, die nützlich klangen und geistreich, und ich konnte nichts damit anfangen, schlimmer als der Mann im Mond.

»Ich gebe das Denken auf und genieße den Moment«, sagte ich zerknirscht. Das klang nach einem einfachen Gedanken, wie ich ihn mir wünschte in diesem Durcheinander. Daraufhin ließ sich Aiko von der Seite auf den Rücken sinken, sie schaute lange Richtung Decke, ehe sie sagte, dass sie zurück nach Frankreich wolle, sie wolle weg, die Situation im Haus ihres Vaters sei eine große Blase, der kranke Mann, das gestrandete Zwergflusspferd und ein übermütiger Student in den Ferien, das sei kein Ort für eine Beziehung. – *Trop fatal.*

Sechzehn

Mein Schlaf, der auf das Gespräch folgte, glich einer Bewusstlosigkeit. Nach fünf Stunden weckte mich das Handy, ich schlich aus dem Haus, bevor Tibor seinen Dienst antrat. Auf dem Weg zur Bushaltestelle merkte ich, dass mein T-Shirt getränkt war von Schweiß. Mühsam schleppte ich meinen verschwitzten Leib nach Hause. Dort duschte ich, um Nicki zuvorzukommen. Anschließend hörte ich in meinem Zimmer die Morgennachrichten. In Beslan hatte es in der Nacht geregnet, die Schule war von Soldaten der russischen Armee umstellt, nur vereinzelt hatte es Schusswechsel gegeben, manche Angehörige hatten die Nacht trotz Regens am Rand des Sperrkreises verbracht, in der mit Schrecken vollgestopften Finsternis. Die Mütter sagten, sie wollten hier sein, um zu verhindern, dass die Schule gestürmt werde, notfalls wollten sie sich vor die Eingänge der Schule werfen.

»Dann können sie uns gleich mit töten.«

Die Mütter machten sich Sorgen, und weil ihre Kinder nichts zu essen und zu trinken hatten, aßen sie aus Solidarität ebenfalls nichts. Manche Väter und Großväter waren mit Flinten bewaffnet, ein nervöses, waffenstarres Patt. Von Wladimir Putin sei nichts zu hören, man wisse aber, dass es ihn noch gebe, er habe seinen Urlaub in Sotschi abgebrochen. Verhandlungsführer sei ein Kinderarzt, er habe versucht, den Terroristen Angebote zu machen.

»Wenn ihr richtige Soldaten seid, dann lasst die Kinder

gehen, es gibt genug Freiwillige, die sich austauschen lassen.«

Antwort:

»Nein. Nein.«

Mit einem Gefühl der eigenen Bedeutungslosigkeit legte
ich mich hin und schlief drei weitere Stunden, sehr unruhig.
Manchmal glaubte ich, keine Luft zu bekommen. Als ich am
späten Vormittag wieder aufwachte, trank ich Apfelsaft, weil
ich gelesen hatte, dass Mineralstoffe gut fürs Gehirn seien.
Aber trotz der Mineralstoffe fühlte ich mich den ganzen Tag
hilflos ins Leben gestellt ohne die geringsten brauchbaren
Anhaltspunkte: Wo ist rechts? Wo ist links? Wo oben und wo
unten? Ich wusste es nicht. Ich war erstaunt über die Schatten-
haftigkeit meines Denkens.

Nur bei der Boshaftigkeit der Terroristen wusste ich, wohin sie gehörte. Diese Leute redeten mit schwarz gewordenen
Zungen, daran änderte nichts, dass auch auf der anderen Seite Männer standen, die nicht zimperlich waren in der Wahl
ihrer Mittel, darauf darf man sich nicht berufen. Wer sich die
Wichtigkeit von Kindern auf eine solche Weise aneignet, ist
seelisch leer, der hat keine seelische Substanz mehr.

Den ganzen Tag verfolgte ich die Ereignisse in Beslan, ich
hörte Radio und sah fern, wann immer Nicki mich ließ. Sie
fragte, ob ich's nicht vielleicht übertrieb. Das war gut möglich, ich gab trotzdem keine Antwort, weil ich nicht gewusst
hätte, auf welche andere Art man auf so was reagiert. Wie soll
man auf so was reagieren? Also sog ich alles auf, fühlte mich
beklommen und hilflos. Es wurden Bilder von Eltern gezeigt,
die mit Gewalt daran gehindert werden mussten, dass sie zu
ihren Kindern in der Schule vordrangen. Ich sah einen dicken

Mann, der von zwei Bewaffneten weggestoßen wurde zwischen Bäume hinein. Eine ältere Frau eilte herbei und drängte den Mann ebenfalls ab. Es gab schlechte Nachrichten bis tief in die Nacht. Die Diabetiker und Herzkranken in der Turnhalle starben. Und wenn es irgendwo krachte, zuckten die Wartenden zusammen, als wären sie geschlagen worden. Ich dachte an Professor Beham, der während der Olympischen Spiele gesagt hatte, manchmal sehe er sich selber dort laufen. Ich sah mich selber dort laufen. Die Bilder verfolgten mich, sie verfolgten mich in den Schlaf. Freitag früh ging's von vorne los. Alle fünf Minuten zuckte ich zusammen. Schließlich verließ ich das Haus, um vor dem Wochenende Dinge zu erledigen. Ich besuchte das Mittagstraining. Und anschließend traf ich Judith.

Ja. Jawohl. Ich hatte Judith angerufen, weil ich das von ihrem Vater geforderte Geld loswerden wollte. Ich hatte zu Judith gesagt, dass ich froh wäre, wenn ich die Sache hinter mich bringen könnte. Das Telefonat hatte zwei Minuten gedauert, sie hatte es abgelehnt, dass ich zu ihr in die Wohnung kam, sie hatte gesagt, dass sie ein Treffen am frühen Nachmittag einrichten könne, am Naschmarkt, ja? Und basta. Ein Gespräch von robuster Kürze. Einige Tage nach unserem Kennenlernen hatten wir einmal sechs Stunden am Stück telefoniert.

Von der Karate-Union ging ich stadteinwärts im gelben Licht, das Gesicht noch erhitzt von der Anstrengung. Beim Esterházypark sah ich die ersten Rosskastanien auf der Straße liegen, ich wunderte mich, dass es schon Anfang September Kastanien regnete, so war es jedes Jahr: Was? So früh? Aber es ist doch eigentlich noch Sommer! – Und die Blätter der

Kastanien waren grau, sie hatten nicht, wie es sich für Baumblätter gehört, schön die Farbe gewechselt, sondern waren ausgedörrt, staubig, trocken und bräunlich-grau, manchmal ein wenig gelb. Nur die stacheligen Hüllen, wenn sie aufgeplatzt waren, zeigten innen ein frisches Weiß. Ich nahm zwei Rosskastanien auf, ich mochte es, die Rosskastanien zu berühren, es hatte etwas Beruhigendes, mit zwei Rosskastanien in der Hosentasche zu spielen. Das war genau das, was ich brauchte: Beruhigung. Und natürlich dachte ich auch in diesem Jahr darüber nach, ob es weh tat, wenn einem eine stachelige Kastanienfrucht auf den Kopf fiel. Trotz der vielen Kastanienbäume in der Stadt kannte ich niemanden, dem das schon passiert war, aber ständig fielen vor, hinter und neben mir welche auf die Straße. Und beim Fahrradfahren passierte es manchmal, dass eine Rosskastanie vom Reifen weggeschleudert wurde und gegen ein am Straßenrand geparktes Auto knallte, ich konnte mir vorstellen, dass eine Autotür von einem solchen Treffer eine Delle bekam.

So ging der Sommer zu Ende, und ich tauchte ein in den Herbst. Judith saß am Tisch eines türkischen Lokals, Blick auf eine Fleischhauerei, sie hatte einen Platz an der Sonne gewählt, ich wollte sie nicht überreden, dass wir uns einen Schattenplatz suchten, sie sah so gesund aus.

Im ersten Moment, als ich herankam, freute ich mich, sie zu sehen, deshalb wusste ich bei der Begrüßung schon wieder nicht, wie ich mich verhalten sollte, wohin mit den Händen. Ich hielt mich an meiner Sporttasche fest. Ich dachte, besser ich lasse Judith entscheiden, wie wir uns begrüßen. Sie stand gar nicht auf. Also setzte ich mich: da war die Freude wieder weg. Ich hatte es immer gemocht, Judith zu küssen, es hatte sich gut angefühlt, und es hatte gut geschmeckt, besser als bei Aiko, so kam es mir einen Augenblick lang vor. Heute zweifle ich, ob das gestimmt hat, bezogen auf Aiko. Aber das Gefühl, wie es war, beim Küssen die Hände auf Judiths Hüften zu legen, das habe ich noch, es ist nicht sonderlich wichtig, aber doch so, dass ich es nicht verlieren möchte.

»Schaust gut aus«, sagte ich.

Sie rümpfte die Nase.

»Ich hab schon besser ausgesehen.«

Sie griff sich ans Kinn, ich sah, dass sie dort eine Kruste hatte. Sie drehte den Ellbogen ein wenig zu mir her, damit ich auch da die Krusten bewundern konnte.

»Ich bin beim Inlineskaten gestürzt.«

»Trotzdem … du schaust richtig gesund aus.«

Sie erzählte, dass sie den Donaukanal entlanggefahren war, da hatte es eine Stelle mit Sand gegeben, eh klar, sie hätte sich gedacht, dass es schon gehen werde, so habe sie sich das Kinn, die Hände, die Schulter und vor allem Knie und Schienbein aufgeschlagen. Sie zeigte mir ihr Knie. Ich fand es wieder erstaunlich, dass man eine so sportliche Figur haben kann. Die Wunde war von einer dicken Kruste bedeckt, teilweise löste sich die Kruste schon, darunter war die neue Haut ganz dünn und rosa, ich sah, dass es keine Narben geben würde.

»Du musst besser aufpassen«, sagte ich.

»Ich mache mir eher Sorgen um dich als um mich.« Und dann mit veränderter Stimme: »Geht es dir gut?«

»Ja.«

Sie musterte mich und sagte:

»He, meinst du, ich kenne dich nicht?«

»Keine Ahnung.«

Tatsächlich, ich hatte nicht mehr das Gefühl, dass Judith der Mensch war, der mich am besten kannte. Mindestens zwei Jahre lang war sie die Person gewesen, die mir am nächsten gestanden war. Jetzt nicht mehr. Und dass sie mir nichts von ihrem neuen Freund erzählte, der bestimmt beim Inlineskaten dabeigewesen war, und ich ihr nichts von Aiko, derentwegen ich zu wenig schlief, das bezeichnete den Unterschied zu früher. Wir spürten beide, dass wir einander etwas vormachten. Und deshalb schwiegen wir einige Momente. Es war seltsam, ein seltsames, erwartungsvolles, unglückliches Schweigen. Mir fiel ein Ring an Judiths rechter Hand auf, der war neu, ziemlich groß, mit einem großen türkisen Stein. Woher kommt der hässliche Ring? Hatte sich Judith so verstellt oder hatte ich sie irgendwie unterdrückt und sie konnte ihren Geschmack erst jetzt richtig ausleben? Schon möglich. Ich schaute ihr ins Gesicht. Warum beschäftigte mich Judith so? Ich wollte ja nicht einmal mehr, dass sie zurückkam. Der Gedanke, dass ich das alte Leben zurückbekam, verursachte mir ein Gefühl der Müdigkeit, ganz bestimmt. Was also beschäftigte mich so? Nahm ich es ihr übel, dass sie ihre Wahl gegen mich getroffen hatte? Ja, das nahm ich ihr übel. Und sie nahm es mir übel, dass ich meine Wahl gegen sie getroffen hatte, natürlich. Wir hatten beide im anderen nicht gefunden, was wir gesucht hatten. Wir waren beide am anderen gescheitert, jeder für sich. Das zerrte so viel Unzulänglichkeit ans Tageslicht. Deshalb die schlechte Laune.

»Nimm das Geld«, sagte ich, »dann ist mir wohler. Dann ist auch das abgeschlossen. Ich will nicht mehr dran denken, sonst bekomme ich einen Buckel.«

Ich legte das Kuvert auf den Tisch, das mir Professor Beham zwei Tage zuvor gegeben hatte. Vor dem Training war ich auf der Bank gewesen und hatte zusätzliches Geld abgehoben, es war jetzt nicht mehr mein Geld, sondern das von Judiths Vater.

»Danke«, sagte Judith mit niedergeschlagenen Augen, »ich werde es ihm geben.«

»Und irgendwann kannst du es erben.«

Judith nahm einen Schluck von ihrem Kaffee, ich hatte sie im Verdacht, dass sie alles bis ins Kleinste vorhergesehen und sich vorgenommen hatte, ruhig zu bleiben, Judith, du weißt, was du dir vorgenommen hast: Bleib ruhig! Lass dich um Himmels willen nicht provozieren! – Und in diesem Augenblick begriff ich auch, dass sie absichtlich zehn Minuten zu früh gekommen war, den Kaffee bestellt und gleich bezahlt hatte, für alle Fälle. Einer ihrer Pläne, ich wusste, dass es so war, ich wusste es ganz genau. Und mit einem plötzlichen Stechen der Wut vergegenwärtigte ich mir, dass sich Judith schützend vor mich hätte stellen sollen, als ihr Vater das Geld gefordert hatte, und deshalb fügte ich ärgerlich hinzu:

»Das gehört jetzt dir und deinem supertollen, kleinkarierten Papa. Weiter als übers Vorbild Eltern siehst du ja nicht hinaus.«

Bei uns beiden klingelten die Alarmglocken, alle schlummernden Reserven an Geistesgegenwart bezogen die Posten. Dann warteten wir ab. – Kurz zuvor hatte sich eine Mutter mit ihrem Sohn an den Nebentisch gesetzt, die Mutter war gleich zur Toilette gegangen, davor hatte sie dem Kind aufgetragen, was es bestellen solle. Die Kellnerin kam, ich bestellte etwas gegen den Durst, und das Kind sagte:

201

»Zweimal frischgepressten Orangensaft … und zwar hurtig!«

Am liebsten hätte ich den Knirps am Kragen gepackt und geschüttelt, das hätte mir geholfen. Vielleicht hätte ich gerne mich selber am Kragen gepackt und geschüttelt.

»Ich habe jetzt einen neuen Freund«, sagte Judith sachlich: »Mir war gar nicht mehr bewusst, wie sehr ich es vermisst habe, nette Dinge gesagt zu bekommen.«

Sie errötete. Was genau der Auslöser war, konnte ich nicht festmachen. Aber ich wusste, dass dies der Punkt war: Wenn ich jetzt eins drauflegte, beging ich meinen nächsten Fehler, dann eskalierte die Situation, dann gab es kein Halten mehr. Das wusste ich … und war erstaunt und bin es bis heute, dass ich tatsächlich aufhörte.

»Wer ist es? Kenne ich ihn?«, fragte ich.

»Darüber möchte ich nicht reden.«

»Ist es der Zweimetermann von der Party?«

Sie zuckte die Achseln.

»Schon gut«, sagte ich, »man merkt, wir gehören jetzt nicht mehr zusammen.«

»So ist es«, erwiderte sie.

Ein Geruch nach Fäulnis lag in der Luft, das kam von der Biomüllstation des Marktes, zwanzig oder dreißig Meter stadtauswärts an der Linken Wienzeile. Ich schwitzte in der trockenen, vom Boden aufsteigenden Hitze. Sehr viele Menschen gingen an uns vorbei, Anwohner, die sich das Gedränge im Hauptgang nicht zumuten wollten, Touristen auf der Suche nach einem freien Tisch, Freiberufler, die irgendwie uniformiert aussahen mit ihren Umhängetaschen aus dem Plastik alter LKW-Planen. Und alle redeten, ich hatte das Reden richtig satt, jeder hatte so viel zu sagen, und wo führte es einen hin?

»Als wir die DVDs aufgeteilt haben … warum hast du als erstes *Taxi Driver* genommen?«, fragte ich.

»Erinnere mich nicht dran«, sagte Judith.

Mit einer hastigen Bewegung kippte sie den Rest ihres Kaffees hinunter, stand auf und verabschiedete sich, diese rosige junge Frau mit den Krusten an Ellbogen, Kinn und Knie.

»Ja, du … also, dann … mach's gut.«

»Ja, mach's gut, bis irgendwann.«

Ich war froh, dass ich jetzt wieder meinen Frieden hatte. Ich bezahlte und kaufte für das Wochenende ein. Nach der Tilgung meiner Verbindlichkeiten war ich blank wie noch nie, gleichzeitig fühlte ich mich befreit. Ich sagte mir, soll sich Judiths Vater meinetwegen auf die Fingerspitzen spucken und sein Geld zählen, irgendwie werde ich überwintern, ich brauche nicht viel … und wenn alles schiefgeht, wandere ich aus nach Nicaragua und baue dort Kartoffeln an.

Über den großen Parkplatz trug ich die wenigen Einkäufe nach Hause. Auch in der Wohnung war es warm. Nicki, die trübe Tasse, schlief auf der Couch, beide Hände zwischen die Schenkel geklemmt, sie hatte Schweiß auf der Oberlippe, als schwitze sie von ihrer bloßen Existenz. Als ich das Wohnzimmer zum wiederholten Mal durchquerte, wachte sie auf, sie knurrte böse, rappelte sich auf und verzog sich in ihr Zimmer. Da schaltete ich den Fernseher ein und erfuhr, dass die Schule in Beslan gestürmt worden war, es hieß, die Erstürmung sei spontan erfolgt, nachdem ein bewaffneter Privatmann die Nerven verloren hatte. Das Ergebnis: eine furchtbare Katastrophe.

Für den Rest des Tages rührte ich mich vom Fernseher nicht mehr weg, bleich und schwitzend starrte ich auf den Bildschirm. Einmal kam Nicki herein auf der Suche nach jemandem, bei dem sie ihr Herz ausschütten konnte. Es fiel ihr rechtzeitig ein, dass ich der Falsche war, also sagte sie nur, sie müsse das Rauchen reduzieren, sie habe so viel Spucke im Mund. Zwischendurch dachte ich an Judith, daran, dass unsere Beziehung bald abreißen würde. Gedankenschnipsel. Dann überwältigten mich wieder die Bilder im Fernsehen.

Ein älterer Mann, knapp fünfzig, in weiß-schwarzem Kampfanzug mit einem Gewehr am Rücken: er trägt ein etwa achtjähriges Mädchen in den Armen, er drückt sein weinendes Gesicht in den Rücken des Mädchens. Das Mädchen ist ganz dünn, die Beine des Mädchens wirken steif wie auch der Körper, man sieht, das Mädchen ist tot, wie gebadet im Schrecken der letzten Tage, nass, klebrig, blutig, nur in Unterwäsche. Das Haar hängt nass herab. Der Mann hält das Mädchen schräg vor seinem Körper, er schaut auf, verzweifelt, ratlos, er senkt den Kopf erneut. Eine ältere Frau tritt heran und schlägt mit den Händen in die Luft. Dann Schnitt. Ein anderes Bild. Ein anderer Schrecken.

Ein etwa zehnjähriges Mädchen, hager, blond mit Zopf, nur in Unterhose, trinkt aus einem großen Tetrapak. An der Stellung des Tetrapaks ist zu erkennen, dass der Inhalt schon mindestens zu zwei Dritteln getrunken ist. Das Mädchen scheint so vollständig mit Trinken beschäftigt, dass es für diese Sekunden alles andere vergessen hat.

Ein weinender Jugendlicher auf einer Bank: links und rechts zwei alte Frauen. Der Jugendliche redet, gleichzeitig wischt er sich die Tränen aus den Augen. Die linke Frau küsst ihm das Haar, die andere streichelt seinen Oberarm.

Ein Mann rauft sich die Haare, verschränkt die Hände hinter dem Kopf, vornübergebeugt, man sieht, wie schwer es ihm fällt, den Moment zu ertragen. Dann lässt er sich von anderen Männern Wasser über den Kopf schütten, ehe er davonwankt. Er steigt in einen Wagen, der mit Sicherheitskräften besetzt ist. Anzunehmen, dass man den Mann gleich vernehmen wird.

Tote Kinder auf Bahren, bis zum Hals mit Laken bedeckt, die Laken teilweise blutbefleckt. Männer mit aschgrauen Gesichtern gehen vorbei, schauen auf die toten Kinder, Gewehr in der Hand. Frauen halten die Hände vors Gesicht.

Dann Werbung. Franz Beckenbauer redet über Geldgeschäfte, die Bilder zeigen Franz Beckenbauer beim Golfspielen: Auf dem Platz werden heute mehr Geschäfte gemacht als Abschläge, sagt Franz Beckenbauer. In allen Werbungen geht es um Geld, niemand hat genug davon, auch nicht Franz Beckenbauer. Cosmos Direkt, Risikolebensversicherungen, Arcor DSL, nur 99 Euro. Innovationen müssen uns schneller machen. Schneller! Schneller! O2 can do. Wer nur die Hälfte weiß, weiß gar nichts: Capital – Wirtschaftszeitung, lesen, dann hat man keine Fragen mehr.

Keine Fragen mehr? Keine Fragen mehr? – So viele Fragen noch.

In Weimar hat in der Nacht die Anna Amalia Bibliothek gebrannt. Auf dem Parteitag der Republikaner verspricht George W. Bush Steuererleichterungen für Reiche. Der Hurrikan *Frances* nähert sich den Bahamas. Zurzeit werden Windgeschwindigkeiten von 200 km/h gemessen.

Das Schulhaus sei unter Kontrolle der Truppen, heißt es seitens der Behörden. Immer noch seien vereinzelte Schüsse zu hören, sagen die Journalisten. Über der Schule steht eine Rauchwolke, das Gebäude ist an manchen Stellen angekohlt. Das Dach der Turnhalle ist eingestürzt. Wie viele Menschen hier ihr Leben verloren haben, könne niemand sagen, dreihundert, vierhundert, fünfhundert …

Vielleicht kamen die Menschen, die dieses Unheil verschuldet haben, auf dem Weg nach Beslan an einem Teich vorbei. Der 1. September war ein sonniger Tag. Diese Menschen hätten stehenbleiben, sich ausziehen und schwimmen gehen sollen. Alles vergessen. Ein freier Tag ohne Verpflichtungen. Nur wenige Dinge machen das Vergehen von Zeit so erträglich wie Schwimmen an einem warmen Tag im Frühherbst. Drei Dutzend Terroristen und Terroristinnen an einem Teich.

Die Kinder sitzen da, schlucken, so gut sie können, und starren mit offenen Mündern. Es liegt so viel Erschrecken in den Gesichtern.

Die Schule mit dem Namen *Nr. 1* war die Schule der Lehrerinnen, Lehrer und Kinder gewesen, die Schule hatte den Lehrerinnen, Lehrern und Kindern gehört. Etwas nicht Wiedergutzumachendes war geschehen: Den einen hatte man das Leben genommen, den anderen die Schule.

Manchmal nenne ich Terroristen *Fledermäuse*. Es gibt ein Sprichwort, das gut zu ihnen passt: Die Fledermäuse sollen sich nicht anmaßen, über das Licht zu urteilen.

Und hinter der verkohlten Turnhalle sieht man die eisbezogenen Kämme des Großen Kaukasus, mittendrin den fünftausend Meter hohen Kasbek, an den Prometheus geschmiedet war. Und über allem das gleichbleibende, monotone Geräusch der Generatoren bei den Übertragungswagen. Und nochmals über allem ein Gefühl der Leere und der Ohnmacht.

Kann das wirklich und wahrhaftig passiert sein? Wie furchtbar ist die Welt.

Jetzt liegt sie wieder da, die kleine Stadt, einsam in der Weite. Die Dunkelheit ist vollgestopft mit Schrecken und Angst. Der nächste Ort ist tausend Kilometer entfernt, Wien weitere anderthalb tausend Kilometer. Der Himmel über der Stadt ist noch immer wie Blei, bei jedem Schritt dröhnt der Boden unter der Stadt wie ein Gewölbe.

Siebzehn

Eine langgezogene Karawane aus Kindern, begleitet von einigen Erwachsenen, unbedeckten Hauptes, bei hoch stehender Sonne, so marschieren sie in die Landschaft hinein. Manche Kinder tragen Ranzen auf dem Rücken, manche Erwachsenen führen ein Kind an der Hand, in der anderen Hand tragen sie den Ranzen des Kindes. Die Kinder und Erwachsenen wirken erschöpft. Mit hängenden Schultern, hängenden Armen setzen sie Schritt vor Schritt. Sie gehen weg von hier, sie gehen weg, ja, weg von hier. Ein struppiger Hund trottet neben einem kleinen Buben her und schnappt nach seiner Hand, spielerisch, wie um den Buben aufzumuntern.

Die eintönige Landschaft verrinnt an den Rändern, hüllt die Gruppe ein. Die Gestalten gehen eine sanfte Erhebung hinauf auf einem unbefestigten Weg. Die Menschenschlange streckt sich über die Öde, man sieht kein Haus, keinen Baum, keinen Strauch, nur flaches, gelbes Gras. Alle sind ganz ihrem Marsch hingegeben, niemand in der Gruppe dreht sich um, niemand späht hinter sich, dorthin, wo der Betrachter zurückbleibt. Gleich werden die ersten Kinder den Kamm der Erhebung erreichen. Gleich werden sie auf der anderen Seite die Erhebung hinuntergehen. Dann entschwindet die geisterhafte Erscheinung dem Blick.

Und doch ist nirgends ein Ende.

Ein kräftiger Wind weht. Als eines der Kinder die Position der Schultasche auf dem Rücken verändert, fällt ein Blatt

Papier heraus und wird vom Wind davongetragen. Ich habe das Blatt viele Jahre gesucht, angespannt, eifrig, schweigsam, zwischen den Menschen, die ebenfalls ihrer Wege gingen. Ich habe gesucht, bin gestanden, gesessen, gelegen, rastend auf meiner Suche. Ich habe die Suche fortgesetzt und das Blatt vor einigen Wochen unter alten Schulheften gefunden.

Im Jahr 1212 ging die Magd des Bäckers zum Brunnen im Hof. Dort wurde sie von einem empörenden Gestank fast ohnmächtig. Als sie dem Bäcker und den Bäckersknaben davon berichtete, wurde sie ausgelacht. Der mutigste Knabe bot an, sich den Brunnen näher anzusehen. Er band sich an ein Seil, nahm eine Pechfackel und stieg in den Brunnen hinab. Plötzlich hörte man oben einen lauten Schrei, und der Knabe wurde halbtot wieder hochgezogen. Nachdem man sein Gesicht mit Wasser aus dem Brunnen benetzt hatte, erzählte er mit bebender Stimme, dass er unten im Brunnen eine grässliche Gestalt erblickt habe, mit Zacken, einem schuppigen Schweif, warzigen Füßen, leuchtenden Augen und einer Krone auf dem Kopf. Das sprach sich im Dorf herum. Niemand hatte eine Idee, wie diese stinkende Plage beseitigt werden könne. Doch als der Dorfarzt davon erfuhr, klärte er die Bewohner auf, das Wesen im Brunnen werde Basilisk genannt. Es sei aus einem Ei geschlüpft, das ein Hahn gelegt und eine Kröte ausgebrütet habe. Der giftige Blick des Wesens könne töten. Deshalb sei die einzige Möglichkeit, wie man dem Wesen den Garaus machen könne, folgende: Wenn man ihm einen Metallspiegel vorhält, sieht es sich selbst, wird von seiner Scheußlichkeit wütend und zerplatzt. Das taten die Dorfbewohner und beseitigten so den Basilisken.

Achtzehn

Nachdem ich das frischgeschnittene Gras in die Transportkiste gelegt und aus Kraftfutterpellets, der Lieblingsspeise des Zwergflusspferdes, eine Spur zum offenen Kisteneingang gelegt hatte, wollte ich Aiko einen Besuch abstatten. Doch in der Dachbodenwohnung traf ich nur auf die Putzfrau, eine große, schmale, hüftlose Frau mit grauen, ein wenig vorstehenden Augen. Es war erstaunlich, wie präzise ihr Körper die verschiedensten Vorwürfe gegen mich synchron abbildete, ohne ein Wort: dass ihr meine Absichten verdächtig waren, dass ich bei der Arbeit störte, dass ich ein junger Pinkler war und niemand einen jungen Mann mag, der zweiundzwanzig ist. Ich stammelte eine Entschuldigung und machte kehrt, froh, als ich wieder draußen war. Schnell die Treppe hinunter. Ich suchte Aiko. Am Abend des Vortags hatten wir nochmals ein Gespräch über unseren Sex gehabt, ziemlich unangenehm, deshalb wollte ich mit einem nächsten Kontakt nicht bis zum Mittag warten. Nicht nur deshalb, aber auch deshalb.

Ich entdeckte Aiko im südlichen, für das Zwergflusspferd nicht zugänglichen Teil des Gartens. Sie saß unter dem Zwetschgenbaum und hörte ein Tonband mit Interviews ab. Die Interviews hatte sie in Marseille aufgenommen. Sie blickte erst hoch, als ich ganz herangekommen war, dann sagte sie:

»Der Typ ist auf Drogen, vollgepumpt mit Medikamenten, und ich höre seinen keuchenden Atem. Und im Hintergrund hört man den Belgier schnarchen.«

Ohne mich irgendwie einzubeziehen, erzählte sie, sie sei nachts oft aufgewacht und habe den Hund schnarchen gehört. Und der Belgier habe ebenfalls geschnarcht. Und manchmal habe sie sich glücklich gefühlt. Und manchmal habe sie sich gefragt: Wie bin ich in dieses Leben geraten?

Aiko redete bestimmt eine Viertelstunde ohne Unterbrechung, so viel auf einmal hatte ich sie noch nie reden gehört. Ich sah ihr dabei zu. Ich ließ sie nicht aus den Augen. Sie sagte, während der letzten drei Wochen in Marseille habe sie unter Schlafstörungen gelitten. Wenn auf der Straße ein Schirm umgefallen ist, sei sie aus dem Schlaf gefahren. Sie habe in einem billigen Hotel in der Nähe des Alten Hafens gewohnt. Manchmal habe sie einen Fotografen dabeigehabt. Eines Tages seien der Fotograf und sie im Hof des Hotels einem Typen begegnet, unglaublich groß und dick, mindestens zweihundert Kilo schwer. Und dieser Typ habe sich einen Spaß daraus gemacht, Aiko an den Seiten zu packen, sie hochzuwerfen und wieder zu fangen. Der Dicke habe sie hochgeworfen und wieder gefangen, das sei bestimmt fünf Minuten so gegangen, und der Dicke sei nicht müde geworden. Wie in einem Albtraum. Und der Fotograf habe Fotos gemacht, so zum Spaß.

Sie redete und redete, endlos, die Dinge leerten sich langsam und kamen mir gleichgültig vor, als würden sie von Aiko auf einen toten Punkt gebracht. Ich schaute sie erschrocken an und dachte, was soll das? was ist in sie gefahren? will sie sich einen Jux machen? Schließlich unterbrach ich sie und sagte:

»Ja, gut, ich muss zurück an die Arbeit.«

Da widmete sich Aiko wieder ihrem Abspielgerät und brummte:

»Nur zu …«

Es stimmte nicht, dass ich zurück an die Arbeit musste, es bedrückte mich, dass ich in dem, was Aiko beschäftigte, nicht vorkam. Mir war sogar, ihre Erzählungen dienten dem Zweck, mir vor Augen zu führen, dass es ein Leben ohne mich gab, groß, voller Absonderlichkeiten, unerreichbar für einen wie mich. Das empfand ich als kränkend. Wobei … natürlich gab's ein Leben ohne mich. Aber das erklärte nicht, warum die Atmosphäre zwischen uns jetzt so anders war, so merkwürdig distanziert.

Eine Weile stand ich missmutig am Rand des Geheges. Ich wusste, dass mein Leben wieder aus dem Gleichgewicht geraten war. Was ich dagegen unternehmen konnte, wusste ich weit weniger. Und weil das Zwergflusspferd noch immer nicht den Weg in die Transportkiste gefunden hatte, zog ich die Schuhe aus und setzte mich in der Küche vor den Fernseher, in dem bekanntgegeben wurde, dass die Welt weiter ihren Lauf nahm. Bedrückt sah ich dem Marschzug der schlechten Meldungen zu, geordnet kamen sie daher, absteigend nach Größe, die Ereignisse in Beslan weiterhin ganz vorne: Vor der Schulruine legten Trauernde Wasserflaschen nieder. Die Kinder hätten vor Durst und Hunger die zum Schulbeginn mitgebrachten Blumen gegessen. Dann Bilder von einem neu angelegten Gräberfeld, Regen, der Himmel so tief, dass man den Kopf einziehen musste. Der Boden ebenfalls tief, man konnte dort lange fallen. In der ganzen Stadt sei Wehklagen zu hören. Der Preis für Blumen sei seit dem Vortag gestiegen. Präsident Putin sage, wir haben Schwäche gezeigt, und Schwache haut man.

Vom Parteitag der Republikaner in New York wurde berichtet, die Konfettimaschine habe geklemmt. George W. Bush versprach, im Angesicht des Feindes niemals Schwäche zu zeigen, die Zeiten verlangten eine starke Hand. *Frances*, der Hurrikan, hätte schon vor Stunden in Florida anlanden sollen, er hielt sich draußen vor der Küste auf, man wusste nicht, baut er sich auf oder schwächt er sich ab. Der Bruder des Präsidenten sagte:

»Wir wollen keine zwei Stürme dieser Stärke in Florida innerhalb so kurzer Zeit.«

Aber die Stürme sind frei, die Wünsche des Gouverneurs zu ignorieren.

Über der brennenden Bibliothek in Weimar habe der Himmel ausgesehen, als sei er von weißen Vögeln erfüllt. Das seien die von der Hitze hochgetriebenen Notenblätter und Buchseiten gewesen.

»Vom Dach an aufwärts kennt niemand den Weg«, sagte Professor Beham, der sich zu mir gesellt hatte.

Jetzt stand das Zwergflusspferd in der Transportkiste. Ich ging hin und schloss die Kiste, indem ich den Deckel herunterklappte. Etwas später goss ich dem Zwergflusspferd mit der Gießkanne Wasser über den Buckel. Das Tier nahm es wohlwollend zur Kenntnis und gähnte. Dann lernte ich eine Stunde lang, was es über Parasiten bei Nutztieren Wichtiges zu wissen gibt, damit ich später eine gründliche Fleischbeschau vornehmen konnte. Ich spritzte dem Zwergflusspferd ein zweites Mal mit der Gießkanne über den Buckel. Das Tier wirkte ruhig, ohne Angst. Wir waren einander sehr nahe, ganz Fleisch und Atem. Aber wir biederten uns einander nicht an.

Gerade als ich das Zwergflusspferd wieder aus der Kiste

gelassen hatte, bekam Professor Beham Besuch von einem Kollegen. Der Kollege hatte den behördlichen Auftrag, die Transportpapiere auszustellen. Das Zwergflusspferd stand neben dem Teich, schwarz glänzend, drall, ein rötlicher Glanz auf dem Rücken von dem Hautsekret, das die seltsame Bezeichnung *Blutschweiß* trägt. Das Sekret färbte ab auf unser aller Existenz.

Der Kollege, auch er ein Professor, Müller, tauschte mit Professor Beham Höflichkeiten aus. Anschließend besprachen sie das Aussehen des Zwergflusspferdes, verglichen es mit dem Zustand, in dem das Tier gewesen war, als man es im Frühling bei einer Routinekontrolle aus einem LKW geholt hatte, die Haut voller Blasen, bedeckt mit weißem Schleim, stellenweise habe sich die Haut geschält wie bei einem Sonnenbrand. Manchmal sei das Tier plötzlich hingefallen, vermutlich Kreislaufstörungen. Eine Schmerzenskreatur.

»Sie hat sich gut erholt«, sagte Professor Beham zufrieden: »Ein wenig zu dick geworden, das stimmt. Aber wir sind hier nun einmal nicht beim Zirkus.«

Die beiden sprachen über fasernreiche, kalorienarme Ernährung. Zwischendurch gab mir Professor Müller eine Plastikdose und trug mir auf, sie mit Kot zu füllen, dabei nannte er mich Tibor. Professor Beham korrigierte ihn nicht. Wieder zurück, sagte Professor Beham, ich solle bleiben, es sei Lernstoff. Doch über das Zwergflusspferd wurde nicht mehr geredet, statt dessen prahlte Professor Beham mit seiner schlechten Gesundheit. Er behauptete, vom medizinischen Standpunkt aus müsste er schon tot sein, in Wien würden einem die Friedhofsbeamten vorschreiben, wann man sterben dürfe, gegenwärtig passe es den Beamten wohl nicht.

»Da bin ich aber froh, das zu hören«, sagte Professor Müller.

»Und Sie?«, fragte Professor Beham.

»Gesund wie ein Pferd.«

»So, so.«

Professor Beham blickte mit geringschätzigem Interesse über den Teich, es war nur allzu offensichtlich, dass er sich für die Antwort, die er gerade erhalten hatte, nicht erwärmen konnte. Ich hörte das Knistern des verbrennenden Tabaks beim Anziehen.

»Meine Halsschlagadern haben sie mir auch schon zweimal aufgemeißelt«, sagte Professor Beham und nickte mit seinem breiten, durchfurchten, struppigen Kopf. Wie er keinesfalls wirken wollte: mühselig und beladen. Und doch verstärkte er durch sein Gehabe den Eindruck, dass er schon bessere Tage gesehen hatte … und dass er bald sterben würde.

Aiko ging vorbei auf dem Weg nach drinnen. Sie hatte etwas Frostiges an sich. Sie tat zerstreut und kratzte sich unter der linken Achsel. Professor Müller grüßte sie, sie reagierte erstaunt, als habe man die Falsche angesprochen, sie gab den Gruß als Formsache zurück, *bonjour*. Dann verschwand sie im Haus. Professor Müllers Augen gingen im Kreis, die eine Hand zupfte am Hautlappen unterm Kinn, die andere Hand drehte die Uhr am Armgelenk, selbst für das Zwergflusspferd schien Professor Müller einen kurzen Blick zu haben, damit er es in seine Überlegungen einbeziehen konnte. Er sagte:

»Ich sehe, Ihre Tochter ist bei Ihnen.«

»Mit Krankheit kann sie nicht umgehen. An einem Sterbebett ist sie unbrauchbar«, entgegnete Professor Beham lässig. Er zog gierig an seiner Zigarette, wie am ersten Tag, als mir vorgekommen war, er verwechsle sein Rauchen mit dem Quell des Lebens: »Und wenn schon!«, fügte er hinzu.

»Elternschaft ist nicht dazu vorgesehen, einfach zu sein«, tröstete ihn Professor Müller.

Die beiden nickten, wie Professoren eben nicken, wenn sie eine unangenehme Diagnose gestellt haben, leer und insgeheim denkend, was ist natürlicher als das, derlei soll vorkommen.

»Ja, ja …«

»Mhm, mhm …«

Während ich zwischen den beiden hin und her blickte, startete der Nachbar sein Motorrad. Das Zwergflusspferd galoppierte geradeaus auf uns zu, besann sich aber rechtzeitig, bevor es gegen den Zaun prallte, und drehte ab. Beschämt rieb es sich den Hintern am Drahtgeflecht. Professor Müller nutzte die Gelegenheit, um sich zu verabschieden. Er sagte, er schicke die Transportpapiere mit der Post. Er klemmte seine Aktentasche unter den Arm, klimperte mit einem Schlüssel in der Rocktasche und ließ sich von mir zum Gartentor bringen.

»Der ist wirklich nicht zu beneiden«, murmelte er im Weggehen.

Bei meiner Rückkehr zum Gehege urinierte das Zwergflusspferd gegen einen Strauch und verteilte den Urin mit dem Stummelschwanz. Das Tier wirkte gelangweilt. Die letzten Reste des Sommers glänzten auf seinem Rücken, Unkraut wuchs aus den Furchen seiner Klauen. Professor Beham sagte, er könne gar nicht so viel essen, wie er kotzen möchte, ich solle ihm eine Flasche Beaujolais aus dem Keller holen, er habe Rückenschmerzen. Sein Gesicht sah fahl aus. Die vergangenen Tage hatten ihm zugesetzt. Seine Beschwerden hatten sich verschärft, die Pillen halfen nur bedingt, man wusste, wie es ausgehen würde. Ich holte die verlangte Flasche, öffnete sie und brachte sie dem Professor mit einem sauberen Glas. Das alte räumte ich in den Geschirrspüler. Anschließend fragte ich den Professor, ob ich noch etwas für ihn tun könne. Er verneinte es, suchte dann aber doch noch einmal meinen Blick.

»Leute wie Müller würde ich mit links in die Tasche stecken, wenn DAS nicht wäre.« Er schaute auf seine lahmen Beine. Man hätte meinen können, er sei noch immer unvertraut mit dem, was er sah. Er blickte mich fragend an.

Weil ich ihm nicht anders helfen konnte, sagte ich:

»Der Typ war mir unsympathisch.«

Das freute den Professor.

»Gut beobachtet«, sagte er zufrieden und nahm einen kräftigen Schluck.

Trotzdem hatte ich das Gefühl, dass jeder in diesem Haus allein dahinfuhr durch den Raum und durch die Zeit.

Eine Weile schaute ich wieder dem Zwergflusspferd bei seinen Spazier- und Tauchgängen zu. Dann rief ich mit meinem Handy zu Hause an, spontan, ich glaube, es war, weil es dem Professor schlechtging oder weil in Beslan die Kinder nicht mehr zum Frühstück kamen oder weil mich das Zwergflusspferd an das Kind in mir erinnerte, von dem ich hoffte, dass es nicht zurückkehrte. Ich hatte Angst, dass niemand ans Telefon ging. Zu meiner Erleichterung meldete sich meine Mutter. Ich konnte ihr natürlich nicht sagen, dass ich aus Anhänglichkeit anrief, aber sie wird's vielleicht gewusst haben, als ich fragte:

»Was ist mit dem Wasserschaden im oberen Stock? Ist das wieder in Ordnung?«

»Ja, das ist behoben, Julian.«

»Und sonst?«

»Sofia ist verliebt, und Lauri ist unglücklich, weil er Mathe nicht versteht.«

»Ich erklär's ihm, wenn ich wieder zu Hause bin.«

»So lange wird er nicht warten wollen.«

»Soll's ihm Sofia erklären …«

»Und bei dir?«

»Eh alles paletti. Alles im grünen Bereich.«

»Ich schicke dir in den nächsten Tagen ein Paket mit Lebensmitteln. Wir haben sehr viele Äpfel.«

»Äpfel bekomme ich aus dem Garten von Professor Beham.«

»Dann nur das Übliche.«

»Ja, danke … ähm …«

»Ist sonst noch was, Julian?«

»Nein, warum fragst du?«

»Hätte ja sein können.«

»Das Zwergflusspferd wird in einer Woche abgeholt.«

»Also rechtzeitig, bevor die Uni wieder losgeht.«

»Ja.«

»Julian, pass auf dich auf.«

»Bis bald, Mama.«

»Schön, dass du angerufen hast.«

Ich trennte die Verbindung und steckte das Handy zurück in die Hosentasche, deprimiert, schuldbewusst, zerknirscht … und fest entschlossen, mich rasch abzulenken.

Am späten Nachmittag saßen Aiko und ich auf der Terrasse, wohin die Sonne schien. Ich nahm den Geruch der Küchenkräuter wahr. Wasserjungfern, grün, mit Glasflügeln, schwebten über dem Teich, seltsam starr, als seien sie nicht aus Fleisch. Maschinenartig bewegten sie sich in den warmen Windstößen, die durch den Garten fuhren. Ich bat Aiko, mir zu sagen, was das am Vormittag gewesen sei. Sie wusste nicht, was ich meinte. Ich erinnerte sie daran, dass sie mich zugetextet hatte. Das bestritt sie. Sie sagte, sie habe mir aus ihrem Leben erzählt, sie freue sich, wenn ich ihr aus meinem Leben erzähle, es interessiere sie. Sie musterte mich. Ich musterte sie. Wir forderten einander mit Blicken heraus. Die Zeit der Verliebtheit war vorbei, tatsächlich.

Aiko trug ihre giftgrünen Jeans und das knallgelbe Leibchen, die Stiefel hatte sie ausgezogen und die Füße auf einen Sessel gelegt, den sie zu sich herangezogen hatte. Ihrer Stimme war anzuhören, dass sie mehr lümmelte als saß.

»Also los!«, sagte sie.

Ich hätte gerne über unsere Beziehung geredet, aber das hatten wir schon an den Vortagen getan, ohne Ergebnis. Aiko hatte vorgeschlagen, das Thema für einige Zeit seinzulassen, das war vielleicht besser so, denn am Ende bestaunten wir nur wieder unseren Sex. Darauf war ich nicht scharf. Also berichtete ich, dass ich Judith getroffen und ihr das Geld für ihren Vater gegeben hatte. Mittlerweile wusste Aiko über die ganze Vorgeschichte Bescheid.

»Magst du sie noch?«, fragte sie.

»Es fühlt sich im Moment nicht so an, obwohl … na gut, ich mag sie … im Grunde. Sie ist in Ordnung.«

»Warum warst du mit ihr zusammen?«

In der Art, wie Aiko mich ausfragte, hörte ich wieder die Journalistin. Aber ich wollte ihr keinen Vorwurf daraus machen, dass es Verbindungen gab zwischen Person und Beruf. Fragenstellen war ihr wichtig.

»Wir waren eh glücklich. Ich glaube, am Anfang haben mir die Dinge gefallen, die mir am Ende auf die Nerven gegangen sind ... dass sie weiß, was sie will, dass sie geradeaus redet, sehr konkret, sehr korrekt. Sie ist jemand, der gerne *sonnenklar* sagt ... Sie kann sich tatsächlich klar ausdrücken. Wenn sie über die Zukunft redet, redet sie nicht über Träume, sondern über Pläne. Ja ... also ... am Anfang haben mir ihre Pläne gefallen.«

»Davon könnte ich mir ein Stück abschneiden«, sagte Aiko.

»Wovon?«

»Dass ich mehr plane als träume. Oder besser: mehr plane als in Dinge hineinstolpere. Ich stolpere zu oft in Dinge hinein.«

Sie kratzte sich im Nacken. Ich sagte noch, ein bisschen mehr Phantasie würde Judith guttun, aber in manchem sei sie mir Jahre voraus, vielleicht weil sie kaum Phantasie besitze, sie sei realistischer als ich. Dann blickte ich wortlos vor mich hin. Eine unter der Zuneigung der Besitzer verfettete Katze durchquerte den Garten. Der Teich war schmuddelig grün, ein strapaziertes Seichtgewässer, ein vollgeschissenes Schlammgewässer. Ich wusste, es war höchste Zeit, dass das Zwergflusspferd einen neuen Platz bekam.

»Mir tut es leid, dass das Zwergflusspferd abgeholt wird«, sagte ich: »Wenn es fort ist, habe ich keinen Vorwand mehr, fünf Tage in der Woche hier zu sein.«

220

Aiko sah mich aufmerksam an. Ich malte mir aus, wie schön es wäre, für immer hierzubleiben. Ich sagte:

»Heute Vormittag, als ich hinaufgegangen bin und nach dir gesucht habe, hat mich die Putzfrau böse angeschaut. Wenn du mich in deiner Wohnung verstecken willst, wird das nicht ganz einfach sein.«

»Ist das eine deiner Phantasien?«, fragte Aiko.

»Ja.«

»Es wird nicht möglich sein, tatsächlich … weil ich mit dem Zwergflusspferd mitfahre.«

Ich schaute sie an. Ich musste sie nicht extra dazu auffordern, dass sie zum eben Gesagten eine Erklärung hinzufügte.

»Von Basel fahren direkte Schnellzüge nach Paris. Ich habe dieses Wien satt, jeder ist ständig unterwegs zu einem Reklamationsschalter. Ich möchte hier nicht mehr sein, in dieser Blase.«

»Also, du fährst schon weg. Und ich wollte noch einen Ausflug mit dir machen.«

»Und weil ich gehört habe, dass man nicht fliegen soll, wenn man schwanger ist.«

Ich hörte dem Satz hinterher und musste das eine Wort wie am Kragen zwischen den anderen herausziehen. Schwanger. Schwanger? Ich hatte das Wort schon früher gehört. Was für ein komisches Wort. Sehr rätselhaft. Das Wort kam mir vor wie eine Schleuse, die einen ansaugt für eine Reise ins Unverständliche. Schwanger, schwanger? Und, und … und … natürlich mochte ich es nicht, dass ich Dinge ständig so schlecht vorausahnte, ich musste mich daran gewöhnen, das sah ich ein.

»Aiko, du bist schwanger?«, fragte ich erstaunt.

Sie nickte langsam und versonnen, mehrmals, wie jemand, der die Glockenschläge zählt.

»Ja, genau. In anderen Umständen.«

Warum sagte sie *in anderen Umständen*? Der Ausdruck war ja noch blöder als alle anderen.

»Das haut mich um«, sagte ich. »Aiko … Mensch … puh … schwanger … Ist das jetzt gut oder schlecht? Für dich, meine ich? Ob's für dich gut oder schlecht ist.«

Ich richtete meinen Oberkörper auf. Ich hatte schon angefangen zu schwitzen. Aiko lümmelte weiterhin ausgestreckt auf ihren beiden Stühlen, wie eine Schiffsreisende bei schönem Wetter. Dass sie so völlig zwanglos daliegen konnte, war für mich unbegreiflich.

»Darüber kann ich noch nachdenken, ich habe mindestens vier Wochen Zeit.«

»Ja, also … ich muss sagen … ähm … ich find's … ich finde es … toll, ja, genau … es freut mich für dich.«

»Na, schauen wir, was dabei herauskommt.«

»Ich habe gehört, man soll immer gratulieren«, murmelte ich verlegen.

»Wie gesagt, schauen wir, was dabei herauskommt.«

»Ich kann eine Flasche Sekt aus dem Keller holen.«

»Wie schon gesagt …«

»Das war also nicht geplant, wenn ich's richtig verstehe?«

»Und nicht geträumt. Solche Dinge passieren.«

Ich versuchte, ein bisschen zu lächeln, aber es gelang mir nicht recht. Das Kopfzerbrechen der Frösche schien schon sehr leise geworden zu sein, ich hörte nichts.

»Und es hat etwas mit mir zu tun?«, fragte ich tastend.

Sie hob die Schultern, schaute mich kritisch an. Für einen

Augenblick war mir, als hingen meine Arme hilflos am Körper, dabei hatte ich ein Glas in der Hand.

»Also, um ehrlich zu sein, das beschäftigt mich gar nicht«, sagte sie: »Es ist vielmehr … ich meine … um es mal so zu sagen, ich weiß noch nicht, ob ich mich dazu berufen fühle.«

»Ach so …«

»Und dir kann's auch deshalb egal sein, weil … ich habe keine Beziehung, das ist schon mal klar. Und ich gehe zurück nach Frankreich, das ist nun einmal auch klar.«

Schwanger? Schwanger?

»Dann ist das, was wir haben, also keine Beziehung?«

Sie zwinkerte grimmig in die schon rötlich eingefärbte Sonne.

»Schau mal … ich würde sagen, wir haben … eine Affäre.«

Affäre klang natürlich besser als Beziehung, das wusste Aiko. Eine Affäre war unverbindlich, und Aiko versuchte, sich alles Verbindliche vom Hals zu halten, das war mir schon früher aufgefallen.

»Affäre …«, brummte ich abschätzig, nein, nicht abschätzig, aber unzufrieden. »Für mich ist es mehr«, stellte ich fest.

»Dir kleben ja noch die Eierschalen am Kopf«, sagte Aiko.

»Mit dir nehme ich's grad noch auf. Tausend Beweise!«

»Spar sie dir, ich weiß es eh«, antwortete sie, fast ein wenig vergnügt, »das hilft uns aber auch nicht weiter. Wie meine Freundin sagt: Wer kümmert sich um die Dinge?«

»Ich kümmere mich um die Dinge.«

»Glaubst du?«

»Ja.«

»Kann eh sein. Aber es ist der falsche Zeitpunkt.«

Aiko sah mir gefasst ins Gesicht. Wir schwiegen eine Weile. Ich wartete, bis ich wieder mit normaler Stimme sprechen konnte.

»Betrifft es mich jetzt oder nicht?«

»Lass mich in Ruhe.«

»Ist ja nicht so, dass es mich nichts anginge.«

Sie zuckte die Achseln auf eine Art, die vermuten ließ, dass eine zuverlässige Auskunft nicht möglich war. Und auch die Verdüsterung von Aikos Gesicht deutete in diese Richtung. Es schien denkbar, dass die Schwangerschaft mit ihrer Reise nach Frankreich zu tun hatte. Oder mit Tibor. Ich getraute mich nicht zu fragen.

»Du musst dich ja gut amüsiert haben«, sagte ich enttäuscht.

»Na, nicht? Und du?«

»Es geht so.«

»Dann bist du selber schuld.«

»Das kann sein.«

Mein Gott, dachte ich, die Situation hat das Potenzial zu einem fürchterlichen Desaster. Andererseits, cool wär's natürlich schon, ein Kind mit Aiko. Was, cool? Sag einmal, spinnst du, Julian? Was soll daran cool sein? Na ja, irgendwie … ein Kind, solche Dinge passieren, da hat Aiko ganz recht, das ist so normal wie anderes im Leben auch. Aber sicher doch, eh klar, so normal wie die Tatsache, dass du eine weiche Birne hast. He, was ist schon dabei? Ich meine, ich seh's nicht negativ. Ein Kind … was soll daran verkehrt sein? Wir können hier im Haus wohnen, wenn der Professor erst einmal … es wäre kein schlechter Ort, wir können im Garten zwei Ziegen halten, die Katze würde dem Kind die Tränen von der Wange lecken. He, Julian! Julian! Sag einmal, bist du jetzt komplett übergeschnappt? Hast du noch alle Tassen im Schrank? Mein Gott, was für ein Schlamassel!

Irgendetwas an meinem Blick musste sich verändert haben, denn Aiko erschrak, und sie brachte ihre Stirn in erboste Falten:

»Man könnte grad meinen, du freust dich«, sagte sie: »Da sieht man, dass dir tatsächlich noch die Eierschalen am Kopf kleben. Du bist ja nicht ganz dicht.«

»Selber.«

Das Zwergflusspferd stieg langsam aus dem Teich. Wieder an Land, bewegte es sich, als bekomme sein Körper noch immer Auftrieb, seine sanften Bewegungen schienen die Luft zu zerteilen, es suchte unsere Nähe, blieb am Zaun stehen, es roch nach feuchtem Schlamm.

Ich betrachtete das Tier und sagte:

»Na, du? Steck mich jetzt bloß nicht mit dem Sumpffieber an.«

Es wackelte mit den Ohren und blähte die abgründig großen, etwas widerwärtigen Nasenlöcher. Durch ein grunzendes Stöhnen oder stöhnendes Grunzen gab es seinem Behagen Ausdruck.

Neunzehn

Die Woche hinkte vorüber. In der Zeitung las ich, dass auf Haiti mindestens tausendfünfhundert Menschen im Hurrikan *Jeanne* ums Leben gekommen waren. Und dass ein Luftschlag der US-amerikanischen Streitkräfte in Falludscha sechzig Menschen getötet hatte. Und der erste sichtbare Exoplanet sei entdeckt worden, das befeuerte die Träume des Homo petrolensis, Weltraumreisender zu werden, wenn die Erde erst einmal kaputt war. Etwaige Bewohner des Exoplaneten könnte man zur Sau machen, in gewohnter Manier. Diese Vorstellung schien die Menschen zu beruhigen, sie wattierte die herrschenden Zustände, man konnte weitermachen wie gehabt, konnte Kriege führen, sogar gegen Kinder, konnte die Wohnung überheizen, die Atmosphäre überheizen, konnte Nashornpulver schlucken, großspurige Autos durch die Landschaft lenken und Wachstum ohne Ende predigen … obwohl die Erde ihresgleichen nicht hat, ja, obwohl sie ihresgleichen nicht hat.

Die Haitianer und das Kind, das in Aikos Bauch heranwuchs, würden für diese leeren Träume aufkommen müssen, so viel stand fest.

Aiko war oft unterwegs. Wegen ihrer bevorstehenden Abreise hatte sie Besorgungen zu machen. Ich saß barfuß in der Küche, las und lernte. Aiko telefonierte mehr als gewöhnlich. Schließlich, als sie dreimal hintereinander die Waschmaschine laufen ließ und ihren Kühlschrank ausräumte, musste ich einsehen, dass es blauäugig war, darauf zu hoffen, sie könnte es sich nochmals überlegen.

Am Tag vor ihrer Abreise hing im Garten alles voller Kleidung, an der Wäscheleine und an einer zwischen Hauswand und Gehege gespannten Schnur. Aiko zog beim Aufhängen die frischgewaschenen Oberteile in Form. Ich beobachtete sie auf Vorrat. Später hörte ich von drinnen das Geräusch von Kleiderbügeln, die in einem Schrank verschoben wurden. Ich suchte ebenfalls zusammen, was mir gehörte, fand Socken und ein T-Shirt und ein Buch, das ich Aiko geliehen hatte. Ich fragte:

»Magst du es noch?«

Sie sagte:

»Nein.«

Mitte des Nachmittags grub ich einen Rosenstock aus und legte einen Weg aus Dielenbrettern zum Gehege. Ich ging nach drinnen, um mir die Hände zu waschen. Aiko bat mich, ihr noch einmal die Haare zu schneiden, so viel Kultur müsse sein. Ich hatte nichts dagegen. Die Sonne schien auf die Terrasse, ich nagte an den Lippen, während die Schere schnippte. Aiko brummte Einsilber in sich hinein. Das Haareschneiden fühlte sich anders an als beim ersten Mal, ich hatte eine Idee, wie die Zukunft sein könnte.

»Irgendwann würde ich Übung bekommen. Beim zehnten Mal wäre ich ganz locker.« Entspannt wie einer, der gedankenlos an einem Stecken schnitzt.

Aiko ging nicht darauf ein, sie weigerte sich seit Tagen, mir etwas in Aussicht zu stellen, das war ihr Programm. Die Haarbüschel am Boden bewegten sich im Wind, waren aber schwer genug, dass sie liegen blieben. Manchmal blitzte die Schere in der Sonne, die Schere hatte einen roten Plastikgriff, das weiß ich noch genau. Einmal drückte ich die Nase gegen Aikos Scheitel und war glücklich. Mir kam sogar vor, dass Aiko anders roch. Oder drehte ich jetzt langsam durch? Ich hatte schon immer gerne an ihrem Kopf geschnuppert und irgendetwas war jetzt anders, bestimmt nicht ihr Shampoo, sie roch irgendwie sauer, erdig. Sind das die Hormone? Oder spinne ich?

»Aiko?«

»Ja?«

»Ich bin der größte Pechvogel.«

Schweigen.

»Du, Aiko …?«

»Ja?«

»Ich möchte dir einen Vorschlag machen.«

»Besser nicht, du brichst dir noch die Zunge.«

»Ach, komm.«

»Es wird jeder von uns glücklich werden.«

»Ja, aber … gemeinsam wär's mir lieber.«

»Mhm.«

»Weißt du, ich-ich glaube, wir sollten zusammenbleiben.«

»Zusammenbleiben, zusammenbleiben …«

»Ich bin so gern bei dir.«

Sie fuhr die Unterlippe aus und pustete Luft gegen die Nase, vielleicht waren ihr einige Haare ins Gesicht gefallen und an der Nase hängengeblieben.

Ich sagte:

»Ich habe angefangen, darauf zu achten, wie die Dinge enden, im Kino, in Büchern, in den Nachrichten …«

»Ja und?«

»Was ich sagen will … ich habe festgestellt, die Dinge enden nicht gut. Das ist mittlerweile ein Klischee für sich.«

»Huh!«

»Das ist doch offenkundig, Aiko.«

»Komm, lass mich.«

»Ich finde, jeder Mensch sollte zwischendurch die Erfahrung machen, wie es ist, wenn etwas gut ausgeht. Findest du nicht auch?«

»Was du dir alles ausdenkst …«

»Es ist mir wichtig.«

»Jetzt hör bitte auf.« Aber ihr Tonfall war weicher geworden: »Sei doch nicht blöd, Julian. Denk praktisch!«

Ich erklärte ihr, wie unser Leben aussehen würde, wie lange ich noch für das Studium brauchte und dass ich nebenher verdienen gehen könne. Sie hörte mich einige Zeit an, dann sagte sie:

»Ich kann mich nicht rühren! Ich muss stillhalten! Ich bin wie in einen Schraubstock gespannt! Wie soll ich da über solche Dinge reden? Hä?«

»Sag einfach ja oder nein.«

Sie schien einen Moment lang alles zu überdenken, dann sagte sie:

»Nein.«

Und weil sie den Kopf weiterhin nicht bewegte und zu faul war, den Mund aufzumachen, war ihre Stimme tiefer als sonst.

Nein. Nein-nein-nein. Da hörst du's, Julian, es geht auch diesmal schlecht aus. Du hast ganz richtig gehört: Nein.

Ich strubbelte ihr durch das robuste Haar, es bauschte sich locker um den Kopf. Ich muss sagen, das Ergebnis hätte mein

Vertrauen in die Zukunft stärken können, statt dessen fühlte ich mich leer. Meine Atmung war ein wenig stockend geworden, ich hatte das Gefühl, dass ich die Luft in meinen Körper nur mühsam hineinbekam und jeden Augenblick umfallen konnte. Aber ich fiel nicht um. Ich blieb stehen, steif, unwissend, unzulänglich, bloßgestellt. Schließlich nahm ich das Handtuch von Aikos Schultern, sie stand auf und klopfte ihre Kleidung ab.

»Danke«, sagte sie.

»Gern geschehen.«

»Und glaub nicht, dass ich das nicht zu schätzen weiß.«

Im weiteren Tagesverlauf war ein feiner Unterschied zu beobachten. Wenn Aiko in meine Nähe kam, blieb sie stehen und kommentierte, was ich machte. Einmal, während sie mit mir sprach, nahm sie mich fest am Arm, und obwohl wir standen, hängte sie sich halb ein. Dieser Moment kam mir vor wie das Leben selber, wie die Verwirklichung von dem, was Leben ist.

Als sie später in der Badewanne lag, kein Schaum, nur bedeckt von Wasser, sagte sie:

»Mein Busen spannt schon ein bisschen, ich hoffe, er wächst nicht allzu sehr, ich wäre nicht Frau genug für größere Brüste. Es reicht grad so, wie es ist.«

Der Badewannenrand schien sacht unter mir zu schaukeln, für einige Augenblicke empfand ich meine Pilgerfahrt als weniger gefährlich. Es wird schon irgendwie werden, dachte ich.

Es vergingen ungefähr fünf Minuten. Ich fiel in einen tranceähnlichen Zustand. Ich hörte den Herzschlag in den Gehörgängen und empfand ein Gefühl der Weite.

»Ich bin ja noch ziemlich jung«, sagte ich schließlich, »aber ich wäre ein cooler Vater, glaube ich … Nicht so ein alter Sack. Ich glaube, ich wäre ziemlich cool …«

»Spinner!«, sagte Aiko und schwieg dann ebenfalls wieder … still in sich hinein. Ich konnte sie in aller Ruhe betrachten. Ich schaute sie an, und der Atem stockte mir, dass dies tatsächlich die ruhig daliegende, nackte und schwangere Frau war, auf die ich stand. Es war ein richtiger Trip … der Bauchnabel … uhhh … ich musste mich festhalten … ja, Julian, zum Anschauen einer Frau braucht es mehr Herz, Wissen und Geist, als du besitzt. Mit einer Frau schlafen ist einfach. Anschauen ist schwierig.

Der Professor kam von einer Untersuchung im Krankenhaus zurück und sperrte sich in seinem Zimmer ein. Das Zwergflusspferd lag in der Suhle, in die ich am Vormittag ein letztes Mal für drei Minuten den Gartenschlauch gelegt hatte, bis die Suhle übergegangen war. Ein letztes Mal bekam das Zwergflusspferd sein Beham'sches Abendessen: in der Kiste. Ich schloss die Kiste für eine halbe Stunde. Als ich die Kiste wieder öffnete, sagte ich zum Zwergflusspferd:

»Jetzt ist auch dieser Tag vorbei.«

Es wurde Nacht. Aiko und ich aßen Fischauflauf und tranken Weißwein. Das Gespräch verlief harmlos, bis ich Aiko fragte, was aus ihrem Vater werden würde. Sie verzog das Gesicht, sie sagte, sie finde, sie und ihr Vater seien quitt, eigentlich gebe es keine offene Rechnung, sie schulde ihm nichts, und er ihr nichts. Er habe sich früher nicht um sie gekümmert, deshalb empfinde sie jetzt nicht die Verpflichtung, sich um ihn zu kümmern, sie habe kein schlechtes Gewissen. Man müsse ihm zugutehalten, er habe von ihr nie verlangt, dass sie sich um ihn kümmerte. Es sei von Anfang an klar gewesen: Hier ist mein Leben, dort deins, letztlich muss jeder selbst schauen, wie er zurechtkommt. Das habe man ihr schon als Kind eingetrichtert, wenn auch unter dem Aspekt: Schatz, du wirst dich niemals um uns kümmern müssen. – Aber ihr sei schon als Kind klar gewesen, dass es sich um einen Vorwand handelte, der rechtfertigen sollte, dass das Leben der Eltern Vorrang hatte vor den Bedürfnissen des Kindes.

»Und ich?«

»Du? Ich glaube, du bist der Freund, den ich mit fünf nicht gehabt habe, Branko, wie ich ihn genannt habe. Einer, auf den Verlass ist, der nicht heute so ist und morgen so. Am liebsten beobachte ich dich, wenn du dich um das Flusspferd kümmerst. Das Flusspferd magst du. Manchmal finde ich, du bist nicht vorsichtig genug. Du näherst dich ihm nicht vorsichtig genug. Du kümmerst dich gern. Ich glaube, du bist der Typ Mann, der einem Proviant mitgibt und einem das Fahrrad aufpumpt.«

»Das würde ich machen!«, sagte ich rasch. Und dann, nach einer kurzen Nachdenkpause: »Aber vielleicht begegnen wir uns nie wieder.«

Erschrocken, dass Aiko nicht sofort widersprach, fügte ich hinzu:

»Das liegt natürlich nur an uns.«

»Na, schauen wir, was dabei herauskommt.«

Das Gespräch geriet ins Stocken.

»Lass uns einen Spaziergang machen«, sagte Aiko.

Wir gingen zum Haus des Schnarchers. Der frisch gekalbte Mond stand ruhig über dem Marchfeld. Das Schnarchen klang vertrauensvoll, leiser als an anderen Tagen, weniger körperlich, ein Grummeln wie von einem Flugzeug hinter Wolken, es mischte sich harmonisch mit den Geräuschen des entfernten Straßenverkehrs, der perfekte Ausdruck des ruhenden Homo petrolensis. Ich stellte mir vor, dass der Schnarcher auch im Winter bei offenem Fenster schlief und dass sein Schnarchen für uns war, was für einen Küstenbewohner die Brandung ist und für einen Sizilianer das Grummeln des Ätna und für einen Dschungelbewohner das Schreien der Vögel. Dem Geräusch zugewandt, malte ich mir aus, dass Aikos Bauch an Umfang zunahm und sich ihr Bauchnabel nach außen wölbte und ihre Scham beängstigend klein wirkte unter dem großen Bauch. Und das Kind in Aikos Bauch hörte Nacht für Nacht das kehlige Raspeln des Schnarchers und käme im Zeichen dieses Geräusches zur Welt.

Aiko und ich schliefen noch einmal miteinander. Ich fühlte mich gehemmt, weil ich angefangen hatte, darüber nachzudenken, ob ich ein guter Liebhaber war. Ich legte mich ins Zeug, aber das änderte nichts daran, dass andere leidenschaftlicher waren als ich … und intensiver. Tibor zum Beispiel. Wenn Tibor die Chance sah, zum Bumsen zu kommen, ordnete er dieser Aussicht alles unter. In Tibors Hirn gab es dann nur noch eine Richtung, und vermutlich setzte sich diese Besessenheit im Bett fort. Für die betreffenden Frauen war es bestimmt toll, so begehrt und gewollt zu werden. Ich selber war

anders. Ich war mit Freude bei der Sache, aufmerksam, riss
mir aber kein Bein aus. Und es musste passen, es konnte auch
etwas stören oder dazwischenkommen. Mein sexuelles Ego
war irritierbar.

Mit solchen Gedanken schlief ich ein. Im Traum hörte ich
Trommeln, ich träumte vom stampfenden Tanz gehörnter
Gestalten. Um sechs weckte mich das Handy, kaum dass der
Tag graute. Aiko murrte, ich stand sofort auf, damit sie weiter-
schlafen konnte. Mein Körper war ausgelaugt von der Nacht.
Ich musste den Kopf unter kaltes Wasser halten und einige
Schlucke trinken, weil ich so ein Fell auf der Zunge hatte. Fertig angezogen, ging ich hinaus in den Garten, hüpfte frös-
telnd auf einem Bein, um endgültig wach zu werden. Als mir
das einigermaßen gelungen war, stellte ich fest, dass der Morgen keineswegs klüger ist als der Abend, erstaunlich, aber es
ist so.

Ein kleiner brauner Frosch saß großäugig am Teichrand,
ein Überlebender. Der Hecht schien satt zu sein. Der Morgen
war kühl und feucht. Dunst lag über dem Wasser.

Ein letztes Mal trottete ich im aschgrauen Licht des Tages-
anbruchs die Straße hinunter, die Sense über der Schulter.
Das frischgeschnittene Gras kam in die Transportkiste, draußen streute ich eine Spur aus Kraftfutterpellets. Das Zwergflusspferd schlief noch, behaglich ins Stroh geduckt. Ich fuhr
mit der Stoßkappe des rechten Schuhs über die Maschen des
Drahtzauns, damit das Zwergflusspferd wusste, dass ich das
Futter gebracht hatte. Es reagierte nicht, es war noch zu früh.
Also ging ich in die Küche auf der Suche nach einer Um-

armung. Aiko und ich frühstückten gemeinsam. Allmählich verbreitete sich eine ruhige Helligkeit im Raum. Wir besprachen, ob ich einen Schlüssel für das Haus behalten wolle, für alle Fälle. Aber ich lehnte es ab in Anbetracht der Antworten, die ich am Vortag erhalten hatte, ich sei nicht ihr Laufbursche. Sie verstand es. Stumm betätigte Aiko die Knöpfe der Kaffeemaschine, sie wartete, bis der Kaffee in die Tassen gelaufen war, stellte die Tassen auf Untersetzer. Und die ganze Zeit wusste sie, was ich dachte … du wirst mir fehlen … was soll ich ohne dich … auch das Flusspferd erhält einen warmen Platz für den Winter … So rührselige, pathetische Dinge.

Als ich im Garten Geräusche hörte, ging ich hinaus. Tibor löste am Zaun mit einem Ratschenschlüssel die Muttern der Seilklemmen.

»Wie geht's, wie steht's?«, begrüßte er mich.

Das Geräusch der Ratsche drängte die Gespenster der Nacht zurück, jedenfalls die guten. Das klickende, schnarrende Geräusch ging mir auf die Nerven. Tibor spielte mit der Ratsche, nachdem er alle Muttern gelöst hatte.

Wir redeten fast nichts, er meinte, es sei am Vortag ein bisschen spät geworden, ihm brumme der Schädel. Ich selber erzählte auch nur Gleichgültiges. Im Morgenlicht wirkten alle Dinge klein. Die mächtigen Bäume vom Abend waren zusammengeschrumpft zu braungrauen Klumpen, ein paar Vögel zwitscherten und störten die Blässe der Dinge.

»Was wenn das Zwergflusspferd nicht aufsteht?«, fragte ich nach einiger Zeit.

Der Transport war für acht Uhr angekündigt. Der Fahrer wollte am frühen Abend in Basel sein.

»Gibst du mir Deckung?«, fragte Tibor.

»Ja, klar.«

Noch einmal fuhr ich mit der Schuhspitze über die Maschen des Zauns. Dann gingen wir ins Innere, ich trug eine große Plastikkiste bei mir, die ich als Schild verwenden konnte. Tibor nahm einen vom Zwergflusspferd abgenagten Ast, so näherten wir uns der Schlafstelle. Das Zwergflusspferd atmete kaum merklich, die rechte Seite war mit Stroh verklebt, die linke schimmerte grünlich-schwarz. Zwischen den Brettern einer Palette stupfte Tibor dem Zwergflusspferd in die Seite, ich redete, damit das Tier die vertraute Stimme hörte, ich erzählte von Basel, dass Basel nicht in den Tropen liege, aber die realen Überlebensbedingungen in der Schweiz seien bekanntermaßen gut, nicht anzunehmen, dass einem Zwergflusspferd dort eine Kugel zwischen die Rippen flog, etwas, was ich von Wien nicht behaupten wollte … Und zur Fasnacht schauten die Basler aus wie die Wiedergänger der toten Flusspferde.

»Hör nicht auf den Holzkopf«, sagte Tibor: »Na, komm schon, Alte, beweg deinen Arsch!«

Dazu zwei Hiebe auf den Hintern. Das Zwergflusspferd wusste, die Menschen sind Besserwisser und Kommandeure. Es stemmte sich langsam ins Stehen, rückwärts kam es aus der Schlafstelle heraus, verharrte auf halbem Weg, dann weiter, alles sehr langsam, bedächtig, diese Geistergestalt. Tibor und ich standen bereits wieder beim Gatter. Das Zwergflusspferd stieg über den dicken Ast, der die Schwelle der Schlafstelle markierte, es drehte sich und schaute aus seiner schwarzen Maske in unsere Richtung. Ich fuhr erneut mit einer Schuhspitze über die Maschen des Zauns. Das Tier wackelte mit den Ohren, Speichel tropfte aus seinem Maul und fiel zu Boden.

Dann saßen wir eine halbe Stunde auf der Terrasse und warteten, bis das Zwergflusspferd in die Transportkiste gegangen war. Alle kamen heraus, Aiko, Kaffee schlürfend, Professor Beham, mürrisch und gereizt, als sei er über Nacht zu der Einsicht gekommen, dass er den Sinn seines Lebens verfehlt hatte. Wiederholt murmelte er:

»Sinnlos.«

Aiko redete Französisch mit ihm. Er murrte, sagte *oui, bon* und *on verra*. Einmal ging sie zu ihm hin und berührte ihn mit der Hand an der Schulter.

»Trop fatal.«

Die Krähe, die bei den Nachbarn wohnte, flog herüber und setzte sich dem Zwergflusspferd auf den Nacken, schaute ihm von dort ins linke Ohr, das Zwergflusspferd ließ es geschehen mit dem Ausdruck einer Kreatur, der solche Kleinigkeiten nichts bedeuten. Der Garten kam mir öde vor, erste Blätter fielen von den Bäumen. Die unheimliche, stechende Klarheit in den Augen des Zwergflusspferdes machte mich beklommen, ein Gesichtsausdruck: traurig und unheilbar. Ich vertrieb die Krähe mit einem Wurf von Rindenmulch.

»Sinnlos«, sagte Professor Beham.

Ich beobachtete eine Locke von Aiko, die an der Hauswand unterhalb des Spaliers zwischen dürrem Gras hing, ich nahm mir vor, die Locke zu verwahren, später, wenn alle weg waren. Das Zwergflusspferd ging zur Transportkiste, schaute das Gebilde aus Hartholzlatten und Eisenbeschlägen mit sanfter Aufwölbung der Stirnhaut an, es fraß einige der Kraftfutterpellets, seine Kiefer klappten auf und zu. Na los, es ist

Zeit! geh an Bord! Das Tier schob seinen massigen Körper in die Kiste hinein, ganz natürlich, als wäre ihm das gerade so eingefallen. Sofort drückte ich mich ins Innere. Diesmal passte ich zuerst das dafür vorgesehene Gitter ein, ehe ich den Deckel schloss. Das Einpassen des Gitters war schwierig gewesen, jetzt saßen alle Verriegelungen, und ich lehnte mich für einige Sekunden an die Kiste. Ich mochte es, dem Zwergflusspferd so nahe zu sein, ohne mich fürchten zu müssen.

»Okay«, sagte ich, »das wär geschafft.«

»Wachs dort nicht an!«, rief Tibor. Er brauchte Hilfe beim Demontieren des Zauns. Wir rollten den Maschendraht ein, legten weitere Dielenbretter bis zur Transportkiste, für den Handstapler, der angekündigt worden war. Jetzt fehlte nur noch der Transporter. Aikos Rollkoffer und eine Tasche standen neben der Terrassentür. Sie ging nach drinnen, um ihre Wasserflasche zu füllen. Tibor verkürzte sich die Wartezeit, indem er Kartentricks übte. Aiko kam wieder heraus und hielt ihr Gesicht nervös gegen die Sonne, die sich gerade von der Giebelkante des Nachbarhauses löste, jenseits des Teiches. Professor Beham imitierte Vogelrufe, aber er verpfiff sich ständig, er war mit seiner Kunst am Ende. Wir alle hatten mehr als genug Zeit und Anlass, einen Zustand der völligen Entmutigung zu erlangen. *Die Leere, das ist der Weg, und der Weg, das ist die Leere. Es gibt Weisheit, Verstand und den Weg, und es gibt die Leere.*

»In die Kiste komme ich dann auch bald«, sagte Professor Beham versonnen. Er zog scharf die Luft ein. Er überlegte und fuhr mit düsterer Kraft fort: »Das ist dann meine letzte Kiste.«

»Mais il faut pas dire ces conneries!«, empörte sich Aiko.

»Was sagt sie?«, erkundigte sich Professor Beham bei Tibor.

»Sie sollen nicht so einen Unfug reden«, gab Tibor trocken zur Antwort.

»Bah … Unfug!« Er brummte, um seine Einschätzung zu bekräftigen, der arme Hund, er konnte einem wirklich leid tun. Professor Beham und das Zwergflusspferd: zwei Auslaufmodelle.

Endlich gegen halb neun hörten wir das Tuten eines zurücksetzenden LKWs. Ich hatte Beklemmungen beim Gedanken an das, was als nächstes kam. Ich blieb beim Zwergflusspferd, während Tibor hinaus auf die Straße ging. Verlegen schauten das Zwergflusspferd und ich einander an, zwei Pilger, wandernd in finsterer Schlucht. Mit der Gießkanne spritzte ich dem Tier den Buckel ab, es hielt im Fressen inne, entschloss sich, das Maul aufzureißen, ich goss ihm etwas Wasser in den Rachen. Es hielt den Schlund lange offen. Ich ging die Gießkanne wieder auffüllen. Als ich zurückkam, waren die Zinken des Handstaplers bereits unter die Kiste gefahren. Zwei Männer beförderten die Kiste zur Straße vor. Mit einem Gefühl des Ausgeliefertseins schaute ich zu. Das Zwergflusspferd fand sich mit der unbegreiflichen Reise willig ab.

»Obacht, Roland … Obacht!«, hörte ich den einen Mann mit Schweizer Akzent sagen.

Aiko legte mir kurz den Arm über die Schulter und sagte:

»Suchen wir den Ausgang.«

Sie trug Cowboystiefel und ein kurzes rotes Kleid, darüber eine Wildlederjacke mit Fransen an den Ärmeln. Wie die Darstellung der ausfransenden Ränder ihres Wesens. Ihre Hände berührten mich mit kleinen verzagten Bewegungen.

»Werde ich etwas von dir hören?«, fragte ich.

»Ich bin bestimmt nicht der Mensch, der Briefe schreibt und sie mit blutenden Herzen verziert.«

»Das klingt, als trennten wir uns für immer.«

»Jetzt übertreib nicht«, sagte sie.

Tibor hatte einen Fotoapparat bei sich und fotografierte. Er hätte gerne gehabt, dass ich freundlicher schaue. Es war entsetzlich. *Entsetzlich* ist nur ein Hilfsausdruck. Ich beneidete Tibor, dass er keine Unsicherheit kannte.

»Die Sänfte der Königin von Bongo«, kommentierte er ein soeben gemachtes Foto. Er musste lachen und lachte so gewinnend, dass selbst das meist unergründliche Lächeln von Professor Beham an die Oberfläche getrieben wurde und in die Breite ging.

Das Zwergflusspferd wurde verladen. Die Rampe am Transporter fuhr summend nach oben. Der Stapler schob die Kiste in den Laderaum. Die beiden Männer zurrten die Kiste fest. Ich stellte die Gießkanne auf die Rampe, dann lief ich zurück zum Haus und holte das in einem Eimer vorbereitete Futter für die Fahrt.

Aiko und Tibor hatten irgendeinen Spaß miteinander, der mir vorenthalten blieb. Das gemeinsame Lachen der beiden störte mich, ich verstand nicht, was sie sagten. Aiko küsste Tibor links und rechts, er umarmte sie und schaukelte scherzhaft hin und her, der Trottel. Zum Schluss boxte er ihr noch freundschaftlich gegen die Schulter. Dann wandte sich Aiko ihrem Vater zu.

»Jusqu'à Noël, papa!«, sagte sie.

»Nein, Aiko, an Weihnachten bin ich nicht mehr hier.«

»Bien sûr, tu seras encore là, à Noël!«

»Reines Wunschdenken, Aiko … Also, pass auf dich auf.«

»Tu es vraiment un dur, toi.«

»Was?«

»Ein harter Knochen«, übersetzte Tibor. »Ihre Tochter sagt, dass Sie ein harter Knochen sind.«

Es geschah etwas mit Professor Behams Gesicht, das bemerkenswert war: das Pferdegesicht bekam etwas Weiches, das aschene Grau der Haut rötete sich, so sehr freute ihn das Lob seiner Tochter, ein Lob, gut versteckt wie in den Wörtern *Glob*us, kie*lob*en und Hämo*glob*in. Es war tatsächlich ein Lob, wenn man es weiter übersetzte: Ich bin froh, Papa, dass du kein Heuchler bist und dass du nicht jammerst. – Professor Beham zwinkerte sich rasch etwas Feuchtigkeit aus den Augenwinkeln, der Mensch, das alte Seelentier. Da sah man es, auch ein Professor braucht Anerkennung, nicht anders als ein Student, dieses Immer-aus-eigener-Substanz-Leben ist auf Dauer selbst einem Professor zu wenig.

»Gottverdammte Streunerin«, sagte er und kratzte sich verlegen den Kopf. Für einen Augenblick sah auch Aiko verletzlich und verwirrt aus.

Ich hoffte, dass jetzt alles rasch ging, Schluss, es war sinnlos, die Sache in die Länge zu ziehen, ich musste mich sowieso fügen in das, was entschieden wurde, ob es mir nun gefiel oder nicht, mich hatte niemand gefragt, Pech, das ist halt so, du wirst dich damit abfinden müssen. Aiko betrachtete mich mit ihrem ruhigen, von Versprechungen leeren Blick. Ich hatte Lust, ihr um den Hals zu fallen und sie auf den Mund zu küssen, aber es gelang mir, diese Regung zu unterdrücken. Aikos vom frischgeschnittenen Haar umrahmtes Gesicht kam in Schräglage, sie nahm meine beiden Hände, ich spürte die Wärme ihrer Haut.

»Ja, dann …«, sagte sie.

»Ja, dann, Aiko … Lass von dir hören.«

»Pass auf dich auf, Julian. Du wirst deinen Weg machen, das weiß ich mit absoluter Sicherheit.«

»Und wie und wo?«

»Du musst suchen«, sagte sie.

Wir hörten das Geräusch beim Verriegeln der Tür zum Laderaum. Die Männer gingen zu Professor Beham, der ihnen die Transportpapiere aushändigte. Alles weitere war im Vorfeld am Telefon besprochen worden. Auch Aikos Gepäck war schon verladen.

»Bon voyage, mein Lieber.«

»Bon voyage, Aiko.«

Sie küsste mich auf den Mund, ein spitzer, keuscher Kuss mit trockenen, aber immerhin weichen Lippen. Auf den Fotos konnte man sehen, wie sehr ich auf diesen Kuss gewartet hatte. Ich hörte das Klicken und schaute mich nervös nach Tibor um. Vor einigen Jahren, nachdem wir uns zufällig auf der Straße getroffen hatten, hat er mir Abzüge geschickt, auch das Bild von Aiko, wie sie an der offenen Beifahrertür lehnt und lacht, eine Hand an ihrem Bauch. Sie stieg ein. Sie saß unglaublich weit oben, zwischen dem Fahrer und dem Tierpfleger. Ich bildete mir ein, dass ich sie niemals wiedersehen würde. Von dort oben blies sie uns einen Kuss von den Fingerspitzen herüber. Der Fahrer startete den Motor, und der Transporter rollte aus der Straße hinaus.

Wir blieben zurück in einer Dieselwolke. Professor Beham hatte für einige Sekunden den bloßgelegten Schrecken im Gesicht. Tibor rieb sich die Nase. Und ich selber begriff mit plötzlicher Wucht, wie sehr ich bis zuletzt darauf gehofft hatte, dass etwas Dramatisches passiert: dass Aiko sagt, ich solle so rasch wie möglich nachkommen. Oder dass sie einen Nervenzusammenbruch bekam. Ich gehöre zu den Menschen, die insgeheim an Wunder glauben. Aber nichts. Wir alle waren ganz perplex und still, als habe sich gerade ein Spuk verflüchtigt. Und als würden wir lauschen.

Zwanzig

Die Arbeit war ein Betäubungsmittel, mir ging's wie nach der Spritze beim Zahnziehen, alles steinern, wie tot. Dazu ein tief aus den Eingeweiden kommendes Unwirklichkeitsgefühl, das lange nicht vergehen wollte, während Tibor und ich den Garten zurückbauten. Zuerst waren die Sockel der Zaunpfähle an der Reihe, wir gruben sie aus und räumten sie hinter die Garage. Die Löcher schaufelten wir zu. Dann demontierten wir die Schlafstelle und schlugen die grau gewordenen Paletten zu Kleinholz. Tibor wollte das Holz ins Wochenendhaus seines Onkels schaffen, ebenso den Maschendrahtzaun, wozu, das sagte er nicht, es war mir egal. Ich setzte den Rosenstock ein, der dem Plankenweg für den Stapler hatte weichen müssen, rodete zwei dürre, besenartige Sträucher, die das Zwergflusspferd beim täglichen Markieren überdüngt hatte. Unterdessen grub Tibor den Lehm aus der Suhle, vermischte ihn mit Rindenmulch und Material vom Komposthaufen und schaufelte die Grube zu. Wir machten rasch Geländegewinne, geredet wurde wenig, weil ich an Aiko dachte und daran, dass sie schwanger war. Entweder Tibor wusste davon oder es ging ihn nichts an. Wir spürten beide ein diffuses Unbehagen, etwas Zersetzendes, das sich zwischen uns breitmachte. Es war klar, dass dieses Zersetzende stärker sein würde als die Sympathie, die sich ebenfalls immer wieder regte. Wenn etwas nicht so wollte, wie wir mochten, fluchten wir gereizt.

»Sauzeug«, sagte Tibor.

»Verfluchter Dreck«, sagte ich.

Gesprächiger wurden wir erst, als die ärgste Schmutz-
arbeit verrichtet war und in dem leeren Garten fast nichts
mehr ablenkte von den Problemen, die uns plagten. Es half
auch, dass Tibor im Auftrag von Professor Beham zwei im Osten Frankreichs abgefüllte Flaschen Wein entkorkt hatte. Die
Flaschen standen auf dem Terrassentisch, wir gingen immer
wieder hin und kippten uns einen Schluck hinter die Binde.
Wir brachten ein Wohl auf das Zwergflusspferd aus, ein Wohl
auf Aiko und eines auf Professor Beham. Professor Beham saß
in der Sonne und sah geschrumpft aus, mit glasigem Blick
starrte er vor sich hin.

»Ich habe Judith getroffen«, sagte Tibor: »Sie war in Begleitung … Angeblich ein Wasserballer.«

»Verschon mich, bitte. Das ist endgültig vorbei.«

»Gibt es eine andere?«

»Schön wär's.«

»Es ist so ruhig um dich geworden.«

»Also meistens war ich hier … Meine Schulden bei Judiths Vater habe ich vor zwei Wochen beglichen.«

»Judith hat es erwähnt. Du seist schlecht draufgewesen.«

»Ha! Wenn's nach mir gegangen wäre, hätte ich lieber eine
Handvoll Nägel geschluckt. Aber es hat mich niemand gefragt. Wie so oft.«

Ich harkte den restlichen Rindenmulch zu einem Haufen.
Der Haufen roch nach Flusspferdkot und Schweiß, modrig
wie ein im Turnbeutel vergessenes, feuchtes Handtuch. Die
Spatzen hüpften auf der nackten Erde umher und pickten
nach Insekten, die große Chance zum Fettwerden, bevor der
Winter kam. Kalte Windstöße fuhren heran. Im Norden der

Stadt trieb der Wind Wolken zusammen wie in einem Pferch. Möglicherweise regnete es dort bereits.

»Ich soll dir von Judith ausrichten, dass du die Küchenkredenz holen sollst.«

»Ach so …?«

»Sie schlägt Samstagabend vor.«

Ich streckte erschöpft die Zunge heraus. Die Verfassung, in der ich mich befand, machte mich anfällig dafür, das Unangenehme als unangenehm zu empfinden. Es war zum Kotzen.

»Und was tut sich bei dir?«, fragte ich.

»Bei mir …? Du weißt, Trennungen stärken den Charakter.«

»Dann hast du Claudi also abserviert?«

»So würde ich es nicht ausdrücken. Am Sonntag haben wir über die Zukunft geredet. Ich habe ihr gesagt, dass ich noch drei oder vier Monate bei ihr bleibe, und dann heirate ich eine reiche Frau.«

»Erzähl keine Geschichten!«

»Ich schwöre dir, so war's. Und sie hat Verständnis gezeigt.«

»Also wirklich, du benimmst dich wie ein Kind.«

»Ja, natürlich, mein Meister.«

Tibor rammte augenzwinkernd seine Schaufel in die Erde. Das sausende, metallene Geräusch verhallte im Garten. Stille breitete sich aus. Wir standen am Rand des Teiches. Zwischendurch tschilpte ein Spatz als Teil der Stille. Alles war Stille. Meine Unwirklichkeitsgefühle wurden nicht weniger. Und ich dachte: Tibor ist ein Idiot.

»Du bist so ein Idiot!«, sagte ich: »Ich meine, das kannst du nicht bringen. Claudi … das ist wirklich eine Nette, eine Sym-

pathische, die mag dich, die steht auf dich! Und was tust du?
Du tauschst sie gegen Sabine ein. Du bist wirklich ein Arschloch!«

Tibor lachte mit einer herunterspielenden Handbewe-
gung. Die Schimpfwörter schienen ihn nicht allzu hart zu
treffen. Mit der wurschtigen Miene, die typisch für ihn war,
wenn er sich kein Verständnis erwartete, aber längst entschieden hatte, sich nicht abhalten zu lassen, sagte er:

»Claudi ist so langweilig, da vertrocknet einem das Gehirn.«

So drückte er sich aus. Seine lässige Verächtlichkeit mach-
te mich wütend. Oder Aikos Abreise machte mich wütend.
Oder mein Verhalten Tibor gegenüber machte mich wütend.
Warum kümmerte ich mich nicht um meinen eigenen Dreck?
Warum eigentlich? He?

»So eine wie Claudi … Du bist ja nicht ganz dicht!«

»Ich weiß, wenn ich von was die Nase voll habe. Claudi
rückt mir viel zu sehr auf die Pelle. Ich komm ja kaum zum
Luftholen.«

»Das höre ich zum zehnten Mal, seit wir uns kennen. Und
beim nächsten Mal wieder. Vielleicht ist die Essenz aus dem
allen, dass du dein eigener perfekter Gefährte bist.«

»Kann schon sein.«

»Und dass du es schaffst, so einen Blödsinn zu verzapfen …
dass Claudi Verständnis hat, wenn du ihr sagst, du bleibst
noch drei Monate bei ihr und dann heiratest du eine reiche
Frau. Das ist überhaupt das Blödeste, was man sich ausdenken
kann bei äußerster Anstrengung.«

»Was soll ich machen, wenn's so war? Es beweist, dass Claudi zu wenig Selbstbewusstsein hat.«

»Es beweist, dass sie dich immer in Schutz nimmt. Du bist wirklich ein Arschloch!«

Er zog die Augenbrauen hoch, überrascht von dem, was er hörte. Dann sagte er in friedfertigem Tonfall:

»Komm schon, alter Raunzer …«

Er begegnete mir weiterhin mit einer sturen Freundschaftlichkeit, als habe er sich einmal so entschieden und könne nicht zurück. Das war lächerlich, erschreckend und beschämend für mich.

»Können wir uns nicht einfach darauf einigen, dass wir unterschiedlicher Meinung sind?«, fragte er.

»Das ganz bestimmt. Aber das ändert nichts dran, dass ich weiß, was Scheiße ist, wenn ich's sehe.«

»Ich weiß ehrlich nicht mehr, was ich sagen soll.«

»Dann halt doch einfach die Klappe.«

»He, verdammt! Was ist los mit dir? Man könnte grad meinen, du hast eine Affäre mit dem verdammten Flusspferd gehabt. Oder mit der verdammten Aiko.«

Da zeigte es sich wieder, dass noch eine andere Person in mir steckte, und diese andere Person gab Tibor einen Kopfstoß. Er taumelte zurück, fiel aber nicht hin. Sein Gesicht wirkte überrascht und unschlüssig, es rötete sich. Jetzt war schon alles egal, und ich versuchte, Tibor in den Teich zu stoßen. Für einige Momente war das Körperliche das einzige Reale auf der Welt, ich war frei von schweren Gedanken, frei von der Mühe des Erwachsenseins. Ein paar Lichter sausten vorbei. Ich fühlte das Blut in den Schläfen pochen, es erstaunte mich, dass Tibor nicht einfach umfiel, sein Körper strahlte Festigkeit und Widerstandskraft aus, dieser handfeste Gegenstand aus Knochen und Fleisch. Beinahe hätte ich zugebissen.

Tibor schnaufte in kurzatmigen Stößen, er versuchte mehrmals, mich um den Hals zu fassen, dann oberhalb des rechten Knies. Ich wich jedes Mal aus, konnte aber ebenfalls keinen Griff ansetzen, sehr komplex, das Stoßen und Ziehen, das Zerren und Drehen, das Bücken und Beinstellen, das Verstärken des Griffs, das Loslassen, der Versuch, in eine bessere Position zu gelangen. Kein Überblick, kein Plan, kein Gespür für diesen fremden Körper. Dabei war es nur eine Frage der Zeit, bis einer von uns im Dreck des Zwergflusspferdes ausrutschte. Ich sah es vorher. Und weil ich es vorhersah, war ich es, dem es passierte, ich war jetzt wieder Geist, voller Ahnung und Angst. Plötzlich fehlte der Halt, der Boden schwankte unter mir, Tibor packte mich um die linke Kniekehle, drehte mich herum und schleuderte mich zur Seite.

Das Wasser umschloss mich, körperlich, aber es drückte und drängte nicht, es war einfach da, umgab mich von allen Seiten. Einige Zeit ließ ich mich treiben, da trieb ich ganz still … ohne Überraschung, ohne Schmerz … während der Lastwagen über die Westautobahn glitt, sich Stunde für Stunde voranschob. Ich empfand nur Staunen und Einsamkeit, ich wartete, bis diese Gefühle vergingen, sie dehnten sich aus, fingen an zu schimmern, es war, als würden sie platzen im nächsten Moment. Da kam ich zurück an die Oberfläche und prustete. Das Wasser schmeckte wie die Jugend, tatsächlich, nach Schlick und Urwald, nach nichts Besonderem und der eigenen Spucke und nach der ganzen überraschenden, bedrohlichen Welt. Ich schob mich an den Teichrand, meine Schuhe versanken im Schlamm, Blasen stiegen auf, der Teufel hing mir am Hintern, weshalb ich nicht hinaufkam. Tibor hielt mir die Hand hin. Ich griff zu. Und während Tibor mich herauszog, hatte sein Gesicht einen Ausdruck unfasslicher Traurigkeit.

»Das war wohl das, was ich gebraucht habe«, sagte ich keuchend: »Nichts für ungut.«

»Ja, nichts für ungut«, sagte auch Tibor. Er richtete seine Kleider zurecht und ging zur Terrasse. Das Hemd klebte ihm am Rücken. Sich noch einmal umdrehend, sagte er:

»Verdammter Idiot!«

So endete alles in einem großen Durcheinander. Erschöpft und mit dem Gefühl, dass ich noch immer im Wasser trieb, ging ich hinter Tibor her zur Terrasse, über der das Haus riesig und trist aufragte. Das Wasser knatschte in den Schuhen, mein rechtes Knie schmerzte, ich hatte es mir im Fallen am Teichrand angeschlagen. Ein Fingerknöchel blutete, ich leckte ihn mir ab und spuckte aus. Professor Beham, dessen Rollstuhl in der offenen Terrassentür stand, schaute mich an.

»Solange niemand dabei umkommt ...«, sagte er und blies Rauch aus.

Ich hatte das Bedürfnis, etwas zu seiner Beruhigung zu sagen, aber mir fiel nichts Beruhigendes ein. Der Professor ließ einen Satz folgen, den ich schon einmal von ihm gehört hatte:

»Ihr jungen Leute seid in Ordnung.«

Schuldbewusst, die Augen gesenkt, ging ich zu einem der Gartenstühle und setzte mich. Allmählich ging dem Nachmittag die Kraft aus. Dicke Wolken zogen Richtung Sonne, kurz darauf glitten Schatten über den Teich. Und Tibor sagte:

»Es hat nicht besonders elegant ausgesehen, wie du in den Teich gefallen bist. Es fehlt dir an Anmut.«

»Wie es auch ausgesehen haben mag.«

»Und ich glaube, du hast mir die Nase gebrochen.« Das sagte er, während er behutsam an seinem Nasenbein herumdrückte.

Ich schaute prüfend in sein Gesicht, um festzustellen, ob eventuell etwas dran war. Tibor sah aus wie immer.

»Kann ich mir nicht vorstellen«, sagte ich.

»Meine Vorstellung reicht weiter«, gab er zur Antwort.

»Wenn es so ist, tut es mir leid.«

»Ist okay.«

Die Luft fuhr mir durchs nasse Haar. Ich spürte das kalte All dort draußen. Meine Kleider rochen schlammig, eine Prise Zwergflusspferd stieg mir in die Nase. Ich bin dreckig, ich stinke, ich bin ein Narr.

Nachdem ich mich bis auf die Unterhose ausgezogen hatte, tappte ich ins Haus. Ich wollte nicht die barrierefreie Dusche im Erdgeschoss verwenden, ich bevorzugte es, in den oberen Stock zu gehen, dessen Bad Aiko immer benutzt hatte. Ich stieg vorbei an der nagelgespickten Fetischfigur, der ich eine Grimasse machte. Ich duschte lange, es kann sein, dass ich während des Duschens einschlief. Im Schlaf wünschte ich, ich hörte jetzt auf zu zittern, ich wünschte, dass der Lastwagen auf halbem Weg kehrtgemacht hatte, ich wünschte, dass ich in dieser Geschichte nicht ganz verlorenging. Nachher wandte ich mich Aikos Kleiderschrank zu. Ich nahm eine Trainingshose heraus, sie war mir nicht zu eng, nur ein bisschen kurz. Auch ein Sweatshirt mit einem weiten Schnitt fand ich. Meine nassen Kleider und die Schuhe, die ich unter dem Gartenbrunnen abgespült hatte, steckte ich im Keller in den Trockner, ich kannte mich ja aus.

Beim Abendessen, das wir kommen ließen, war mein Gaumen stumpf, als klebte dort noch etwas Schlamm. Tibor und ich gaben uns entspannt, aber es bestand kein Zweifel, dass dieser Vorfall unsere Freundschaft ruiniert hatte. Und dazu die Gedanken an Aiko. Jetzt war sie bestimmt schon in Basel, aber gut, es gehören zwei dazu, und Aiko hatte offenbar andere Pläne, warum sich etwas vormachen? Ich wurde nicht gefragt. Und wenn es schon am Anfang nicht läuft: Wie soll das auf Dauer halten? Wo soll das hinführen? Am besten, ich bleibe cool und tu so, als wäre mir alles egal. Einfach weitermachen wie bisher. Überhaupt ist das ganze Beziehungszeug sinnlos. Was soll denn das überhaupt bringen? Man muss sich doch nur umschauen. Wo sind die glücklichen Paare? Da bleibe ich lieber allein.

Während all diese Gedanken durch mich hindurchgingen, war die Sonne versunken. Ringsum stieg Dunkelheit auf, als sei sie eine schmutzige Ausdünstung der vom Rindenmulch befreiten Erde. Kurz sah ich das Flusspferd über den dunklen Himmel galoppieren, ich überlegte, ob ich versuchen sollte, ihm zu folgen. Aber ich war zu schwach, ich sah nur von weitem das Feuer in den Nüstern und die Funken, die unter den Klauen hervorsprühten.

Um kurz nach neun verabschiedete sich Tibor, seine Nase war angeschwollen, aber er sagte nur, dass er den Wein spüre. Wir hatten auch wirklich genug getrunken. Er ging nach drinnen, weil er dem Professor noch etwas zu geben hatte, und verschwand durch die Haustür. Ich leerte mein Glas mit einem Zug, schüttelte mich, dann holte ich meine Kleidung und die Schuhe aus dem Keller und verdrückte mich ebenfalls. Schon lange war ich nicht mehr am Abend nach Hause gegangen, jetzt war es bereits dunkel. Lampen mit Bewegungsmeldern an den Häusern und Einfahrten klickten. Es wurde Licht. Es wurde Finsternis. Es wurde Licht. Es wurde Finsternis. Ich ging mit schmerzendem Knie. Absichtlich trat ich auf alle Kanalgitter, es soll nur alles schiefgehen! dachte ich.

Einundzwanzig

Beim ersten Aufwachen nahm ich das Geräusch des Regens wahr, der an mein Fenster trommelte. Aber ich war noch nicht bereit für einen neuen Tag, schaute kurz in den grauen Himmel und kurz auf das Bücherregal, in dem sich die Farben mischten, dann schlief ich weiter. Ich wurde erst wieder wach, als Nicki im Wohnzimmer über die knarrenden Parketten lief. Es regnete noch immer. Leise in dem Rauschen und Klacken hörte ich Nicki singen, vermutlich dachte sie, ich sei nicht nach Hause gekommen oder, wie so oft, früh weggegangen. Sie würde enttäuscht sein, wenn ich plötzlich aus meinem Zimmer trat. Ich merkte an jeder ihrer Bewegungen, wie sehr sie ihre Ungestörtheit genoss.

Jetzt fiel mir ein, dass ich unruhig geschlafen hatte. Weil mein Kopfkissen nach Nickis Parfüm roch, hatte ich geträumt, dass sie mich verfolgt, im Traum hatte ich kaum Luft bekommen unter ihren Annäherungsversuchen. Jetzt schnupperte ich am Kissen, und der süßliche Geruch stieg mir sofort in die Nase. Ich warf das Kissen aus dem Bett, zwei Minuten später stand ich auf. Als ich ins Wohnzimmer trat, manipulierte Nicki gerade den Rundenzähler an ihrem Hüpfseil. Sie schaute erstaunt auf. Ich sprach sie auf den Parfümgeruch an, nicht unfreundlich, weil ich noch ihr Singen im Ohr hatte. Mit einem langgezogenen *Ach-so?* schindete sie Zeit.

»Na, hundertprozentig«, sagte ich erschöpft.

Vielleicht merkte sie an meinem Tonfall, dass ich andere

Sorgen hatte. Entspannt richtete sie sich den Ausschnitt des speckigen Bademantels, den sie von ihrem Vater hatte, und murmelte, sie habe sich das Kopfkissen ausgeliehen und beim Lesen als Nackenstütze verwendet. Ich nickte und durchquerte das Wohnzimmer Richtung Dusche. Als ich nach dem Duschen zurück in mein Zimmer ging, war Nicki nicht mehr da. Ein frischer Überzug für das Kopfkissen lag vor meiner Tür, immerhin.

Nachdem ich das Kopfkissen neu bezogen hatte, stand ich am Fenster und überlegte, was ich mit mir anfangen sollte. Das Geschäft des Weiterlebens war an diesem Tag ein wenig schwierig, fand ich, es war beinahe unmöglich, klare Gedanken zu fassen, und – vor allem – die Gedanken zu wechseln. Diese widerliche Klebrigkeit. Wie belemmert starrte ich auf den Wienfluss, der ein Vielfaches der normalen Wassermenge über sein gemauertes Bett führte, das Rinnsal aus Jauche war zu etwas angeschwollen, das den Namen *Fluss* ausnahmsweise zurecht trug. Und die Autos unter mir zogen Schleier aus Gischt hinter sich her, vor zwei Minuten hatten sie die Statue des schmerbäuchigen Marcus Antonius passiert, dessen kleiner, von Löwen gezogener Triumphwagen seit hundert Jahren vor der Secession stagnierte. Stagnierte wie ich. Alles, was ich zustande brachte, war diese rastlose Stimme, die in meinem Kopf monologisierte, ein endlos quellender Brei aus Aiko, Paris, Schwangerschaft und Bauch. – Warum sage ich Bauch? Was ist drin in diesem Bauch? Ist das, was dort wächst, von mir? Und wenn ja, was bedeutet das? Was soll das groß bedeuten? So eine Schwangerschaft passiert allein in dieser Stadt in diesem Moment zigtausendfach, ist halt ein Kind. Nur dass du anderes zu tun hast, als Windeln zu wechseln.

Aber ich glaube tatsächlich, dass ich ein cooler Vater wäre, das würde schon alles irgendwie gehen, vor allem wenn Aiko einen Buben bekäme, das könnte ich mir vorstellen. Ein Bub wie ich. Da weiß ich ungefähr, wie er tickt. Ach, wirklich? Glaubst du das allen Ernstes? Du begreifst doch dich selber so wenig wie alle anderen, du stehst doch ständig auf dem Schlauch! Nein, im Ernst, ich glaube, mit einem Buben könnte ich umgehen. Mit einem Mädchen ... um ehrlich zu sein, ich kann mir nicht einmal vorstellen, ich meine, das klingt vielleicht blöd, aber ich kann mir nicht einmal vorstellen, dass es mir möglich ist, ein Mädchen zu *machen*. Auch cool, genaugenommen, dass ich ein Mädchen machen kann, obwohl ich Mädchen eigentlich nicht verstehe. Verrückt! Ja, allerdings, verrückt. Wenn das nicht verrückt ist, dann weiß ich auch nicht, da sagst du ausnahmsweise etwas Wahres! Und cool, ja! Ob mir eine Tochter weiterhelfen würde? Ob ich da etwas lernen könnte? Mein Gott, da sieht man, was für ein Schwachkopf du bist. So lange wirst du hoffentlich nicht warten wollen, bis dir ein Licht aufgeht! Das stimmt auch wieder, das zöge sich einige Jahre hin, so einfach ist das alles nicht. Ja, vor allem wenn man so ein Pinkler ist wie du. – Ach, lass mich in Ruhe!

Ich fuhr zu Professor Beham, um im Garten klar Schiff zu machen. Vielleicht erfuhr ich dort Neuigkeiten. Die von Tibor in den Dreck gerammte Schaufel stand noch wie am Vortag, als sei hier einer nur kurz weggegangen. Ich schrieb Tibor eine SMS, in der ich mich nochmals entschuldigte. Er antwortete, dass er die Sache schon wieder vergessen hätte, wenn seine schmerzende Nase nicht wäre.

Ist es schlimm?

Frauen stehen auf krumme Nasen, das weißt du am besten!

Unverbesserlich?

Für mich kann ich's bejahen.

Ich zog die Schaufel heraus, säuberte sie, vermutlich würde sie vor dem Winter nicht mehr verwendet. Und auch nicht vor dem Tod von Professor Beham. Das übriggebliebene Stroh trug ich zu einem Biomüllcontainer. Zuletzt lockerte ich im Garten die Erde auf und verstreute allen Rasensamen, den ich in der Garage gefunden hatte, fünf Kilo mindestens. Ich wollte hier Grün sehen, das letzte Grün meiner Jugend. Mit großzügigem Schwung warf ich den Samen, es regnete ohne Unterlass, das machte die Sache friedlich. Es störte mich nicht, dass mir zwischendurch dicke Tropfen in den Nacken fielen und dass die Achselhöhlen sich unter der Pelerine mit Schweiß füllten. Ich arbeitete ohne Pause und ohne Rücksicht auf mein rechtes Knie, das sich bei abrupten Bewegungen meldete. Der Schmerz erfüllte mich mit einer mitleidlosen Genugtuung.

Gras wächst bekanntlich langsam, sehr langsam, es heißt, während das Gras wächst, verhungert das Pferd. Dieser Gedanke machte mich beklommen, ich hatte wieder diese Stimmen in mir, vermutlich kennt das jeder, wie das ist, wenn die Gedanken anfangen, durch einen hindurchzugehen mit langsam sich steigernden Horrorszenarien. Deshalb brauchte ich eine neue Beschäftigung, eine Beschäftigung, die Anforderungen stellte an meine im Wachsen begriffene Weisheit, eine Beschäftigung, die mich davon abhielt, an Aiko zu denken, an ihren langsam wachsenden Bauch und an die schnell wachsende Lücke, die entstanden war, weil Aiko sich aus dem Staub gemacht hatte. Wenn ich mich nur lange genug ablenkte, würde alles irgendwie vorbeigehen.

In der Garage hing an der Decke ein Rost, der allerlei nützliche und nutzlos gewordene Dinge trug. Auch ein grünes Vogelschutznetz für den Kirschbaum war dort hineingestopft. Ich zog es heraus, breitete es im Garten aus und flickte zwei größere Löcher. An der einen Längsseite des Netzes band ich Steine ein, damit das Netz auf Grund ging, ich band Schnüre an jede der vier Ecken, und holte mir zuletzt eine Stange, ebenfalls aus der Garage. Mit dieser Stange stocherte ich in den nordseitigen Binsen des Teiches, damit sich der Hecht von dort verzog. Ich ließ das Netz vor den Binsen ins Wasser und dachte darüber nach, wie ich es am besten einholte. Da öffnete sich die Terrassentür, Professor Beham fuhr in seinem Rollstuhl heraus und fragte:

»Was soll das werden?«

»Ich fange den Hecht«, sagte ich.

»Der soll nur an seiner Gefräßigkeit zugrunde gehen.«

Durch das Regenwasser, das mir die Augen trübte, sah ich zu Professor Beham hinüber. Er war für mich zu einer neuen Person geworden, seit ich seine Tochter liebte, er war mir in seiner Krankheit nicht mehr so unheimlich wie während der ersten Zeit, und ich dachte nicht mehr mit einem Achselzucken, dass er halt Pech gehabt hatte. Der Anblick, den er bot, hatte etwas Bestürzendes, dieses hohlwangige Gesicht mit den tiefen, abwärts laufenden Falten. Bald würde der Professor in die erwähnte Kiste kommen. Bald würden einige Leute im Garten stehen, schwarz gekleidet, die Krawatten schon gelockert, den Beaujolais des Professors trinkend. Vielleicht würde jemand den Teich zuschütten und eine Kinderschaukel hinstellen, so Zeug.

Ich sagte:

»Mir ist der Hecht so unsympathisch wie Ihnen. Aber dafür kann er nichts.«

»Habe ich gesagt, dass er mir unsympathisch ist?«

»Ähm … mir jedenfalls ist er es.«

Der Teich nahm den Regen bereitwillig auf, ich konnte das laute Prasseln physisch spüren. Das Netz hing im mit frischem Sauerstoff angereicherten Wasser, Hunderte verschieden große, interferierende, wachsende und vergehende Wellenkreise musterten die Wasseroberfläche, ich blickte darüber hinweg. Gottverlassene Gartenödnis … Drecksgarten … verfluchter Hecht … Die vier Schnüre, die mit dem Netz verbunden waren, hielt ich in der Hand.

»Ich frage mich, wie das gehen soll«, sagte Professor Beham einlenkend.

»Wird schon gehen«, sagte ich.

»Du hast Ideen …«

Er schüttelte den Kopf, aber nicht, weil er dagegen war, irgendwie neugierig, belustigt. Ich war froh, dass er mich gelten ließ.

»Was muss ich tun?«, wollte Professor Beham wissen.

»Haben Sie keinen Regenmantel?«

»Es macht mir nichts aus, wenn ich nass werde. Ich glaube sogar, dass ich's mögen werde.«

Er blickte zum grauen Himmel auf, aus dem teilnahmslos der Regen sank, er zog seine Zigarette besser in Brand.

»Ja, dann …«

Rasch lief ich in die Garage und holte einen Eimer. Ich

füllte den Eimer zur Hälfte mit Teichwasser und stellte ihn zur Seite. Professor Beham manövrierte seinen Rollstuhl an den Teichrand, wo dieser mit Steinplatten gefliest war. Er fixierte die Bremsen des Rollstuhls. Seine Zigarette steckte er sich zwischen die Lippen, damit er beide Hände frei hatte. Ich gab ihm die Schnüre für die linke Seite des Teiches, dann zogen wir langsam an und holten das Netz ein, keine alten Schuhe, kein Totenschädel mit Wachsspuren am Scheitel, nur ein wenig mit Stroh gespickter Schlamm, der sich in dem dichten Plastikgeflecht verfangen hatte. Wir wiederholten den Vorgang mit kleinen Anpassungsmaßnahmen, die Professor Beham vorgeschlagen hatte. Beim dritten Mal hatten wir den Hecht im Netz, er zappelte heftig, wie ein verdammter Hungerleider sah er nicht aus. Und ich reckte die Faust in die Höhe und stieß einen Jubelschrei aus. Und Professor Beham rief:

»Pack den Fisch!«

Und ich packte den Fisch mit leisem Grauen.

»Ich kann mir nicht vorstellen, dass er sich in dem flusspferdverschissenen Schlammloch besonders wohlgefühlt hat«, sagte ich lachend.

Professor Beham teilte diese Ansicht, wenn er auch hinzufügte, dass das Nahrungsangebot in der ersten Zeit reichlich gewesen sein dürfte. Er warf seinen Zigarettenstummel ins Wasser. Mit fast sinnlicher Freude schaute er mir dabei zu, wie ich das Netz mitsamt dem Hecht aufhob und den Hecht in den Eimer gleiten ließ. Ich hatte mir das Unterfangen schwieriger vorgestellt gehabt und war erleichtert. Der Hecht stieß sich mit Wucht die Nase, als er losschießen wollte, er peitschte seinen Körper hin und her, dass es spritzte. Ich wunderte mich, dass der Eimer nicht umfiel. Plötzlich blieb der Hecht stehen, und seine Augen glotzten mich an, dass es mir sämtliche Haare sträubte. Er fischelte stark, wie Fische es eben tun.

»Du musst den Eimer abdecken, sonst springt er heraus«, sagte Professor Beham besorgt.

Ich betrachtete den Fisch mit einer Art Furcht, trug den Eimer zur Sicherheit auf die Terrasse und holte eine große Plastiktasche, die ich in Ermangelung eines Deckels mit Schnur über die Öffnung band.

Als Professor Beham Richtung Terrassentür fuhr, fragte ich:

»Ist Aiko gut angekommen?«

»Sie hat sich nicht gemeldet. Ruf sie an, wenn es dir keine Ruhe lässt.«

»Vor lauter Abschiednehmen habe ich nicht gefragt, ob ich das darf.«

»Du fragst ja auch sonst nicht dauernd, ob du darfst oder nicht. Wenn man immer um Erlaubnis fragen müsste, wäre das ein Scheißleben.«

Da war etwas Wahres dran.

Professor Beham musterte mich mit einem langen Blick, und wegen der ungenierten Art, mit der das geschah, war klar, dass er gerne eine Auskunft von mir erhalten hätte. Der Regen fiel weiterhin, senkrecht, teilnahmslos, überall lief das Wasser in Bächen herunter. Und irgendwoher aus diesem düsteren Sud hatte ich die Gewissheit, dass Professor Beham Bescheid wusste.

»Es ist schade, dass Aiko weggefahren ist«, sagte ich.

»Ja, mhm.«

Mehr sagte er nicht, nur: *Ja, mhm.*

261

»Es ist doch auch schade für Sie, Herr Professor.«

»Das ja.«

Wie zwei Steine warf er die Wörter hin. Das hatte ihn Mühe gekostet. Dann schwiegen wir. Ich fühlte mich nicht befugt, ihn zu trösten. Er fühlte sich nicht befugt, mich zu trösten. So war's. Bestimmt hätte es ihn gefreut zu hören, dass seine Tochter schwanger war. Und vielleicht hätte er mir gerne Ratschläge gegeben von wegen, Nerven wird sie dich kosten, das ja, aber innerlich ist sie stämmig wie ein Ackergaul. Und sie ist klug, meine Tochter, dieses Rabenaas! – Nichts von dem. – Und dass ich dachte, hoffentlich ist das Kind von mir. – Nichts von dem. – Ich stand blöd. Der Professor saß blöd. Ich schaute zu Boden. Er schaute in den Himmel. Dann umgekehrt. Wir schluckten beide an unserer Enttäuschung. Unterdessen fiel der Regen. Das Laub bebte. Einmal schwappte das Wasser im Eimer. *Ja, mhm.*

»Und jetzt?«, fragte Professor Beham mit Blick auf den Eimer: »Was machst du mit ihm?«

»Ich werfe ihn in die Donau.«

»Du kannst den Wagen nehmen.«

»Oh, danke, cool … cool … Aber es ist wohl … ich fahre mit dem Bus, weil … die Sache ist die … ich komme nicht noch einmal hierher zurück.«

»Ach so.«

»Ja … es ist hier wohl … es ist hier für mich wohl nichts mehr zu tun.«

»Das kann sein.«

Er schneuzte sich durch seine knochige Nase.

»Du kriegst noch Geld«, sagte er.

Ich überschlug, was er mir schuldete, und nannte eine

Summe. Wir wechselten ins Hausinnere. Der Professor gab mir einige Scheine, er hatte nach oben aufgerundet. Nachher tranken wir einen Schnaps, zum Aufwärmen, sagte Professor Beham. Zum Abschied, sagte ich und wunderte mich über die Zuneigung, die ich für Professor Beham empfand, als er nickte.

»Auf dich!«

»Auf Sie, Herr Professor!«

Er sagte:

»In der kommenden Woche geht der Unibetrieb wieder los, ja?«

»Erst übernächste Woche. Der 1. fällt auf den Freitag.«

»Mich betrifft das ja leider nicht mehr.«

»Was ziemlich beschissen ist«, sagte ich so überraschend unbefangen, dass sich das Gesicht des Professors aufhellte.

»Genau, beschissen.« Und dann in einem fast amüsierten Tonfall: »Hast du gewusst, dass die Bekleidung, die man den Toten anzieht, der Jahreszeit angepasst wird? Verrückt, nicht? Ich habe gelesen, das geschieht intuitiv. Also damit das klar ist: Ich will nicht in Winterkleidung begraben werden.«

»Haben Sie es Aiko gesagt?«, fragte ich verlegen.

»Sag du's ihr.«

»Ja … dann sag ich's ihr.«

»Mach das.«

Ich wartete, ob er die Unterhaltung fortführen wollte, aber er lächelte mich nur ein wenig bange an, und da sagte ich ihm Lebwohl.

Das Haus von Professor Beham, das eins unter Tausenden gewesen war, als ich zum ersten Mal hierhergekommen war, blieb hinter mir zurück als eines der Häuser, in denen ich eine Zeitlang gelebt habe. So ein kleines Haus, sehr klein gemessen an der Größe des Lebens, gemessen an der Größe der Welt ... und doch! wie viel es enthielt! so viel Lässiges! und so viele Geister! Bald würde Professor Beham sterben. Und der Garten wurde zum Erbe der Igel. Und den Teich holten sich die Frösche zurück. Und die Krähe, die auf dem Zwergflusspferd geritten war, suchte sich Walnüsse, die sie von möglichst weit oben auf die Straße werfen konnte. Sie saß trübselig im Baum, sie spürte das Nahen der kühlen Jahreszeit. Sie öffnete den Schnabel zum Krähen, doch die Einsicht, dass Krähen sinnlos war, hielt sie zurück. Gleichgültig beobachtete sie, wie ich beim Überqueren der Straße beinahe von einem Geländewagen überfahren wurde. Der Wagen fuhr so knapp in meinem Rücken vorbei, dass mir das Wasser bis an die Oberschenkel spritzte.

»Spießer«, sagte ich im Hinterherblicken. Das war ebenfalls sinnlos, so dahingesagt. Trotzdem genoss ich es, das Wort *Spießer* zu verwenden. Mir gefiel das Wort im Zusammenhang mit dem Homo petrolensis, wie die Säue im Gebirge, immer auf den Abgrund zu.

Die Krähe flog auf in schwankendem, scheinbar ziellosem Flug. Sie stieg in die Höhe, bis sie sich nur mehr schwach vom aschgrauen Himmel abhob.

Weil mir der Bus vor der Nase weggefahren war, stellte ich mich an der Haltestelle unter, zwei Männer, die fast gleichzeitig gekommen waren, stellten sich ebenfalls unter, sie redeten über Frankenkredite. Ein gewisser Klaus habe sich mit einem Frankenkredit in eine unangenehme Situation gebracht, wie er da wieder herauskommen wolle, sei ungewiss. Ja, eh.

Am Fluss war es ganz schön frisch. Ich atmete die feuchte Luft in tiefen Zügen. Unter der U-Bahnstation bei den Skatern waren mir zu viele Leute und am nahe gelegenen Ufer auch. Damit ich von keinem Trottel angesprochen wurde, ging ich ein Stück weit den Uferweg flussabwärts an einem rostigen Kahn vorbei bis zu einem großen Laubbaum, der den Regen etwas abhielt. Hier stellte ich den Eimer auf ein betoniertes Plateau, von dem aus ich Sicht auf die Anlegestelle am Mexikoplatz hatte, eine große Kirche dahinter mit roten Dächern. Ein Frachter glitt vorbei, er hatte Metallschrott geladen und wurde von zwei Möwen begleitet, die es offenbar zu schätzen wussten, wenn sie ein Schiff unter sich hatten. Hinter dem Frachter, ebenfalls flussaufwärts, kam ein Ausflugsschiff. Einige verdrossene Pensionisten schauten durch die wassertrüben Scheiben des Bordcafés zu mir herüber, sie wirkten schwer von Mehlspeisen, die ihre Unverdaulichkeit mit kaiserlichen Rezepten entschuldigten. Als auch das Ausflugsschiff auf Höhe der U-Bahnstation angelangt war, nahm ich die Abdeckung vom Eimer. Der Hecht erschrak von der Lichtflut, er machte eine finstere Miene und versuchte zu springen. Da schüttete ich den kompletten Inhalt des Eimers in den einen Meter unter mir fließenden Fluss, und der Hecht hechtete zurück in sein fischiges Element. Das platschende Geräusch hing noch einen Augenblick in der Luft, dann hatte der Wind es davongetragen.

Weite, unfassbare Welt! Auch ich fühlte mich aus allen Verankerungen gerissen, und mir war, als hätte ich jetzt die Fähigkeit, das Richtige zu tun. Ein herausragendes Gefühl, muss ich sagen. Nur hielt es nicht lange. Der leere Eimer war schuld. Was so ein leerer Eimer vermag. Ich nahm ihn in die

Hand und fühlte mich dumm und verloren. Grad ist man noch jemand und gleich darauf wieder ein Niemand mit einem leeren Eimer, das macht einen fertig.

In der U-Bahn das Gefühl: Alle reden. Und am Ende der Heimfahrt das Gefühl: Nun steig aus!

Zweiundzwanzig

Der Trainingsraum der Karate-Union war ein gefühlsberu-
higtes Reservat, hier gelang es mir, etwas Spannung abzubau-
en. Wie handfest alle Geräusche klangen, das Trappeln und
Quietschen der nackten Füße: alles wie gestaucht. Das lag am
Linoleum des Fußbodens und an der Holztäfelung, mit der
die Wände mannshoch verkleidet waren, ich hatte den Eindruck, die Geräusche würden hier an Substanz gewinnen.

Eine halbe Stunde lang machten wir Gelenkigkeitsübun-
gen, Streck- und Laufübungen, dann eine Stunde Gruppen-
und Paartraining. Am Anfang schaute ich mich manchmal
im Spiegel an, der die hintere Seitenwand bedeckte. Eigentlich betrachtete ich weniger mich als meinen Körper, von außen, als wären mein Ich und mein Körper getrennt – als würde mein Körper auf ganz unbegreifliche Weise gar nicht zu
mir gehören, und ich stünde daneben. Im Verlauf des Trainings löste sich dieses Befremden, und ich hatte einen fri-
schen Ausdruck im Gesicht, fühlte mich entspannt, nahe der
Empfindungslosigkeit. Shizen-tai! Rücken gerade, beide Füße
gerade nach vorn. Die Haltung so, dass du groß bist. Mach die
Haltung groß! Zweimal Jōdan. Age-uke. … vier, fünf, sechs,
sieben, acht. Stille. Leere. Shizen-tai! Beim nächsten Mal die
rechte Faust ein wenig höher! – Oss.

Durch die Fenster unter der Decke drangen wieder die
Geräusche von der Gumpendorfer Straße. Dazu die Geräusche der Trainingspartner: die Karatekleidung sauste so

schön. Wenn viele Menschen am Training teilnahmen, gefiel es mir am besten: wegen des Sausens und Trappelns. Und das gemächliche Baumeln der Gürtelenden, blau bei mir, orange bei der Koreanerin gegenüber, deren Zehennägel hellrot lackiert waren. – Wer bewegt dich? Warum fällt der Apfel vom Baum? – Oss!

Zu Hause schrieb ich den Bericht für die Uni, damit man mir die Zeit bei Professor Beham als Praktikum anrechnete. Dann rief ich Elli an, ob ihr Freund mir helfen könne, die Kredenz aus Judiths Wohnung zu schaffen. Judith hatte mir eine SMS geschickt, in der sie mein Kommen an einem bestimmten Tag zu einer bestimmten Zeit verlangte: *Samstag 19:00*. Davor mache sie eine Bergtour. Jetzt hatte ich Schwierigkeiten, jemanden aufzutreiben, der mir half, auch Elli und ihr Freund verbrachten das Wochenende in den Bergen, ich hatte den Eindruck, alle holten verpasste Aktivität nach, bevor das Semester losging. Tibor wollte ich nicht in die Sache hineinziehen, aus verständlichen Gründen: weil ich ihm ein schlechter Freund gewesen war.

»Ist die Kredenz schwer?«, fragte Elli.

»Es geht so.«

»Soll dir doch Nicki helfen.«

»Da brauche ich gar nicht erst vorzufühlen, ich hole mir ja eh nur eine Abfuhr. Und auf ihr blödes Gerede bin ich nicht heiß.«

Ich sagte, dass ich aus Nicki nicht schlau würde, sie habe so etwas Unausgewogenes, ich fühlte mich nicht zu ihr hingezogen.

Da sagte Elli:

»Weil du selber etwas Unausgewogenes hast.«

»Sehr freundlich.«

»Na, es ist so … und nicht nur vielleicht, sondern sicher.«

Kurz darauf beendeten wir das Gespräch, und eine Zeitlang starrte ich mein Handy an.

Wenn ich mein Handy anstarrte, war das Gefühl der Absurdität besonders stark, aber ich schaffte es nicht, Aikos Nummer zu wählen. Ich wusste nicht einmal, ob es Aiko recht gewesen wäre, ich wusste auch nicht, ob es sinnvoll gewesen wäre. Auf die Dauer würde es sich trotzdem nicht vermeiden lassen, weil ich's irgendwann nicht mehr aushielt, ganz einfach. Aber das dauerte noch.

Zunächst verließ ich nochmals das Haus und ging in ein Internetcafé. Ich lud das Vorlesungsverzeichnis herunter und überspielte es auf meinen Stick. Dann strolchte ich durch den 6. Bezirk und streute die Asche meiner Ferien in den Wind. Es war warm und doch: der Regen hatte das letzte Aufglühen des Sommers gelöscht, der Geruch nach Staub war ersetzt worden durch den Geruch nach Erde. In der Luft war nichts Brüchiges mehr, alles gut durchfeuchtet und elastisch.

Ich durchquerte das Museumsquartier. Vom Hauptportal sah ich hinüber auf das Naturhistorische Museum, das erinnerte mich an das Zwergflusspferd und daran, dass seine Art irgendwann aussterben würde. Das Aussterben würde eine neue Schönheit an diesem unzugänglichen Tier hervorbringen, die Schönheit eines aus dem aktiven Dienst genommenen Ehrenmitglieds der Natur … wie beim Blaubock, der im Naturhistorischen Museum stand mit einer Naht am Bauch, aus der Stroh hervorschaute. Das Aussterben verleiht einer Art eine gewisse Aura, stellte ich fest. Aussterben ist für eine Art ungefähr so ehrenvoll wie für einen Franzosen die Wahl in die Akademie, jedenfalls aus Sicht der Menschen.

Jetzt rief ich Aiko an, ich hatte das Bedürfnis, etwas zu tun. Beim dritten Versuch erreichte ich sie. Sie sagte, auch der Belgier rufe ständig bei ihr an, das müsste ich mal hören … wie er verzweifelt auf ihren Anrufbeantworter rede: Hey, Frau, wo bist du, bist du verlorengegangen? – Dabei lachte sie. Aber es klang nicht überzeugend, was bei ihr selten vorkam.

Ich sagte:

»Dein Vater lässt dir ausrichten, dass er nicht in Winterkleidung begraben werden will.«

»Habt ihr kein anderes Thema?«

»Doch-doch, natürlich, aber das soll ich dir ausrichten.«

Ich erzählte vom Fangen und Aussetzen des Hechtes. Aiko hörte es sich an und stellte ein paar Fragen. Unter anderem wollte sie wissen, warum ich den Hecht nicht in die Pfanne geworfen hätte.

»Wegen der Frösche. Ich wollte mich nicht hinten anstellen.«

Aiko erkundigte sich, welche Kleidung ich gerade trug und ob meine Haare frisch gewaschen seien. Ich gab Auskunft. Und sie beschrieb mir die Wohnung, in der sie lebte:

»Damit ich für dich bildlich nicht ganz verschluckt bin.«

Ich stellte mir eine Straße in Paris vor, große Häuser mit vielen winzigen, schmiedeeisern abgeschlossenen Balkonen, Aiko, die aus einem Haustor tritt mit einem kleinen Bauch.

Damals kannte ich Paris noch nicht, nur aus dem Fernsehen.

»Hast du schon einen Bauch?«, fragte ich. Ich hatte noch nie eine nackte Schwangere gesehen, im fortgeschrittenen Stadium … und interessant wär das schon, dachte ich, wie so eine nackte Schwangere aussieht.

»Ja, Speckbauch«, sagte sie, »weil ich ständig esse. Nur wenn ich esse, ist mir nicht schlecht. Und Sodbrennen habe ich auch, aber erträglich. Leider habe ich auch ein paar Pickel im Gesicht, ich pflege sie mit allen möglichen Mitteln. Aber ich glaube, die müssen von allein wieder weggehen.«

»Und sonst?«

»Na … nichts sonst«, sagte sie.

»Warum bist du überhaupt weggefahren?«

»Also ans Geldverdienen muss ich mich natürlich wieder machen. Und mit dem Belgier muss ich endgültig ins Reine kommen. Und du … du musst studieren! Das ist das Allerwichtigste!«

»Ja, wichtig schon.«

»Das Allerwichtigste, sag ich dir!«

»Bist du sicher?«

»Oh, ja, da bin ich mir ganz sicher. Pass bloß auf!«

Ich hatte wieder den Eindruck, dass sie das Gespräch auf mein Studium gebracht hatte, um mich an den Abstand zwischen uns zu erinnern.

»Hast du den Belgier getroffen?«, fragte ich.

»In einem Bistro … Ich habe nicht mit ihm geschlafen, falls es das ist, worum's dir geht.«

»Ich frage bloß so.«

»Zum Zeitvertreib?«

»Exakt.«

»Der Belgier hat ursprünglich seine neue Freundin mitbringen wollen, zu meiner Enttäuschung hat er es dann doch nicht getan, weil er mit mir allein sein wollte.«

»Das kann ich verstehen.«

»Wir sind in diesem Bistro gesessen, und er hat stark nach After Shave gerochen. Und zu viel getrunken hat er auch. Ich selber habe sehr wenig getrunken ... du weißt, mein Einwohner.«

»Ja.«

»Oder meine Einwohnerin ... Als der Belgier nochmals eine Flasche bestellen wollte, bin ich aufgebrochen. Und der Belgier ist auch aufgebrochen. Und wie er davongegangen ist, bin ich traurig geworden. Tatsächlich. Seltsam. Ich habe mir gedacht: Er ist einsam, eigentlich steht er ganz allein in der Welt. Und da habe ich mich schuldig gefühlt ... obwohl es natürlich unmöglich ist, den Belgier zu retten. Im Gegensatz zum Belgier bist du zum Glück nicht der Typ, den man retten muss, das ist ein großes Glück.«

»Aber ich würde auch gerne gerettet werden.«

»Nicht nötig, sei froh!«

»Ich glaube, ich hätte sehr wohl Rettung nötig.«

Sie blieb bei ihrem Eindruck:

»Kann ich mir nicht vorstellen.«

Am liebsten hätte ich gesagt, dass ich Angst hatte. Aber wer sehnt sich nach jemandem, der Angst hat. Gleichzeitig fiel mir meine Telefonrechnung ein, die ich früh genug bekommen würde, auch eine Art von Angst. Ich kündigte an, dass wir langsam Schluss machen müssten. Ich sagte:

»Ich vermisse dich.«

Aiko sagte nichts dergleichen, sie hielt sich stur an ihr Programm. Ich war sehr aufgewühlt, nachdem wir das Gespräch beendet hatten.

Verdammte Aiko! Es war frustrierend, dass von ihr nichts kam. Da soll sich einer auskennen. Und was steckte dahinter? Ehrlichkeit? Unsicherheit? Mangel an Sensibilität? Ich musste es mir näher anschauen. Vielleicht gelang es mir wenigstens, mir darüber klarzuwerden, was ich selber wollte. Ein Leben mit Aiko? Ja, klar, wollen … das lag nahe … denn auf Aiko stand ich. Auf Aiko stand ich ganz einfach, weil sie eine klasse Frau war. Aber vielleicht war *zutrauen* das bessere Wort, das angebrachtere Wort als *wollen*: Traute ich mir ein Leben mit Aiko zu? Gute Frage. Und konnte ich dieses Leben bewerkstelligen? Ich hatte keine Ahnung, falsch, das stimmt nicht, im Zweifelsfall: nein.

Und das Gras wuchs, wie Gras eben wächst. Und das Pferd verhungerte, wie so ein Pferd eben verhungert.

Zu diesem Zeitpunkt bin ich zweiundzwanzig, der Umstand, erwachsen zu sein, gefällt mir außerordentlich. Doch Teil dieses Erwachsenseins ist die beunruhigende Einsicht, wie schlecht ich mich im Leben auskenne. Man muss extrem viel wissen, und das Leben ändert sich ständig. Vor drei Jahren war die Welt noch geordneter, da war ich vollkommen sicher in dem, was ich gedacht, und in dem, was ich empfunden habe, so sicher, wie nur jemand sein kann, der völlig ahnungslos ist. Absolute Überzeugungen, absolute Gefühle: das macht die Dinge übersichtlich. Jetzt hingegen: Wenn ich an die Gegenwart denke, schlägt mein Herz unregelmäßig. Und wenn ich an die Zukunft denke, kommt ein Stechen dazu. Wachs-

tumsschmerzen, ich weiß. Überall stehe ich am Anfang, überall muss ich zuerst die grundlegenden Erfahrungen machen,
ständig treffe ich falsche Entscheidungen. Das ist entsetzlich.
Ich muss aufpassen, dass ich keinen innerlichen Schaden bekomme – den bekomme ich vermutlich trotzdem. So bin ich
hin- und hergerissen zwischen der Faszination, die alles auf
mich ausübt, und der Frustration über meine Unfähigkeit,
auf die ich dauernd stoße. Was ich bräuchte, ist Geduld und
Praxis. Aber Geduld habe ich nicht, und von der Praxis fühle
ich mich überfordert. Im besten Fall müsste ich meinen Wis-
sensstand über mein Leben in einer Woche spektakulär ver-
bessern, statt dessen läuft es auf eine langwierige Angelegen-
heit hinaus, ja, das befürchte ich, weil ich mich in einer Phase
befinde, einer harten Phase, der härtesten bisher.

Gehe ich rechts oder links? Mache ich mein Studium fertig oder nicht? Wird eine stabile Persönlichkeit aus mir oder
ein Niemand, der nichts auf die Reihe kriegt und von allen
herumgeblasen wird? Finde ich meinen Platz oder gehe ich
unter?

An allen Möglichkeiten bin ich nahe dran. Wenn mir ein,
zwei Fehler unterlaufen und ich einmal richtig Pech habe, befinde ich mich im freien Fall. Denn alle Wege, die mir lohnens-
wert erscheinen, sind gefährlich –

Es war noch nicht sehr spät, aber es dunkelte bereits aufgrund
der fortgeschrittenen Jahreszeit. Elli hatte Nicki überredet,
mich zu Judith zu begleiten. Den größten Teil der Wegstrecke
fuhren wir mit der Straßenbahn. Der Waggon war überfüllt,
im Stehen klammerten wir uns an die von der Decke hängenden Halteriemen. Von zu- und aussteigenden Passanten, die

nach sich selbst oder nach billigen Duftstoffen stanken, wurden wir mehrmals gezwungen, unsere Positionen zu ändern. In den Kurven fiel es schwer, das Gleichgewicht zu halten. Mir behagte die Enge im Waggon nicht, ich stellte mich auf die Zehenspitzen, um weiter oben bessere Luft zu finden.

An diesem Abend schien Nicki mich wieder zu mögen. In der Straßenbahn warf sie mir höchst bedeutsame Blicke zu, und während des Fußwegs zu Judiths Wohnung berichtete sie mit fast kindlicher Genauigkeit, welche Vorteile der Winter gegenüber dem Herbst habe, vor allem wenn es schneie. Sie freue sich auf den ersten Schnee, sie möge Schnee, Schnee mache die Menschen friedlich. Sie untermauerte das mit dem Ausspruch:

»Da kann man überall eine Stunde zu spät kommen und keiner beschwert sich.«

Um fünf vor sieben, also pünktlich, erreichten wir Judiths Wohnung, kurz zuvor war die Straßenbeleuchtung angegangen. Judith ließ uns hinein, sie war gut gebräunt und ganz in Weiß gekleidet, das machte mich fertig. Wie konnte sie sich nur so anziehen! Aber gut, jeder verlässt das sinkende Schiff auf einer anderen Seite. Und dass die Kredenz noch nicht ausgeräumt war: das überraschte mich auch. Vermutlich waren sie von ihrer Bergtour später als geplant zurückgekommen. Judith brachte unglaublich viele, teils private Dinge zum Vorschein, auch Besitz des neuen Freundes. Das hätte ihr wirklich früher einfallen können. Geschäftig breitete sie alles auf dem Fußboden aus, währenddessen machte sie mir Vorwürfe, dass ich in Begleitung einer Frau gekommen war, die nicht wie ein Möbelpacker aussah. Mein Gott, sie steckte voller Groll, das erkannte ich an ihrer Haltung und daran, dass sie mir nicht in die Augen schaute. Sie schüttelte in abfälliger Weise den Kopf. Ich hatte keine Lust, ihr auseinanderzusetzen, warum ich Schwierigkeiten gehabt hatte, überhaupt jemanden aufzutreiben, und so sagte ich nur:

»Hauptsache, wir sind da.«

»Wenn das für dich die Hauptsache ist, dann danke.«

»Ja, sicher.«

Aber ich gab mir keine große Mühe, aufrichtig zu klingen.

Zuletzt musste noch eine große Hängepflanze von oben herunter, dann war die Kredenz zum Abtransport bereit. In einer Atmosphäre beiderseitiger Verlegenheit verabschiedete ich mich von Judith mit »ciao« und »also dann«. Nicki, die bis dahin mit großer Ausdauer die Unbeteiligte gemimt hatte, half, das Möbelstück zu kippen. Wir packten an. Im Seitwärtsgehen trat ich in die Hängepflanze, bloß ein Glück, dass der Topf nicht zerbrach, er fiel lediglich um. Was für ein Gesicht Judith machte, konnte ich nicht sehen, weil mir die Kredenz die Sicht versperrte. Sie rief:

»Mensch, pass doch auf!«

Ich orientierte mich und keuchte:

»Ja, ja, ich pass auf …«

Vorsichtig – auch vorsichtig atmend – dirigierte ich die Kredenz durch die Diele, hinaus auf den Hausflur. Bloß keine Schramme in den Türrahmen schlagen.

»Etwas mehr links … links …! Und ab die Post!«

Es ging alles gut. Die Wohnungstür schloss sich hinter uns, nachdem weitere schmallippige Abschiedsgrüße gewechselt worden waren. Nicki und ich schafften es ohne Probleme in das darunterliegende Stockwerk. Beim Einbiegen auf den nächsten Stiegenabschnitt platzte zu unserer Überraschung die Rückwand der Kredenz auf. Nicki erschrak, sie setzte sofort ab, ziemlich unsanft, fast wäre mir das Scheißding aus den Händen gerutscht, ich fing es im letzten Moment mit dem Knie auf und setzte dann ebenfalls ab. Ein wenig besorgt schaute ich mir den klaffenden Riss an.

»Interessant …«, murmelte ich.

Und Nicki sagte:

»Das Teil ist mir eindeutig zu schwer.«

»Bis hierher ist es doch gutgegangen«, sagte ich erstaunt.

»Ich schwör's! Noch fünf Stufen, und meine Finger brechen ab.«

»Nicki, bitte!«

»Oder mein Kreuz«, sagte sie.

In dem düsteren Stiegenhaus kamen ihre dunklen, spitz hervortretenden Jochbeine besonders gut zur Geltung. Sie betrachtete mich durchdringend.

»Nicki, ich flehe dich an! Nur noch das eine Stockwerk, dann haben wir's so gut wie geschafft!«

Ich überlegte, was ich ihr anbieten könnte. Doch etwas in mir sträubte sich dagegen, dass ich ihr versprach, in unserer miefigen Wohnung zwischen den Kohlensäcken und dem Plastikmüll aufzuräumen, das war es mir nicht wert.

»Ich bin doch kein Gewichtheber«, sagte sie empört, und die verblüffende Schönheit dieses Satzes gefiel ihr so gut, dass sie den Satz wiederholte, ein wenig gedehnt: »Ich bin doch kein Gewichtheber!«

Versuchshalber erinnerte ich sie an Elli. Das störte sie nicht.

»Elli hätte mir einen Zaubertrank mitgeben sollen.«

»Jetzt stell dich nicht so an!«, entfuhr es mir, und ich wusste natürlich, dass ich das nicht hätte sagen sollen. Nicki zog die Brauen in die Höhe. Ich straffte den Körper und dachte, dass Nicki eigentlich ganz hübsch war. Hätte es einen Sinn gehabt, das laut auszusprechen? Wohl kaum.

»Der Kerl von Judith soll dir helfen«, sagte sie mit dem Daumen hinauf ins Stiegenhaus. Sie sah mich halsstarrig an: »Wozu gibt es Männer?« Dann drückte sie sich an mir vorbei und lief die Treppen hinunter, ohne ein Wort des Bedauerns.

Wie betäubt blieb ich neben der Kredenz stehen. Das darf jetzt nicht wahr sein! Nicht ausgerechnet jetzt! Bitte nicht, lieber Gott, bitte nicht! – Ich hörte die Tür zum Hof ins Schloss fallen, das Echo hallte durchs Stiegenhaus. Alle Geräusche im Haus legten sich, aus dem Keller stieg ein kalter, schimmliger Geruch herauf. Nach einiger Zeit schwollen die Fernsehgeräusche wieder an, irgendwo fiel Wasser durch ein Rohr, ein Telefon klingelte ins Leere, Frau Weiser, die hinter der Tür wohnte, vor der ich stand, ging von einem Zimmer ins andere.

Als das Dreiminutenlicht ausging, gab ich mir einen Ruck und knipste das Licht wieder an. Ich wollte nicht im Dunklen stehen, die Unordnung, in der ich seit Monaten herumstolperte, war beunruhigend genug. Mit hinter dem Nacken verschränkten Händen stieg ich zurück zu Judiths Wohnung. Eine Weile blieb ich vor der alten Tür stehen, aber nicht, weil mich interessierte, was dahinter gesprochen wurde, sondern damit mein wild klopfendes Herz sich etwas beruhigte. Schließlich klingelte ich, um mich davon abzuhalten, vielleicht doch noch davonzurennen. Und plötzlich drangen von allen Seiten Geräusche heran, eine Fußballübertragung, Babygeschrei und Stimmen. Ich wartete, die Tür öffnete sich nicht.

Ich klingelte noch einmal, hörte wieder nur Fernsehgeräusche und Babygeschrei. Aus dem dritten Stock kamen zwei alte Schachteln herunter, die ich nicht kannte. Sie gingen grußlos vorbei, vom Stockwerk darunter hörte ich die beiden über die Kredenz reden. Ich klingelte ein weiteres Mal. Jetzt hörte ich drinnen Schritte. Ich dachte, es wird Judith sein. Die Tür ging auf, und der Andere schaute mich an, ich grüßte, er gab mir die Hand und sagte:

»Ah, du willst Judith.«

Er rief nach ihr. Sie kam und fragte:

»Was gibt's noch?«

»Die Kredenz ist für Nicki zu schwer, sie hat schlappgemacht«, sagte ich entschuldigend.

»Die soll sich nicht so anstellen!«

»Das habe ich ihr auch gesagt. Aber sie ist schon ...« Ich wollte *auf und davon* sagen, bremste mich aber ein, weil ich fand, die Wendung *auf und davon* deutete eventuell auf mich, und deshalb beendete ich den Satz mit: »auf dem Heimweg«.

»Und was soll ich jetzt deiner Meinung nach tun?«

»Judith, ich werde dich sicher nicht anbetteln. Aber Tatsache ist, die Kredenz liegt im ersten Stock auf dem Gang. Ich kann sie nicht alleine hinuntertragen, das würde ich nur gern.«

Sie drehte sich um und ließ mich vor der Tür warten. Ich empfand die Fremdheit dieser Umgebung, in der ich einmal das Gefühl von Geborgenheit erlebt hatte. Der Andere kam und langte nach Turnschuhen, die hinter der Tür standen, dort, wo früher meine Schuhe gestanden waren. Er hatte einfach meinen Platz eingenommen. Bestimmt schaute er sich meine Filme an, meinen Lieblingsfilm.

Ich sagte entschuldigend:

»Meine Gehilfin hat sich aus dem Staub gemacht.«

»Bringen wir's hinter uns«, sagte er. Seine Stimme war tief und rauh, er redete ohne Gehabe und ohne einen Anflug von Untertönen. Ich schien für ihn einfach nur ein alter Freund von Judith zu sein, eine Gestalt aus der Vorzeit.

Es ging dann alles entsprechend unkompliziert. Judiths neuer Freund packte kräftig an, er verhielt sich korrekt, nicht übertrieben freundlich, aber keineswegs unfreundlich. Als wir die Kredenz auf dem Gehsteig hatten, schlug er sich die Hände ab und sagte:

»Ich denke, das ist jetzt nicht mehr mein Bier.«

Auch so ein saublöder Ausdruck, extrem blöd. Es fiel mir trotzdem nicht schwer, mich zu bedanken.

Judith, die uns gefolgt war, sagte zu ihrem Freund, sie komme gleich nach, sie wolle kurz mit mir reden. Jetzt waren wir allein. Sie schaute mich an, und mir war klar, dass sie nicht auf der Straße blieb in der Absicht, mit mir ein paar unpersönliche Floskeln zu tauschen. Sie legte auch gleich los: Ich machte ihr seit dem Frühling das Leben zur Hölle. Ich hätte es bei ihrer besten Freundin probiert (ja, angerufen auf der Suche nach jemandem, der Judith gut kennt und mir zuhört). Ich hätte es bei ihrer Schwester probiert (in einem Wahnsinnsanfall). Ich würde ihren Vater schlechtmachen (er hatte mich immer von oben herab behandelt, der Trottel). Undsoweiter. Sie machte mir allerlei Vorwürfe, und irgendwann schaute sie mich mitleidig an und sagte im Tonfall eines ärztlichen Befundes:

»Aber das alles wundert mich nicht, weil dein Verhalten ist typisch für jemanden, der vollgestopft ist mit Komplexen.«

Es war mir absolut neu, dass ich vollgestopft war mit Komplexen, ich zuckte die Achseln.

»Dann weiß ich das jetzt auch.«

»Na, nicht?«

»Es wird schon nicht ganz aus der Luft gegriffen sein.«

Sie musterte mich, enttäuscht oder aggressiv, jedenfalls neugierig, wie ich die Sache aufnahm. Ich hätte nicht behaupten wollen, dass mir das Gehörte Freude bereitete, ich meine, niemand verliert gern die Sympathie von jemandem, den er einmal geliebt hat. Das ist ganz natürlich. Ich lächelte gezwungen, wandte beschämt den Kopf ab. Wir befanden uns an einer befahrenen Straße, links und rechts die gleichförmige Düsterkeit ehemaliger Arbeiterwohnhäuser. Und keine Rettung. Aiko hatte gesagt, ich sei nicht der Typ, den man retten müsse. Ich fand, jeder Mensch muss gerettet werden. Ansichtssache, zweifellos. Jemand warf seine abgerauchte Zigarette aus einem fahrenden Auto, die Zigarette flog auf die Fahrbahn und sprang dort mehrmals auf, Funken stoben über den Asphalt. Nach kurzer Diskussion rang ich mich dazu durch, einzuräumen, dass ich Fehler gemacht hatte. Wörtlich:

»Ich sehe ein, dass ich mich manchmal wie ein Idiot benehme.«

Und ich schwöre, ich hätte das niemals gesagt, niemals!, wenn ich gewusst hätte, dass Judith es als Einladung auffasste, mir noch eins auf den Deckel zu geben.

»Ja, allerdings«, sagte sie in ihrem Sonnenklar-Tonfall. »Und ich bin draufgekommen, du hast in Wahrheit nicht viel drauf. Nachdenklich? Dass ich nicht lache! Auf was bildest du dir eigentlich etwas ein? Nur weil du ein bisschen Karate machst, bist du noch lange kein besserer Mensch. Und auch kein klügerer Mensch. Das einzige, was deine Besonderheit ausmacht, ist, dass du an allem etwas auszusetzen hast. Du schimpfst über alles und schaust auf alle herab. Wo sonst bist du etwas Besonderes? Wo? Bitte, wo? Sag es mir! Ein bisschen Karate und ein paar angelesene Phrasen. Was sonst noch? Sag es mir! Nur weil du besser Müll trennst, glaubst du, du bist der bessere Mensch. Was ist sonst noch? Was? Komm, sag's mir! Alles nur Behauptung! Du bist ein Miesmacher und Pessimist, der vor dem Schlafengehen unters Bett schaut, ob sich dort ein Klimasünder versteckt. Du hast schon richtig gehört! Ich steh wenigstens dazu, dass ich ein schönes Leben haben will. Und ich habe ein schönes Leben. Aber bei dir seh ich nichts, nur Behauptungen und ein bisschen Karate. Sich gut fühlen, weil man sich über andere stellt! Mit dem Finger auf andere zeigen, darin bist du gut. Von dir hört man nur: Das ist mir zu bieder! Das ist mir zu spießig! Das ist mir zu dumm! Das ist mir zu oberflächlich! Das ist mir zu verlogen! Das ist mir zu heuchlerisch! Und was bist du? Du bist leer. Einer, der an nichts eine Freude hat. Einer, der an allem etwas auszusetzen hat. Ich ... ich weiß sehr gut, was ich mag, was mich freut. Was magst du? Sag es mir! Na, los, sag es mir! Gegen dich ist sogar Tibor ein Lebenskünstler. Der weiß wenigstens, was er mag. Und er ist witzig. Und er traut sich etwas. Er ist in Wahrheit viel weniger angepasst als du. Du gibst zwar vor, dass du ein kleiner Held bist, aber wenn man nur mit dem Finger schnippt, nimmst du Reißaus. Das hörst du jetzt nicht gerne, was? Aber ein intelligenter Mensch wie du sollte das kapieren, ohne dass er es fünfmal gesagt bekommt. Weißt du, als wir uns kennengelernt haben, da warst du noch ein netter Junge ...«

282

Während Judith weiterredete, rückte ich die Kredenz näher an die Hauswand und klebte den mitgebrachten Zettel an die Front:

ZU VERSCHENKEN!!!

Seltsam, wenn ich darüber nachdachte, dass der Wunsch, mit Judith die eine große Liebe zu verwirklichen, sich so gänzlich verflüchtigt hatte. Wir mussten diesen Traum begraben, den Traum von der einen großen, schicksalhaften Liebe, die ein Leben lang hält und bei der nichts je dazwischenkommen kann. Ich hatte diesen Traum nie massiv gehabt, aber doch ein bisschen, und jetzt war er endgültig ausgeträumt. Und natürlich wurde mir erst später so richtig bewusst, dass die Beziehung zu Judith trotzdem an ihrem festen Platz blieb, eng definiert, unumstößlich: die allererste, etwas Besonderes für immer ... dass Judith der erste fremde Mensch gewesen war, der mich ganz genau angeschaut hatte, jedes Detail, und ich sie, ganz genau, mit einer über Jahre aufgestauten Neugier. Und dass wir einander auf neue Art das Gefühl gegeben hatten, zu leben und beachtenswert zu sein.

Jetzt ließ sie mich gerade wissen, dass es mir nicht schadete, wenn mir einmal jemand einen Dämpfer gab. Den hatte ich bekommen. Ich unterbrach sie und sagte:

»Du, Judith, bei mir ist es im Moment tatsächlich eher schwierig.«

Ich sagte es, ohne auf Anteilnahme zu schielen, als bloße Feststellung. Ich schaute Judith noch einmal an. Ich hegte keinen besonderen Groll gegen sie, weil ich mir selber unfähig vorkam. Wir taten uns alle schwer mit den Veränderungen, die sich an uns vollzogen, und das verleitete uns zu Dingen, die wir besser unterlassen hätten.

Mit einer schnellen Bewegung richtete mir Judith den Kragen meiner Jacke, der beim Schrankschleppen umgeklappt war.

»Wie du rumläufst …«, sagte sie.

Für einen Moment kam der Gedanke zurück, dass es schön wäre, mit ihr befreundet zu sein. Aber dann begriff ich, dass dies der letzte Teil der Prüfung war, dass jetzt jeder ein Stück von sich zurücklassen musste, etwas, das überwunden war, sowie wir die gemeinsame Vergangenheit gelöst hatten. In das eine wächst du hinein, vom andern wendest du dich ab, das sind die Tode, die man mit zweiundzwanzig stirbt.

»Also, dann mach's gut«, sagte ich, drückte das Kinn in den Kragen und ging weg, hinein in die ölig schimmernde Stadt, hinein in das große Getriebe des Samstagabends mit seinem geisterhaften Tanz von Menschen und Lichtern. Es war okay, dass ich nur eines von vielen Gesichtern in der Menge war, zwischen all den jungen Menschen, die in diese Stadt gekommen waren in der Absicht, sich zu verwandeln. Und ich wusste, dass ich an einem der nächsten Tage in eine noch größere Stadt fahren würde, wo ich eines von vielen Gesichtern in einer noch größeren Menge war. Vielleicht würde diese größere Stadt von Liebe erhellt sein und die weitere Verwandlung vorantreiben, mit ein bisschen Glück. Und mit ein bisschen Weisheit. Und wenn nicht, wenn Aiko mich wieder wegschickte, würde auch das von entscheidender Bedeutung sein, vielleicht kam ich mit dem Schrecken davon, den das Leben für diejenigen bereithält, die etwas nicht unversucht gelassen haben. Denn das war es, was ich tun musste, das musste ich tun, das versteht wohl ein jeder und eine jede: es nicht unversucht lassen, wenn man weiß, etwas fehlt, etwas stimmt nicht. Mir graute vor einer Zukunft, in der ich zurückblickte auf meine Tatenlosigkeit. Sterbliche Freunde! Davor muss einem grauen mit zweiundzwanzig oder vierundvierzig oder achtundachtzig.

So setzte ich meinen Weg fort, die Jahre mit Judith im Rücken, die Jahre mit Aiko vor mir, zwischendrin, mit einem Gefühl, in dem sich Zuversicht und Angst mischten. Auf der Straße verschob sich träge der Verkehr, überall Autos, die bemüht waren, das geheimnisvolle Soll zu erbringen, neben Straßenbahnen, die sich um dasselbe nicht zu erfüllende Soll bemühten. Ich ging über einen Platz. Dort schaute ich mich um, es war mir, als sähe ich hier alles zum allerersten Mal. Wo bin ich? Was wird aus mir werden? Mein Blick ging in eine Seitenstraße. Dort sah ich das Zwergflusspferd die Fahrbahn queren. Mit gesenktem Kopf, still und in sich gekehrt, ganz natürlich, so trottete es dahin, dieses Wesen aus dem Schattenreich. Kurz schaute es zu mir herüber, es zögerte einen Moment. Unter seiner Maske schien es ein wenig traurig, als hätten wir vor vielen Jahren einmal ein Verhältnis gehabt. Dann senkte es wieder den Kopf und ging weiter, fing an zu traben und trabte aus meinem Blickfeld hinaus.

Und eine geisterhafte Stimme rief:

»Geh weiter! Sie wartet auf dich!«

Hörst du das? Hast du das gehört? Ich spähte und lauschte. Gleich darauf rannte ich los, hinein in die Seitengasse und zu der Weggabelung, an der ich das Zwergflusspferd zuletzt gesehen hatte. Ich wusste, dorthin war es getrabt, aber dort war nichts, niemand, nur die lebendige Präsenz des Pflasters,

Rauch und farbiges, über die Häuserzeilen zuckendes Licht. Ich rannte weiter, so schnell ich konnte, tiefer hinein in die Gasse, einem geheimnisvollen Punkt entgegen, von dem eine Bewegung ausging, die mich jeden Augenblick erfassen würde und die dann nicht mehr aufzuhalten war. Rauch stieg aus den Kanalgittern, pochende Schläge auf Metall ertönten wie aus einem unterirdischen Gewölbe, Lichter flogen, weiße, gelbe, rote, grüne, blaue. Die Lichter verfolgten einander, kreuzten einander, vermischten sich miteinander, entfernten sich voneinander, erzitterten von dem Pochen, und ich rannte mitten hinein, hinein in dieses Unfassliche, hinein in die sich öffnende Wildnis des Erwachsenenlebens, in die schöne, bedrohliche, mir unbekannte Welt.